ネガレアリテの悪魔

贋者たちの輪舞曲（ロンド）

角川文庫
21573

Satan of Negarealite

目次

Characters

サミュエル

紅玉を嵌め込んだような深紅の瞳を持つ青年。
1年以上前の記憶をすべて失っている。

エディス・シダル

絵画を愛するハンズベリー男爵家の長女。
作品の真贋が分かる、特別な眼を持っている。

ブラウン

ヴィンターハルターの絵の前で
エディスが出逢った見目麗しい紳士。

イラスト：THORES柴本　デザイン：西村弘美

第一話
Alea iacta est.

一

「この絵は止めた方がいい。君もわかっているだろうが、これは贋作だ。一シリングの価値もない」

　不思議な目の色をした青年は、少女へ向かい、そう告げた。

　それは、事実だけを告げるような声だった。


　一八九五年、秋。大英帝国・ロンドン。

　その日エディス・シダルは、ブルームズベリーに出来たばかりの画廊を訪れていた。

　大英博物館やロンドン大学のあるこの地区は、文教施設が集まる場所として知られており、画廊も多く建ち並ぶ。

「ようこそお越しくださいました。本日はどのようなご用件で？」

「父の使いで、在英フランス大使に贈る絵を探しています」

中に入るなり店員に声をかけられたエディスは、素直に父の名刺を差し出して用件を告げた。

エディスの父親は、ハンズベリー男爵であると同時に凄腕の外交官でもある。語学に堪能で、交渉の名人でもあり、父が秘密裏に行った外交によって、何度ロシアとの衝突が食い止められたかわからない。英国とロシアはグレートゲーム以降、不倶戴天の敵であり、今もなおアジアでは火種が燻っていた。更には新興のドイツ帝国も虎視眈々とアジア進出を狙っている。対独関係が緊迫感を帯びてきているからこそ、フランスと英国は友好関係をしっかりと固めておかなければならない。大使の機嫌とりも外交官の大事な仕事だ。

しかし、父親は仕事一辺倒な人間であるため、芸術への興味が一切ない。男爵としての嗜みと興味は、専ら狩猟と競馬に向けられている。骨董趣味の母方の祖父とは大違いだ。そのため、各国の要人に何か贈り物をするときなどは、絵心のあるエディスが代わりに美術品を見繕う。

折悪く画廊の主人は別の客の応対をしていたため、店員の勧めもあり、エディスは主人の体が空くまで店内を見て回ることにした。

　エディスは絵が好きだ。幼い頃は画家になりたかったほどである。画家になる夢が潰えた今も、絵画に対する熱意が冷めることはない。

　画廊には各々特有の色があり、主人の好みによって品揃えにも偏りが出る。この画廊は、唯美主義とエキゾチシズムが得意なようだ。最近流行の印象派も数点ある。

　数ある絵の中でも、エディスが特に心惹かれたのは、河鍋暁斎という作者の日本画だ。小鬼や妖精のように見える異形の怪物が力強い筆致で描かれているかと思えば、エキゾチシズムに満ちた女性の絵は優美で美しい。伸び伸びとした筆致は、まるで大空を征く鷹のように闊達だ。こんな線が描ける人間は、どれほど心が自由なのだろう。羨ましい思いでそれを見つめていた。

　日本画を堪能し、次は何を見ようかと視線を廻らせると、ふと、部屋の奥で、微動だにせず一枚の絵を観ている人影に気が付く。

　すらっとした、頗る長身の男性だった。

　筋肉隆々というわけではないが、さりとて痩せているわけでもない。細身で錆色の三つ揃いを着て、頭にはケンブリッジ・ハットを被っている。上着越しにもよくわかる、引き締まった背中をした素晴らしい体だ。ステッキの類いは持たず、かわりに肩から四フィート（一フィートは約三十センチ）ほどの細長い筒状のケースを提げている。後ろ姿しか見えないせいで、顔形はわからないが、襟足にかかる白に近いプラチナ・ブロンドの髪が目を惹く。

しかし、何よりもエディスを惹きつけたのは、美しい体でも輝く白金の髪でもなく、その立ち姿だ。人間は、足にこそ気品が出る。十三歳の時にマドリッドでベラスケスの《フェリペ四世図》を見たときから、エディスはそう確信していた。

ベラスケスは加筆修正をよく行ったが、特にこの絵は顕著で、何度も描き直した跡がある。最初はフェリペ四世を大股に描いていたものの思うところがあって、加筆の果てに今の気品ある閉じた足に描き直したという。その変更があったからこそ、ベラスケスのフェリペ四世はエレガントで気品ある王として鑑賞者の目に映る。

目の前の青年は立ち方も実に綺麗で、真っ直ぐに伸びた膝は勿論、ぴんとした背筋がスタイルの好さを際立たせていた。肉体に統制が取れていて、画家として思わず描きたくなるような、そんな姿をしている。

美しい姿勢を保つ彼の視線の先が気になり、エディスは真っ直ぐ画廊の奥へと足を運んだ。それなりに雑音がある中なのに、自分の足音が妙に大きく聞こえる。

しかし、男性はこちらを振り返ることもなく、じっと絵に集中しているようだ。それを良いことに、エディスは彼の斜め後ろに立って、同じ絵を静かに見つめた。

つい最近発見されたという触れ込みの、十七世紀の大画家ルーベンスの未発表作品だ。結婚式の祝いに興じる庶民を描いた農村画で、この画廊の目玉商品の一つである。《婚礼の日》という短いタイトルが印象的だ。

ルーベンスは弟子のヨルダーンスとは異なり、風俗画を描いたことがない——そう考えられてきた。彼は宗教画や歴史画、そして神話画の巨匠であり、決して庶民の生活に目を向けることはなかった画家である、と。

しかし、この作品はその「空白」を埋める絵だった。大発見と言っていい。

ルーベンスの未発見の絵、しかも風俗画であれば、購入金額は数千ポンドを下るまい。本来ならば国の美術館に収蔵されるべきもので、個人の画廊で扱うような代物ではなかった。それだけで、この画廊の主人の実力が窺える。

五フィートほどの高さの絵は、ルーベンスの特徴を非常に濃く表していた。一目見ただけで、作者が誰か素人にもわかるはずだ。

友人や両親、召使いまでを巻きこんだどんちゃん騒ぎは、結婚式の絵に相応しい幸せそうな空気と狂乱、そして滑稽さに満ちあふれている。皆が笑い合い、飲み、喰い、若い夫婦への祝福を行う、明日への希望を高らかに歌い上げた絵でもある。小道具として描かれている色取り取りの花々も、とても瑞々しく、繊細で美しい。

登場人物の中で唯一、花冠を被った花嫁だけが後ろ向きだが、きっと幸せに微笑んでいるのだろう。賑やかで楽しげで、非の打ち所のない幸福な絵だ。

しかしエディスは、不思議な違和感を覚えていた。この絵は、色のおさまりが悪いというか、どこか洗練されていないように感じられる。

当時の画家によくあることだが、ルーベンスは自分の工房で仕事を請負っていた。つまり、一人ですべてを仕上げるのではなく、構図と仕上げ、メインの人物を画家本人が、背景や建物などを弟子達が分担して描いていたのだ。外交官としても多忙だったルーベンスが生涯に二千点以上の作品を生み出せたのは、このおかげである。

工房式の場合、弟子が描いた部分が多いほど値段が下がり、逆に画家本人が描いた部分が多い絵は吊り上がる。中には、画家が署名のみしか手を加えていない絵もあるほどだ。それ故、真作であってもルーベンスらしからぬ絵というのは、どうしても生まれてしまう。とはいえ、仕上げだけであろうと画家本人がかかわっていれば、作品には画家独特の輝きが必ず宿るはずなのだ。

《婚礼の日》からは、いわゆる『本物』と呼ばれる絵にある、強烈な画家の個性を確かに感じる。けれど、それはルーベンス特有の黄金の輝きとは全く違う、闇の輝きだ。この作品には、ルーベンスらしからぬ奇妙な闇がある。

今までエディスが観た彼の作品は複数あるが、卓越した画力によって、闇に潜む恐怖や神話の愛憎が巧みに描き出されていたものもあった。しかし、それらはすべて鑑賞のための美的に作り上げられた闇だ。見る者の肌を粟立たせる、作者の内面から湧き出るようなものではない。

けれど《婚礼の日》には、絵の向こうに、寒気がするような敵意が潜んでいる。結婚式を描いているのに、予期された幸福を裏切るような、そんな不安が微かに滲む。

ルーベンスの絵にあるのは常に、祝福と幸運の光だ。恐怖や悲劇は、すべて演出されたものの筈だった。彼は、光の作家であったから、カンバスに闇を作ることは出来ても、闇を込めることはまず行わない。その筈なのに――。

「どうしてかしら。この絵はまるで、怒りと羞恥に引き裂かれているよう……」

絵を凝視していた男が、呟きに反応して振り返る。その面立ちはエディスが想像していたより若く、彼女と同じか少し年上に見えた。

青年の瞳は、不思議な色をしていた。紅玉を嵌め込んだような深紅。茫としているくせにどこか憂いを帯びている。静かな光を湛えるその目は、何かの痛みに耐えているようにも思えた。

この青年は、誰かに似ている。それが誰かを思い出すことが出来ぬまま、エディスはその目に見惚れていたが、すぐに我に返った。まじまじと男性の姿を見つめるなど、不躾だと反省する。

「ごめんなさい。鑑賞の邪魔をしてしまったかしら」

慌てて謝罪すると、青年は頭を振った。動じた様子もなく、無表情に低く言う。

「いいや、別に。こちらこそ、急に振り向いてすまない。わかってしまう者がいるとは思わなかったから」

声までも無感情で素っ気ない。けれど、拒絶されているようではなさそうだ。

「あの……今、貴方が言った、『わかってしまう』って、一体何のことかしら？　貴方も、この絵から何かを感じたの？」

エディスの問いに、青年が微かに目を瞬いた。無表情なのは変わらないが、やはり、彼も何か思うところがあったらしい。黙って待っていると、少し考えるようなそぶりをしたあと、短く答えた。

「……この絵自身が己を呪い、且つ羞じている、ということを」

随分詩的な表現だが、この青年がロマンチストであるようには到底思えない。何処までも地に足が着き、事実しか言わないような、そういう所が強くあるように見えた。

確かにエディスには、青年の言う『己を呪い、羞じている』という表現がしっくりくる。この絵からは強烈な敵意の他にも、どこか縮こまっているような雰囲気を感じられたからだ。

「私には、この絵が何かに怒っている一方で、誰かに助けを求めているようにも思えるけれど、貴方にもそう思えるの？」

青年が茫とした目のままでエディスを見つめ、小さく頷く。

「君は随分と絵に詳しいようだが、ここの画廊の関係者だろうか」

店員かと訊かない理由は、明らかに言葉遣いと服装が身分の高い淑女のものであるからだろう。

「いいえ。私はただの客よ。贈り物の絵を買いに来たのだけれど、ご主人が忙しいから、しばらく待ちぼうけをくっているの」

エディスの言葉に青年はなるほど、と頷くと、少し思案するように目を瞬かせ、ぽつんと言った。

「だったら、この絵は止めた方がいい。君もわかっているだろうが、これは贋作だ。一シリングの価値もない」

当たり前のことを当たり前に告げている、何の他意もない物言いだった。

突然に告げられた「贋作」という単語に、エディスはどきりとする。思わず彼に訊き返す。

「それは一体、どういう意味なの？」

「そのままの意味だ。この絵はルーベンスの真作ではない。精巧な贋作だろう。だから、絵が己を羞じて、畏縮している。君の目に、これが助けを求めているように見えるというのなら、おそらくはそういう理由だ」

氷のような声だった。無感情も極めると、温度さえ失うらしい。半ば茫然として、エディスは呟いた。

「この絵が贋作ですって？　そんな……」

画廊では持ち込まれる有名作家の絵を、必ずその画家の研究の第一人者による真贋鑑定にかける。彼等が本物だと判断したものが、贋作であるわけがない。しかし、この絵の違和感を表現するのに、実に最適な言葉だった。

何より青年の言葉には不思議な引力がある。物静かな声は勿論、憂いを帯びた目には、どこにも嘘がないように見えた。彼が言うのであれば、きっとそうに違いないと信じてしまう。少なくとも、エディスは信じたいと心の何処かで思ってしまった。

けれど、二十歳そこそこにしか見えない青年が、はたして専門家も見破れなかった贋作を見抜けるものだろうか。

「……真実だ。証明もできる」

エディスの疑念を見抜いたのだろう、青年は無造作に腕を上げ、絵を指差した。淡々とした、銀色の声が鼓膜を揺らす。

「まずは絵の表面の細工から説明しよう。ごくごく薄く、樹脂――おそらくフェノール樹脂が塗られている。カンバスの具合から見て、炉で一定時間加熱もされているようだ。これはアルコール鑑定法への対策だろう。大部分は加熱で絵の具と融合したようだが、溶け残りがここに在る」

青年の指差す箇所には、確かにニスとは異なる光の反射が見て取れた。目を凝らせば、つやつやとした、琥珀のようなとろみがあるのもはっきりわかる。

絵画の真贋判定で最も多く用いられる方法は、アルコールを浸した綿で絵画の表面を拭く、というものだ。贋作は大体が短時間で制作されるため、絵の具が生乾きの場合が多い。アルコールで拭いたとき、新しい絵は色が落ちるため、贋作と判断できるのだ。それを防ぐために樹脂を塗り、カンバスを焼いたのだろう。

「これは……」

言われて初めて気付いた痕跡に、エディスの喉から戸惑いの声がこぼれる。このとろみは、確かに十七世紀の絵画にはありえない。

青年の指がしなやかに動き、今度は絵の表面に出来た罅――クラクリュールを指差した。クラクリュールの隙間には黒い埃が入り込み、そのせいか、絵の具がすこし浮いている。まるで書物を読み上げるような調子で、青年は言葉を紡ぐ。

「次に、表面のクラクリュールだ。これは経年劣化で入ったものではない。新しく描かれた絵を古く見せるため、フェノール樹脂を塗ってから、一度絵を炙って出来たものだ。絵を炙ると樹脂によって画布が縮み、クラクリュール風の罅ができる。一方で、そのパターンはどうにも平均的であるから、おそらく焼く前にローラーで表面を割れやすくしておいたのだろう」

クラクリュールとは、古い絵画の表面に見られる非常に細かい特徴的な罅割れのことだ。その原因は、乾燥と経年劣化によって絵の具が弾力性を失い収縮することと、木枠の緩み、あるいは板の反りのために貼られている画布の張力が変化することの二つがある。本来はクラクリュールを人工的に作ることがとても難しいため、絵画の真贋鑑定にも大きな役割を果たしている。

しかし、青年の言うとおり、この絵のクラクリュールは妙に均衡が取れていた。たわみからの発生とは異なる罅だ。

エディスは青年の目の鋭さに酷(ひど)く驚く。まるで警察(ヤード)の鑑識だ。しかし彼は、相変わらず無表情のままだ。今度はカンバス全体を俯瞰(ふかん)するよう、低く言う。

「……贋作の証明は他にもある。クラクリュールの間に埃が詰まっているように見せかけるため、コーヒーの中にカンバスごと漬け込んでいたようだ。十七世紀の絵にしては、カンバスの色にセピアが濃い」

「コーヒーですって?」

意外な単語に、エディスは思わず絵を見つめ直した。カンバスは確かにセピアをまとっていたが、これは経年劣化の類(たぐ)いとは違うのだろうか。

「この国のコーヒーには大抵チコリが混ぜてあるから、それが埃を閉じ込めて、画布を古い風合いに変化させるんだ。ローストしたチコリは埃を引き寄せ、乾くまでの短い間でクラクリュールに墨入れをしたような風合いを生み出す。一石二鳥だ」

英国で流通しているコーヒーは、チコリなどの混ぜ物が合法とされている。チコリの根をローストするとカラメル色になり、コーヒーに味と香りがよく似たものが出来るが、やはり偽物は偽物で、まったく美味(うま)くない。そのうえ、チコリ入りのコーヒーは、砂糖を入れなくても妙にべたつく。あの粘りが罅の中に入り込めば、確かに古い埃の詰まった感じが出せるだろう。

エディスは青年の言葉に感心することしか出来なかった。まるであの名探偵シャーロック・ホームズのように見事な解説だと思う。

青年は僅(わず)かに目を細めると、微かに首を振る。

「……気の毒なことに、この絵は最初から贋作として作られた。故に、絵そのものも、己を呪い、羞じている。だから君は、絵が引き裂かれていると感じたのだろう」

無感情だった青年の声に、はじめて感情が籠(こ)もる。同情を感じさせる声音だった。

エディスは改めて青年を見つめた。じっと作品を眺める彼の目に滲(にじ)むのは、深い憂いと哀(かな)しみだ。寄る辺のない子供のような、そんな目だった。こんな目をする人間を、エディスは他に知らない。

《婚礼の日》が贋作であることを、画廊の人間は否定するだろう。けれど、彼の言葉が真実だと、確信に満ちた思いを抱いていた。

エディスは、自分の直感を信じる。正確に言えば、自らの心の暗闇——心の沼に咲く、蓮の花がもたらす確信を信じている。

人の心は複雑で、沼に似ている。清澄な上澄みが普段の自分だとしたら、暗い淀みの泥の部分は本能だ。心という沼の底で芽吹き、本能という泥の中から花を咲かせるその蓮は、自分でもどうにもならない感性の囁きだった。

その感性の花が囁くのだ。

——彼の言葉は真実であり、この絵は己を羞じている、と。

しかし、エディスの口から飛び出したのは、思いとは矛盾する言葉だった。

「……でも、私は、この絵が贋作でなければいいと思っているわ」

青年が表情を僅かに変えたものの、あまりにも僅かすぎて、エディスには心情を読み取ることができない。ただ、確かに彼の心が揺らめいたことだけはわかる。

だから、言葉を選んでゆっくり告げた。

「貴方を信じていないわけではないの。貴方の説明は理路整然としていた。私が絵を見て感じた違和感を綺麗に言葉にしてくれていたわ。納得もした」

「……では、何故君は、この絵が贋作であることを否定するんだ？」

青年の問いに、エディスは微かに口元を笑みの形に吊り上げた。無理やりに笑顔を作って、そして、言う。

「この絵が贋作だとはっきり証明されたら、きっと処分されてしまうもの。それはあんまりだわ。だって、絵そのものには何の罪もないのだから」

この絵を生み出したのは、人間の欲だ。罪は人間の側にあって、絵にはない。しかし贋作だと判明すれば、必ず破壊されるか、或いは何処かに封印されるだろう。

贋作は、あってはならないものだから。

けれど、それは不公平だ。悪いのは贋作を作った人間なのに、その罪を背負うのは絵の方だけ。それでは、割に合わなすぎる。

エディスの言葉に、青年が一瞬、何かを言いかけた。しかし、思いとどまったように口を閉ざす。そうして一拍の間を置くと、彼の言葉はまた無感情に戻っていた。

「確かに、それ自体は罪を犯したわけではない。けれど、贋作は生まれてきたことが、そもそも罪だ。自分のものでもない罪を、未来永劫、この世に在る限り背負い続けるくらいなら、いっそ破壊された方が、救われるのではないかと僕は思うが」

――生まれてきたことが、そもそも罪。

随分と身勝手な言い分だ。それは人間の見方であって、破壊される絵自身の考えではないはずだ。

けれど、エディスは彼の言葉を聞いても何故か怒りを感じなかった。どこまでも無感情な青年の口調の裏に、奇妙に切実なものを感じたからだ。存在することが許されないと語りながら、誰かに許しを求めている。そして、その矛盾する祈りのような感情は、エディスもよく知っているものだ。

ふいに、脳裏に一枚の絵が蘇る。この青年が誰に似ていたか、ようやく思い出した。

——この人の目は、ドラクロワの《怒れるメディア》のあの子に似ているのだわ。

夫の裏切りにより、怒りに狂った母に殺されようとしている二人の子供のうちの一人、昏い目をした黒髪の幼子に、この青年は似ているのだ。解説書などでは、その子供は短剣の切っ先を見つめているとされるが、エディスにはカンバスの向こう側にいる鑑賞者を糾弾しているように見えた。

母に殺されることを悟り、救いを求めても、誰も手を差し伸べることはない。目の前に突きつけられた黄金の短剣の切っ先が、やがて自分の体を引き裂くという現実に打ち拉がれた、あの眼だった。

諦念の色と、何も出来ない鑑賞者を糾弾する、光。

エディスには彼にかける言葉が見つけられなかった。思わず青年の緋い眼を見つめるが、すぐに視線を逸らされてしまう。

傷口にようやく張られた薄皮に触れるような、奇妙な緊迫が続く。ぱつりと音がして、それが破れてしまったら、彼は、そしてエディスも、どれだけ傷ついてしまうのだろうか。

自分が傷つくのは構わない。けれど、この人を傷つけてしまうのは嫌だった。これほど憂いを帯びた眼差し(まなざし)を持つ人に、あらゆる言葉から血を滲ませているような人に、また新しい傷をつけたくはない。

無限のような沈黙を破ったのは、遠くから聞こえてきた至極呑気(のんき)な声だった。

「申し訳ございません、お客様。お待たせしてしまいまして……」

振り向くとパーティションの近くに、画廊の主人らしき男が立っている。小太りの、穏やかそうな中年の男だ。そちらに気を取られている間に、青年はエディスから無言のうちに離れてしまった。画廊の外へ向かおうとする彼を、慌てて呼び止める。

「あの、私の名前はエディス。エディス・シダル。貴方は……」

せめても、名前だけでも訊(き)きたかった。青年は振り向きもせず、別れの挨拶(あいさつ)のように軽く手を上げた。

「……サミュエル」

それが名なのか姓なのかは教えてくれぬまま、サミュエルと名乗った青年は画廊を出て行く。その背には明らかな拒絶が感じられて、引き下がるしかなかった。

エディスは未練を断ち切り、主人のもとへ戻る。サミュエルとは、この場限りで別れた方が良い、そう判断したからだ。あの祈りのような真摯(しんし)さに応(こた)える術(すべ)がないのであれば、彼を追いかける資格はない。

「今の青年はお知り合いですか？」

主人の言葉に、エディスは出来るだけ素っ気なく首を振る。

「いいえ。《婚礼の日》について、少し話をしていたんです」

「なんと！　それはお目が高い！　どのようなお話ですかな？」

《婚礼の日》という単語を聞いて主人の目が光るが、エディスは気付かない。

「特に大したことではないですよ。ルーベンスが庶民の生活を描くなんて信じられない、という話ですから。本当に素晴らしい発見ですわ」

贋作だ、とサミュエルが断じたことは言わなかった。そうした方が良いと思ったからだ。ついでにお世辞も言ってみると、主人は気を良くしたようだ。

「だから、この《婚礼の日》は素晴らしいのですよ。ルーベンスには工房作品も含め、二千点あまりの絵が残されておりますが、その中で庶民の生活を描いた絵は一枚もない。しかし師であるアダム・ノールトや弟子たちは、貴族からの依頼で数多くの豊かな庶民の生活を描いていますからね。ルーベンスもそのツテで、絵を依頼された可能性が非常に高い。この絵はタッチから推測するに、ルーベンスの工房作品でしょう。それ故、いささか『らしく』ない部分もあるのですが、しかし、絵の構図といい、サインの書き方といい、ルーベンスの特色はかなり濃い」

上機嫌な様子で、過剰なまでに饒舌に絵の正当性を並べる主人の言葉に、エディスは静かに頷く。さらに気を良くした主人は、決定的な証拠でもあるかのように、得意げにこう言った。

「《婚礼の日》には今、国内外の美術館をはじめ、山ほど問い合わせが来ているのです。最終的には競売にかけることになるでしょうが、一体どれほどの価値になるかわかりませんな。実はさるロシア貴族から入手したのですがね。掘り出し物でしたよ」

「……そうですね」

絵の価値よりも絵の値段を強調する主人に、エディスは敢えて逆らうことはしなかった。代わりに改めて用件を告げる。

「今回は父の使いで、フランス大使にお贈りする絵を探しているのです。何か良さそうなものを見せて頂けませんか？」

些か性急に話題を変えたのは、あの青年との会話を他者に詮索されたくなかったからだ。あの絵が贋作だと話したことは、二人だけの秘密にしておきたかった。

そもそも美術界に何の力も無いエディスが、贋作だと糾弾したところで何も始まりはしない。鑑定した人間の名誉を守るために、封殺されるのは目に見えていた。封殺どころか、一笑に付されるのが関の山だろう。

「畏まりました。カタログもありますから、応接室にご案内いたします。贈答品ならば、風景画が無難でしょうかな……」

主人は話題転換にあっさり乗った。商売の話の方が、絵の話よりも好きらしい。

主人に案内されながら、エディスは、ふと、またサミュエルと会えるだろうかと思った。別に会ったところで、何かが変わるわけでもない。けれど、別れ際、彼に何も言ってやれなかったことが、ほんの少しの後悔だった。

その後悔は、棘（とげ）が刺さった痛みと何処か似ていた。

二

時刻は午後四時を回ったあたりか。ミューディーズ本店まで出かけたエディスは、帰り道に画廊に寄ろうと思い立った。例のルーベンスの贋作を見たいと思ったからだ。ここはミュージアム・ストリートとニュー・オックスフォード・ストリートの角なので、あの画廊にはほど近い。店を出て、そのまま西へ進めばすぐ辿（たど）り着く。

ミューディーズとは、ロンドンを中心に展開する貸本屋だ。一ギニーの年会費さえ払えば、一度に一冊、年に何回でも本を借り出すことが出来る。この時代、本はとても高価だ。三巻（スリー・デッカー）セットの本を新品で買った場合、一ギニー半もする。これは労働者階級の半月の給料とほぼ同額だ。そのため上流階級でも、読書には当たり前のように貸本屋を利用する。

不思議な青年、サミュエルとの出会いから三日が経った。

たった三日前のことではあるが、エディスは落ち着かない日々を過ごしていた。胸の奥に刺さった棘が時折疼き、毎晩不思議な夢を見る。

内容は目覚めると忘れてしまうが、夢を見たという記憶は残っている。目覚める度に妙に心がざわめいて、ひどく遣る瀬無い気分になるのだ。

その原因が画廊で見た絵と、あの青年にあるのは明白だった。自分には関係が無いことだと思いはするが、どうにも気になる。

こんな気分のままで過ごすのは嫌だった。サミュエルと名乗った青年と、もう一度《婚礼の日》の話がしたい。何故かはわからない。別れる間際の、血が滲むような空気の記憶のせいかもしれない。

エディスはたった一人で街中を俯き歩いた。

男爵家の令嬢が供も連れず、街を歩くのは異常である。けれど、エディスはいつも一人だ。両親もそのことに何も言わない。彼らは貴族の常識よりも、娘の意思を尊重してくれている。それは、放任主義なわけではなく、むしろ深い愛情ゆえだ。

両親はエディスの為に一人歩きを黙認し、エディスもそれに甘え、互いに互いの負い目を軽くする。ある意味で異様な関係だった。

この歪さは、エディスの微妙な立場に由来する。

エディスは表向きシダル家の長女だが、実際は両親の子ではない。父の姉の、忘れ形見だ。実母はエディスを産んだ折、産褥で他界した。赤ん坊の父親が誰か、最後まで口にすることはなかったという。今の両親は、そんな姪を引き取って、まるで実の娘のように大事に大事に育ててくれた。

十五歳になるまでロンドンではなく祖父の城で育てられたのも、幼い頃は病弱だったエディスの体調を気遣う意味もあったが、それ以上に世間から彼女を守るためだった。母を亡くし、父がわからぬため、世間は口さがなく、エディスの実父について様々な男性の名前が噂された。世間の無責任な好奇心で幼子が傷つくことを怖れ、両親はロンドンを遠く離れたカーライルにエディスを預けることを決めたのだ。

そして、祖父の城での暮らしが、今のエディスを作っている。

祖父の城には代々集められた美術品や骨董品が山とあり、すべてがエディスの友だった。祖父は孫娘に愛情を惜しみなく注ぎながら、美術品についての知識もたっぷり注いだ。成長とともに体調が安定してくると、フランスやイタリア、果てはロシアにまで彼女を連れ、各地の美術館を共に巡った。

エディスが絵を愛するようになったのは必然だろう。

そんな彼女が自身の出生の秘密を知ったのは、数ヶ月前に行われた女王陛下へのお目見えの日だ。貴族の子女は、十八歳の誕生日が近づくと、淑女になった証として女王陛下に謁見する。一種の成人の儀のようなものだ。

女王にお目見えする少女には、必ず宮廷による身元確認が行われる。通常は貴族の子女なのだから、何も問題は起こらない。ただ、両親との関係を確認されるだけだ。

しかし、エディスの場合は少しばかり勝手が違った。ハンズベリー男爵夫妻の実子ではなく、養女という扱いだったからだ。赤の他人から告げられるくらいなら、と謁見の前に両親が教えてくれた秘密は、エディスに大きな衝撃を与えた。あまりに思いもよらぬ言葉だったからである。

両親も二人の兄たちも、十八年という長い間、養女だと気付かせないほどに、本当の家族として愛していてくれた。彼らの思いやりに嘘偽りはなく、そのことは、感謝してもしきれない。エディスもまた彼らをとても大切に思っている。

だからこそエディスは、養女である自分の存在――幸せな一家に、ただ一人、偽りの家族が交じりこんでいたことを許せない。

不慮の事故で実親を亡くし、その上で今の両親に引き取られたならば、そんなことは思わなかっただろう。しかし、エディスは父無し子だ。上流階級の未婚の女性が、誰ともわからぬ男の子を孕み、産む。それは、家の名誉に関わる重大事でもあった。

父親がわからないことに、エディスの責任はない。けれど、父無し子を世間がどう見るかは知っている。もしエディスの素性が知られたら、父親は政敵に攻撃されるかもしれない。兄たちだって、父無し子の従妹を妹と呼ぶことで、不利益を蒙ることがあるだろう。血の繋がりを異様に重んじる貴族階級では、父親が解らない娘の存在は恥でしかない。

エディスは、それが怖い。

自分が蔑まれるのは嫌だけれど、まだマシだ。我慢できる。しかし、自分の存在がシダル家に、あの優しい家族に不利益を与えてしまうことは、何よりも怖い。

そうなる前に自分の存在を無くしてしまいたい、と思うときがある。

——生まれてきたことが、そもそも罪だ。

画廊でサミュエルが言ったとおりだ。選択権がなかったとはいえ、生まれてきたことがそもそも罪だった。あの、贋作と同じように。

いっそシダル家の人々が自分を嫌悪してくれていたら、悩まずにすんだかもしれない。自己嫌悪と屈折した心を抱えながらも、他人の優しさに甘えて生きている。その現状がまた、エディスを苦しめていた。

供も付けずに一人歩きするのは、世界から居なくなれれば良いと願うがゆえだ。

不慮の事故に巻き込まれ、そうして死んでしまえたなら。きっと家族もあきらめがつき、すべてが丸く収まるはずなのだ。

日常の中で事件や事故に巻き込まれる可能性は、ほとんどないことはわかっている。

エディスとて、死にたいわけでは決してない。しかし、無茶をしなければ去らぬ心の痛みがある。それを和らげるために、子供じみたわがままで両親に心配をかけながら、ありもしない解放を求めてしまう。実にくだらない屈折だ。笑い話にもならない。自分の存在を呪い、羞じる。《婚礼の日》を見たときに走った痛みは、エディスがいつも抱えている衝動に似ていた。

だから、あの絵をもう一度見たいのだ。

サミュエルに会いたい理由もおそらく同じだ。彼ならば、エディスの苦悩に何か答えを与えてくれる、そんな期待があった。

彼は、贋作は「破壊された方が、救われるのではないか」と言った。それは、理解がなければ出てこない言葉だ。贋作を理解する彼は、家族の中に入り込んだ偽物を、どう思うのだろうか。そんなことを考えながら黄昏時の街を歩くうちに、エディスは目的地にたどり着いた。

秋の日没は存外早い。五時前だというのに、あたりは薄闇に沈んでいる。ガス燈に火を灯す人夫はまだ来ていないらしい。道に人通りは殆ど無く、ミューディーズを出てからすれ違ったのは一人だけだ。

画廊の扉を開けた途端、絵画特有の香りが鼻腔を擽る。エディスの好きな匂いだ。

少し気分が高揚し、中を覗き込んだエディスだったが、ある違和感に首を傾げた。

一般的に画廊の終業時刻は、七時過ぎであることが多い。しかし今は、まだ五時前にもかかわらず、店内が暗いのだ。絵に強い光は大敵だが、夕刻なのに一切照明を点けていないのはおかしい。仮に今日が休業日なら、入り口に鍵が掛かっている筈だ。

エディスは妙な胸騒ぎを覚え、そのまま画廊の中に足を踏み入れた。薄ぼんやりした画廊の中を数歩進んだところで、何か柔らかいものに蹴躓く。視線を落とせば、黄昏に浮かび上がる輪郭によって、なんとか転ばずに済んだ。蹴躓いたものの正体は直ぐにわかった。

床に誰かが倒れているのだ。

あわててしゃがみ込み、目を凝らして確認すると、画廊の主人のようだった。死んでいるわけではなく、単に気を失っているだけらしい。

そのことに安堵し、エディスは人を呼ぼうと咄嗟に辺りを見回した。すると、更に床の上に数人の人影が倒れているのが、黄昏を透かして朧に見えた。どうやらこの画廊の従業員や客のようだ。全員が意識を失っているのが奇妙だった。

「これは、一体……」

彼等の衣服に乱れはなく、暴漢に襲われた気配もない。ただ、眠るように意識を失っている。かすかな呼吸はあるが、揺すっても声をかけても誰一人目覚める気配がなかった。

エディスは外へ助けを求めようと、慌ててドアへと駆け出す。しかし、何度ドアノブを回しても、押しても引いても、ぴくりとも動かなかった。

何かの拍子に鍵がかかってしまったのだろうか。そんなわけは無いと思いながらも、理屈を考えなければ、怖くて居ても立ってもいられない。

夕暮れの、ほんの僅かの間。照明が灯る直前の、ふと人通りが途絶える時刻。

今がまさに、逢魔が時だった。

ゴトンと、奥で何か物音がする。薄暗い室内で、視界は殆どきかない。それなのに、エディスの瞳には、絵の付近で蠢く何かが見えた。

凄まじい恐怖が襲ってくる。一方で、胸の奥が奇妙にざわめき、棘が刺さったかのように小さく疼いた。

その棘が、何かを呼んでいる——あるいは、何かに呼ばれている。

エディスは、ふらふらと操られるように部屋の奥へと進んだ。そのまま例のルーベンスの絵の前に、ふらりと立つ。ほぼ真っ暗で、何が描いてあるか判断などできないはずだ。しかし、何故かその絵だけはよく見えた。

絵から滲む、あの不思議な敵意は相変わらずで、それどころか、ますます鋭くなっているような気さえする。夕闇よりもなお濃い闇だ。

闇に吸い込まれそうになった時、エディスはふと気がついた。

花嫁のポーズが、記憶とはまるで異なっている。

エディスは一度観た絵を絶対に忘れない。だから、見間違いや記憶違いではないとはっきり言える。花嫁は鑑賞者に背を向け、花婿に寄り添うようにしていたはずだ。

しかし、今目の前にある絵では、悲しげに、俯きがちに、背を丸めている。

画面に描かれていた花も、全く違った。聖母マリアの祝福を表す百合やシクラメンが、今は復讐のシンボルであるアザミや、悲哀を表すアネモネに変化している。

「どうして、絵が……」

記憶と異なる現実に、改めて目を凝らしたエディスは、その瞬間、信じられないものを目の当たりにする。

絵の中の花嫁が、ゆっくりと振り向いたのだ。

その様は、まるでキネトスコープのようだった。人形めいたぎくしゃくとした動きで、絵の中の花嫁が振り返る。エディスが悲鳴を上げなかったのは、絵が動いた瞬間に、頭の中で声が弾けたからだった。

『──見ないで──』

それは、とても苦しそうな声だった。哀しく、救いを求める声だ。

エディスには、理不尽な運命を嘆くような声にも聞こえた。

花嫁の声では多分ない。何故なら、振り向いた花嫁には顔がなかったからだ。ぽっかりとそこだけが闇になっている。

声は、花嫁の向こうの闇の中から聞こえるようだ。闇の向こうに、何か蠢く巨大な『目』が見える。

黄金の瞳孔に銀の染みが浮かんだ、有り得ないほどに大きな眼球——。

満月の向こう側を覗いてしまったような感覚に、エディスは思わず後ずさる。ふいに巨大な瞳孔が向けられる。目が合ってしまった瞬間、頭の中ですさまじい音が鳴り響く。鼓膜を揺らしているわけではなく、頭に直接響いているような音だ。けれど、確かにそれは《聞こえる》と認識できる。

「！」

聞けば聞くほど、背骨を這い上がるような根源的な恐ろしさを呼び起こす音だった。猫の声とも、夜鳴く鳥の声とも異なる。純粋な悲鳴のようでもあり、あるいは絶唱のようでもあった。

提琴の音と生き物の声の中間だというのが一番近い表現だろう。しかし、画廊の中で提琴を弾く者がいるわけもない。音はまるで風のように翻り、部屋の中心で渦を巻く。やがて、一本の漆黒の軸を形作った。その軸の表面を、赤い何かが蠢くように這い回っている。記号のようなそれは、かつて書物で見た呪術的な文様に酷く似ていた。

鳥、炎、雷、そして何かの『目』。シンボリックな意匠が、まるで生き物のように漆黒の軸の表面を這っている。

それはとても美しいのに、とても——悍ましかった。

ここに居ては、いけない。

エディスがそう思ったのと同時に、突然、世界の色が裏返る。

空気……いや、ディオラマで絵が切り替わる瞬間のように、世界そのものが別の場所にスライドした。そこは現実とはまるで違う、陰画の世界だ。

エディスの前に今広がるのは、漆黒の光であり、純白の闇だった。完全な陰画と異なるのは、文様の赤があることだ。漆黒の軸の表面を這う文様につられて天井を見上げると、さらに信じられないものが、目に飛び込んでくる。

本来あるべき画廊の天井は漆黒にのまれ、その先には果てない闇が広がるだけだった。そして闇の奥には、胎児のように体を丸めた巨大な骸骨がたゆたっていた。天井を覆うほど、大きな骸骨だ。骨の白さが目に滲みる。

茫然と宙を見つめるエディスにむかって、骸骨がぐらりと揺れた。地面をめがけ、朽ちるように、迫っている。

「!!」

骸骨は落下しながら、ほろり、ほろり、と崩れていく。角砂糖がお茶の中で溶ける様に似ていた。粉になった頭蓋骨が、さらさらと雪のように降り注ぐ。

しかし、崩れたのは頭蓋骨のみで、それ以外の骨は要である頭が消えた瞬間に、空中で一気にばらける。一本が十フィートを超す骨が、エディスを取り囲むように環状列石のようなかたちで突き刺さった。驚きのあまり身動きをとれずにいると、今度はカーブを描いた肋骨が、骨の柱にまるで天蓋のように覆い被さる。

巨大な鳥籠に閉じ込められたようだった。しかし、意外と骨同士の隙間が広いため、余裕で通り抜けられそうだ。

我に返ったエディスは、いそいで骨の隙間から脱出しようと駆け出した。しかし、見えない壁に阻まれるように、どうしてもその一線を越えられない。

「なんで……、どうして……！」

見えない壁を手で叩いていると、ふいに、背後で何かが動く気配を感じた。背筋が凍る。恐る恐る振り向いたエディスは、瞳に映る光景に声を失った。

視線の先には、ルーベンスのあの贋作《婚礼の日》がある。陰画に染まった世界なのに、その絵にだけは色があった。

しかし、先ほど動いた花嫁は、そこにはいない。

花嫁のいた場所に何が描かれているのか、ここからでは距離があってわからない。

エディスは恐ろしいとわかっているのに、絵に近づかずにはいられなかった。きちんと確認しなければ、余計に怖いと思ったからだ。

勇気を出して絵を覗き込む。

「これは……」

絵の中の花嫁が座した場所に、それはいた。人ではない、何か。

いや、頭が一つと手足があるという意味では人の形だ。しかし、それを成しているものは、血肉を具えぬ、鈍色の金属の集合だった。

強いて言うなら鉄の化け物――否、鋼の異形だろうか。

異形に目鼻はまるで無い。顔に当たるのは、つるりとした黒い卵のような鋼の塊だ。なのに、確かに、それと『目』が合う。

エディスは思わず後ずさる。しかし、下がれたのは三歩までだ。四歩目で足が縺れてよろめいた。その瞬間、漆黒の光を纏いながら、凄まじい勢いで『それ』が絵から抜け出た。白い闇の中、黒い光が残像のように瞳に焼き付く。

異形の手が迫る。避けようとバランスを崩して尻餅をついたのは幸いだった。骨の粉が積もった床にへたり込んだエディスの頭上すれすれを、鉄の腕が掠めていく。ほんの僅か擦ったのか、ちかっと右の瞼に痛みが走った。

異形の腕が抉り取ったのは、本来ならエディスの右目があった場所の空気である。

もし転ばなければ、右目がどうなっていたかは想像に難くない。

ほんの僅か安堵したものの、瞬時に強烈な憎しみがエディスに向かって叩きつけられる。ここまであからさまな敵意を向けられたのは生まれて初めてだ。何故、鋼の異形にこれほどまで憎まれるのか、エディスには解らない。

——或いは、解らないから憎まれるのか。

呆然としている間に、再び鋼の異形の腕が、エディスの眼前に迫る。避けるどころか、悲鳴を上げることさえ出来ない。周囲の動きがとても遅く見える。ゆっくりと右目に鋼の指が迫り来るのを、瞬きもせず見つめていた。凍てつくような鉄の指で目玉を抉られたなら、さぞや凍えることだろう、と他人事のようにぼんやり思う。

『その目、その目が……！』

頭の中に、強烈な憎悪の籠もった声が響く。どこか泣き声のようにも聞こえた。

鋼の異形は、なぜかエディスの目を欲しがっている。振り返った花嫁から発せられていた、救いを求める声と同じだった。

エディスから目を奪えば、この異形は救われるのだろうか。

目を抉られれば、エディスはこの世から消えてしまえるのだろうか。

なんだか良いことずくめな気もする。けれど、同時に死にたくないと叫ぶ心もあって、そんな自分が滑稽だった。

指先と目玉の距離が一インチ（一インチは約二・五センチ）を切る。

諦めを込めてエディスが微笑すると、ふいに、鉄の指と右目の間に白い粉塵が、ふわっと舞った。空間を切り裂くように、真上から青みを帯びた白銀の光が閃く。その光はギロチンの刃の如く、真っ直ぐ勢いよくエディスの眼前を切り裂いた。あまりの眩しさに瞳を閉じると、澄んだ音が耳に響いた。迫り来る鉄の指の気配が消える。

恐る恐る眼を開くと、エディスを貫こうとしていた金属の腕が肘の先から二つに折れていた。呆然としているうちに横抱きにかっさらわれて、一気に異形の前から引き離される。

抱かれた瞬間、エディスは酷く安堵した。しかし、それは助けられたことへの安堵ではない。死を望む心と、助かりたいと思う心の天秤がうやむやになったことへの安堵だった。

凄まじい音がして自分のいた場所を振り返れば、肘から先を失ったままの異形が、腕だったものを大きく叩きつける姿が見えた。衝撃で大理石の床板が木っ端微塵に砕ける。あの場にいたら、砕けていたのは床ではなくエディスの全身の骨だっただろう。

助けられたことへの安堵を、今度は強く感じた。結局のところ、エディスは生きたかったのだ。こんな時なのに、そう思えたことが嬉しかった。

　改めて自分を救ってくれた存在を見上げると、そこには白金の髪と緋い瞳を持つ、彼の青年の姿があった。彼は左手一つでエディスを抱え上げ、右手には滑らかな反りのある片刃の剣を握っている。

　その美しい反りには見覚えがあった。サウス・ケンジントン博物館に展示してある、刀とかいう、日本の武器だ。

「貴方は……！」

　驚きと困惑の混じったエディスの声にも、サミュエルはちらっと一瞥を与えただけだった。相変わらず冷静な――聞きようによっては、感情が欠落した声で低く囁く。

「喋らないで。舌を噛む」

　確かに彼の言葉通り、迂闊に喋っては舌を噛んでしまいそうだ。腕を斬り落とされたにもかかわらず、異形はエディス達に向かって突進してくる。

　落ち着いて見ると、あの絵の花嫁は一フィートのサイズもなかったのに、這い出た影は十フィートを優に超えていた。金属の棒で編み上げた歪な人形は、禍々しいはずなのに、何故だか神々しささえ感じられる。

　サミュエルはエディスを抱えたまま、真っ直ぐそれに立ち向かう。左手は使えぬ状態であるのに、彼は不利とは思っていないようだった。襲い来る異形と衝突する寸前、サミュエルは骨の欠片が積もった床を力強く蹴り、エディスごと宙に飛んだ。

そして、刀を握った右腕を大きく背中へと回し、一気に振り切る。

いわゆる太刀風、というのだろうか。耳元で刃が風を切る音が鳴った。

直後、轟音が鳴り響く。

鉄と鉄が思い切りぶつかり合う音に、白い闇さえも震える。

異形の体が大理石の床へと叩きつけられ、拉げたように体が歪む。悲鳴や叫びは一切聞こえなかったが、空気の震えは伝わってくる。

一方でサミュエルは、反動を使って異形から五ヤード（一ヤードは約九十一センチ）ほど離れた場所へ優雅に着地した。

「……赤のままでは、やはり斬れない、か」

言葉の意味がわからず顔を上げると、陰画の世界に罅割れが広がっていくのが目に入った。白い闇が剝がれるように破片となって霧散していき、陽画の世界が急に戻ってくる。エディスを閉じ込めていた骨の鳥籠に陽画の光が差し込むと緑青が浮き、あっという間に錆が表面を覆って朽ちていった。床に減り込んでいた異形の存在も、だんだんと薄れ、見る間に光に溶けていく。

気がつくと、すべてがあの黄昏に戻っていた。骨が突き刺さり、破壊された床は勿論、異形が砕いた箇所にも何の痕跡も残っていない。

ガス燈の黄色い光が、窓を通して画廊の中へと入ってきている。異形が消えた床を見つめたまま、サミュエルが小さく呟く。

「仕留め損ねた。逃げられたな……」

そして、左手に抱えたエディスに視線を移した。

「もう危険はないはずだ。一旦下ろそう」

その言葉に、慌ててエディスは頷く。今までずっと抱きあげられたままだったことにようやく気付いた。

距離を取ろうと急いで床に下りたエディスだったが、脚が震えてよろめいてしまう。膝をつく直前、サミュエルが掬い上げるように腕を取り、さりげなく支えてくれた。脚の震えが止まるまで、彼に縋るような姿勢になる。

訊きたいことは山ほどあった。しかし、まずは礼を言うのが先だ。一人で立ち上がれるようになると、エディスは真っ先に礼を告げた。

「あの……、助けてくれてありがとう。貴方にも怪我はない？　大丈夫？」

その言葉に、サミュエルの無表情が崩れた。少し意外そうな顔をしている。抜き身のままの日本刀を鞘に収めながら、返事をくれた。

「……これは、僕が勝手にしたことだ。礼を言う必要はない」

「でも、貴方が助けてくれたことは事実だから」

「君はなんだか変わっている。こういう場合、泣くか喚くかしたあとで、今のは何だと訊いてくるのが一般的だ。礼を言われ、更に怪我の有無まで訊かれたのは初めてだ」

無感情の声で告げられ、エディスは小さく微笑みながら返事をする。

「訊きたいことは山ほどあるけれど、お礼が先だと思ったから。それに、あんな怖いものと戦ったんですもの、貴方に怪我でもあったら大変でしょう」

気を悪くしたのならごめんなさいと、素直に頭を下げると、サミュエルが一層目を瞬かせる。

「謝る必要は何もない。僕の方こそ、妙なことを言ってしまって悪かった」

エディスの謝罪に、サミュエルは本気で困っているようだ。

彼は一見無感情なように見えるが、どうやら、感情を表現することが恐ろしく下手なだけらしい。あたりまえだが、感情はきちんとあるのだ。そういう所が微笑ましくて、エディスはますます唇を綻ばせた。それを見たサミュエルが、何かを言いかけ、また黙る。

「どうかしたの？」

「殺されかけた直後なのに、笑える人間というのは珍しい。普通、もっと動転するし、気味悪がる」

「そういうものなの？」

「そういうものだよ」

彼の口調から、先ほどの異形との対峙が特に珍しいわけではないことが窺える。エディスが知らないだけで、日常のすぐ側には非日常が潜んでいるのかもしれない。

納得して頷く姿を、サミュエルは何も言わずにあの茫とした目で眺めていたが、やがて、例の絵が掛かっている方へと歩き出した。絵の前まで行くと、何かを確かめるように、額縁から器用にカンバスを取り外す。

そして、カンバスを見て、口の中で「……やはり」と呟いた。エディスも彼の隣に並び、カンバスを覗き込む。変化は明白だった。

黄昏の中で見た変化はすっかり消え去り、《婚礼の日》はほぼ元通りに戻っている。しかし唯一、花嫁のいた辺りの絵の具だけは剝がれ、下塗りらしい黒ずんだ面が剝き出しになっていた。

その下塗りこそが闇の正体だ、と理解する。

一見均一に塗られているが、よく見れば繊細な偏りが美しい。黒と言っても漆黒ではなく、何処か赤みを帯びている。錆のような色だった。

このルーベンスの贋作は、下塗りから滲みでる敵意によって強烈な輝きを放っていたのかもしれない。下塗りを見てしまえば、途端にあの結婚式の絵が色あせて見えた。

それほどまでに凄まじい、鬼気迫る塗りだった。

サミュエルはカンバスを左手で持ったまま、右手の親指を中指に押し当て、指を鳴らす形を作る。いわゆるフィンガースナップの形だ。普通は音を鳴らすときは掌を上にするものだろうが、彼は手の甲を上にしている。カンバスの隅に向け、パキン、と鋭く音を鳴らした。

鋭く高い音に、エディスは一瞬びくっと体を震わせる。高く鋭い指の音が、黄昏を切り裂いたように思えたからだ。するとどういう仕組みか、木枠に画布を止めていた釘が一斉に外れた。カンバスが空中で、画布と木枠と釘に一瞬で分解される。

石の床に、木枠と釘の零れる音が奇妙に響いた。

サミュエルの手に残ったのは、絵が描かれた画布のみだ。彼は片手で器用に画布を巻き上げる。

「貴方はこの絵をどうする気なの？」

思わず訊いたエディスに、サミュエルはどこか虚ろに呟いた。

「僕にあれは壊せなかった。この絵は既に抜け殻だが、あれが戻る可能性もある。だったら、此処に残すわけにもいかないだろう」

その言葉に、エディスはすぐに察する。サミュエルは、これ以上誰かが巻き込まれないようにするために絵を持ち去るのだと。だから心配になって訊いてしまう。

「それを持っていたら、今度は貴方の元に怖いものが来るんじゃないの？」

「それは君には関係のない事柄だ。僕が絵を持っていくことで、この件は君の手から完全に離れるだろう。自分から厄介ごとには関わる必要はない」

　サミュエルは問いには答えなかった。代わりに、エディスを見下ろして言う。

「とりあえず、ここから出よう。これ以上君を巻き込むわけにはいかないが、状況が状況だから、ひとまず一緒に来て欲しい。良いだろうか」

「別に良いけれど……。でも、どうしてここから逃げるの？　貴方は皆を助けてくれたじゃない」

　特に何も悪いことをしていないのだから、逃げる必要はない筈だ。しかし、彼は静かに首を振った。

「やむを得ないとはいえ、僕はこの絵を盗んでいく。真実を語っても誰も信じないだろう。であるのなら、盗賊としてこの場を去った方が無難だ」

　確かにその通りだ。誰にもこの状況を説明しようがないし、第三者の目からすると、二人とも絵画泥棒にしか見えない筈だ。黙って消え去るのが一番良い。

　納得した様子のエディスを一瞥して、サミュエルは筒状に丸めた画布を無言で差し出す。そして、素直に受け取った彼女の頭に、脱いだ自分の上着をすっぽり被せた。

上着の下は体に合ったウェストコートと白いシャツで、袖に付いたシャツガーターは銀製らしい。フォアインハンド・タイの結び目もきちんとしていて、実に絵になるとエディスは少し見惚れてしまった。

「破片で怪我でもするといけないから、少し息苦しいかもしれないけれど、被っていて欲しい」

サミュエルに無造作に抱き上げられる。俗に言うお姫様だっこという奴だ。エディスは仰天するが、抗議の声は流石に出せない。状況が状況だからだ。

「移動中は舌を噛むから喋らないように。ついでに目も閉じていることを勧める」

忠告のようなその声に、エディスは素直に従った。目を閉じた瞬間、抱き上げられた体ごと、ふわっと宙へと浮き上がるような、そんな気配を感じる。一拍おいて、ガシャン、と硝子が砕ける音が間近に聞こえた。

布越しに感じる破片の気配に、なるほど、確かに上着を被せて貰ってよかったと納得する。無感情な口調とは裏腹に、サミュエルは案外親切で細やかだ。

トン、と柔らかく着地する気配がしたあと、彼が猛スピードで駆け出したことがわかった。エディスはぎゅっと目を閉じたまま、振り落とされないようにしがみついているしかない。

本当は、訊きたいことが山ほどある。

あの化け物が何なのか、陰画の世界は何だったのか、どうして画廊の人間は全員意識を失っていたのか。何故、エディスだけが気を失わずに済んだのか。そして……。

——そもそも貴方は何者なのか。

けれども、それらの答えを知ったところでエディスに何が出来るわけでもない。精々自身の好奇心が満たされる程度だろう。知るべきことなら、いつか自ずと知る時がくる筈だ。彼が話さないことを無理に訊く必要はない。

ぼんやりとそんなことを考えながら、エディスはただひたすらに風の音を聞いていた。ほんの少しだけ、右目の瞼がピリピリ痛んだ。

エディスが再び地面を踏んだのは、それから暫く後のことだった。降ろされた場所は、人通りのない路地裏である。ポケットからアルバートチェーンごと時計を出すと、午後六時を過ぎていた。ついこの間までは、六時でも十分明るかったのに、秋の夜は釣瓶落としとはよく言ったものだ。

「……君の家は？」

サミュエルはそう尋ねながら、エディスから画布を受け取ると、最初に出会った時に肩から下げていた細い筒状のケースに刀と一緒に収めた。あの時、筒の中には刀が入っていたのだということを悟る。

「メイフェアの方だけれど……」

住所を伝えると、サミュエルは「一人歩きは物騒だから、近くまで送っていく」と、事務的に言った。その声が、なんとなく優しく聞こえるのは何故だろう。

「ありがとう、助かるわ」

家までの道のりを、二人で他愛のない話をしながら一緒に歩いた。事件の核心に迫るような会話は敢えて避け、好きな飲み物だとか、食べ物の話を主にする。というより、エディスが殆ど一方的に喋り、サミュエルは黙って話を聞いていた。

好きな食べ物の話も尽きかけ、話題は好きな絵の話へと移った。好きな画家の名前を挙げては、その作品をひたすら語る。サミュエルは絵の話も黙って聞いていたが、エディスが「イリヤ・レーピンの《イワン雷帝とその息子イワン》が、私の運命の絵なの」と言った時だけ、初めて不思議そうに口を挟んだ。

「運命の、絵?」

「ええ。私が《イワン雷帝とその息子イワン》を見たのは十三歳の時だけれど、生まれて初めて、絵を見て身体が震えたの。絵に込められた魂に圧倒されて、声も出なかったわ」

言いながら、エディスはロシアで見たその絵を思い出す。

《イワン雷帝とその息子イワン》は、ロシアの画家イリヤ・レーピンが描いた歴史画だ。リューリク朝の皇帝、イワン雷帝が怒りにまかせて実の息子をうちすえ、死に至らせる寸前の狂気の場面を描いたとされている。

初めてこの絵を見た時の衝撃を、エディスは今も忘れられない。絵の中には、言葉では語り尽くせない程の強烈な情念が渦巻いていた。

闇に沈む豪奢な部屋の中、寝巻き姿の老人が、頭から血を流した瀕死の男を抱いている。老人の目は大きく見開かれ、涙さえ浮かべていた。大切な者を殺してしまうことへの怯えや驚愕、そして烈しい後悔と畏怖が、見た者の胸へ突き刺さる。

カンバスの中で、もっとも目を引くのは、老人――雷帝イワンの表情だろう。しかし、エディスの心を打ったのは、彼が抱きしめる血塗れの男――皇太子の目から静かに零れる涙だ。この一雫の涙こそ、死にゆく彼の言葉の総てだろう。その衝撃を思い出し、エディスは小さく呟く。

「……だけど、皮肉なものね。運命の絵に出会ってしまったからこそ、私は夢を諦めざるを得なくなったのだから」

「夢？」

「私、絵が好きだから、画家になるのが夢だったのよ。だけど、運命の絵に出会って気付いたの。私の絵には魂がない。カンバスを通して伝えたい思いが、何もないって。それが解ってしまったから、私は筆を折ったの」

曖昧に笑ってみせるエディスに、サミュエルは何も言わなかった。ただ、じっとエディスを見つめるだけだ。

夢を諦めたことを誰かに話すのは、初めてだった。しかし、サミュエルが同情することなく、受け止めてくれたおかげで気分が少し軽くなる。下手に慰められでもしたら、余計に惨めになることがわかっていたから、その反応が嬉しかった。

一方で誰にも話したことのない夢を語ったことが恥ずかしくなり、エディスは少し慌てて、午後のお茶のメニューはデヴォンシャー・クリームをたっぷり使ったクリームティーが一番好きだという話をした。サミュエルは急な話題転換を気にした風もなく、「君は甘いものが好きなのか」と、ぼんやりした口調で質す。

「食べることが好きなの、私。ミンスパイとかクリスマスプディングなんて、クリスマス以外でも食べたいくらい。幸せが形を取ったら、きっと甘いものになると思うの」

にこにこしながら答える少女を見て、青年の目の端に僅かな困惑の色が浮かぶ。

「……君はやはり変わっている。さっきの出来事が、まるでなかったみたいだ」

「それは貴方が助けてくれたからよ。気を失わなかったのも、多分同じ理由だわ」

ありがとう、と、改めて礼を言うと、サミュエルは小さく呟いた。

「もっと質問攻めにされると思っていた。なのに、君は二度も礼を言う」

「だって、貴方が『知らなくていい』と言ったんですもの。貴方がそう言うのなら、そういうものなのよ、きっと」

「君は、それで納得するのか？」

サミュエルの問いに、エディスは、にっこりと微笑む。

「ええ。私は貴方を信じたから。だから、いいの」

「……信じた？」

サミュエルが鸚鵡返しに言う。信じられないものを見たような、珍しく驚きを孕んだ声だった。

「だって、貴方は私を助けてくれたでしょう。そして、本心から私のことを心配して、深入りするなと忠告してくれた。その善意を、自分の好奇心を満たすためだけに踏みにじるのは失礼だわ」

彼は幾度か目を瞬かせ、空を見上げて一つ呟く。

「……なら良かった。聞かれたところで僕が答えられたかも解らないから」

どこか回りくどい、不思議な言い回しだった。言葉の裏に隠れた意味を読み取ることはできない。

つられてエディスも空を見上げると、排煙の靄の先に、微かにきらめく星が見えた。

夜空を見るのは久しぶりだ。吐く息は、夜の霧より、なお白い。

月が浮かぶ南の空を、大きな飛行船が飛んでいる。方角から察するに、大陸行きの船だろう。

無言のまま、時折空を見上げて歩き続けた。気づけばエディスの家の前だ。

「ありがとう。ここが私の家だから」

サミュエルは一つ頷いて、はじめて帽子を持ち上げて挨拶をしてくれた。エディスも、静かに頭を下げる。

別れ際、「また会える?」とは訊かなかった。訊いてしまえば、きっと答えは「会わない方が良い」に決まっているからだ。

だから代わりに微笑むだけで、さよならも言わなかった。

サミュエルもまた、何も言わずに踵を返す。エディスはその姿が見えなくなるまで、家の前で一人佇んでいた。南へ向かう飛行船を追うように、瞬く星が、ひとつ流れた。

三

ガイ・フォークス・デイを明日に控えた十一月四日、エディスはブルームズベリーにある美術館を訪れていた。秋は益々深まり、冬まではあと一歩というところだ。

今日は、一八六一年十二月十四日に亡くなったアルバート公を偲ぶ為の、王室コレクション展の初日である。アルバート公の死から三十四年が経過しているため、彼を知る者もさほど多くはないらしく、初日にもかかわらず会場は閑散としている。

実を言えば、エディスの目当てもアルバート公ではなく、ヨーロッパ王室で引っ張りだこの人気画家、フランツ・ヴィンターハルターの絵画だ。彼の描いた英国王室の肖像や少年期のエドワード皇太子の絵は有名だが、原物をこの目で見るのは初めてだった。

王室が所有する絵画が公開される機会は滅多にない。そのため、エディスは木枯しの吹き荒れる中を歩いて来た。いつものように、供も連れずに一人で。エディスにとっては久しぶりの外出だった。

二週間前、サミュエルに送られて帰宅した直後に、エディスは熱を出して三日も寝込んだ。風邪を引いたわけではなく、精神的なものが原因であったらしい。あんな非常識な目に遭い、命の危険に晒されれば、熱だって出るだろう。むしろ、熱だけですんで良かった、とも言える。

エディスが寝込んでいる間、母は付きっきりで看病してくれた。かかりつけの医者が「知恵熱のようなものですから、大したことはありません」と診断したにもかかわらず、片時もベッドの側から離れることはなかった。夜中にふと目が覚めて、枕元でうたた寝をする母を見たとき、嬉しさと申し訳なさが同時にこみ上げた。

回復後も母の過保護は続き、エディスもそれに応えて一切の外出を控えていた。画廊で起きた事件は、タイムズ紙に拠ればガスか薬物を使った賊の仕業、と言うことでともない。

一応はけりがついたようである。サミュエルの目論見通りだ。例のルーベンスの絵画は贋作だと糾弾されることはなく、真作として消失した。二度と表舞台に出てくることもないだろうから、真実は歴史の闇に埋もれ、贋作の制作者は永遠に断罪されることもない。

それが良いか悪いかは解らないが、兎にも角にも終わったことだ。

大人しく家に閉じこもっていた間、画廊でエディスを襲った異形が再び現れることもなかった。「この件は君の手から完全に離れる」とサミュエルが言った通りになったらしい。エディスはそのことに安堵する半面、二度と彼に会うことはないのだと、少しばかり——いや、猛烈な寂しさを感じた。

贋作はその場で破壊された方が、救われるのではないか。

初めて会った時、彼が零した言葉にエディスは何も応えることが出来なかった。たった一言、彼に伝えるべき言葉があったはずなのに。

彼に二度と会えないということは、捕まえ損ねた言霊もまた、決して戻ってはこないということだ。それは棘となって、エディスの胸の奥に刺さり続ける。

この棘の痛みは、自らが贋物である事実をエディスに突きつけるものだ。心配そうな母を振り切って、今日一人で外出したのはその痛みに耐えきれなくなったからだ。

家族のこと、贋作のこと、サミュエルのこと。すべてが綯い交ぜになり、じっとしているとと胸が押しつぶされそうになる。

素直に家族を愛し、何も知らなかった頃に戻れたらどんなに幸せだろう。しかし、贋物である自分の罪を、家族に降りかかるかもしれない不幸を知ってしまった今、無垢な頃のように振る舞うことはもう出来ない。

キリスト教の教えでは、すべての人類が生まれながらの罪を持つ。けれど、イエスが磔刑になった際に原罪は贖われたと、教会の司祭は言っていた。

では、エディスの罪はどうしたら贖うことが出来るのだろう。生まれてきたことそのものという、自分では贖いようのないこの罪は――。

陰鬱な気分を振り払うように、エディスは絵画鑑賞に没頭する。絵画を観ることは、唯一の気晴らしだ。絵を観ている時だけ、自分の罪を忘れられる。

広い展示室には、アルバート公に因んだ様々な絵画が飾られていた。ロンドン万国博覧会の目玉である水晶宮の絵画もある。日光から作品を守るために、展示室の窓はすべて厚いカーテンで覆われている。曇天とはいえ、外は光の世界だったことをエディスは実感した。

王室コレクションの数々は、まさに至高の一言だった。

額の中から放たれる輝きは様々だ。あるものは、王家の絵に相応しい瑞々しく澄んだ光を放っており、またあるものは、どことなく禍々しい蜜のような闇がこびりついている。光にしろ闇にしろ、作者の情念が迸る作品を観る時、エディスはひどく疲弊してしまう。絵に込められた魂の鮮烈さに、呑まれそうになるからだ。

そのため、絵画を観る時のエディスは戦いに挑むような心境になることがある。それでも特別な展示があれば必ず足を運ぶのは、得られるものがあるからだ。

絵画と、絵画の作者との戦いの果てに得る、心の豊穣。それこそがエディスに最も必要なものでもある。心が豊かになれば、いつか自分の罪を受け容れて、どちらかの道を選べるようになるかもしれない。エディスはそう思っている。

ゆったりと絵画との時間を過ごしていると、やがて、大きな肖像画の前に辿り着いた。《ヴィンターハルターの《ヴィクトリアの家族》。この展覧会の目玉というだけあって、最も目立つ場所に飾られている。額縁もとても豪奢で、造りが違う。

幸いなことに周囲には誰もいない。エディスは絵の真正面に立ち、じっと眺める。

中心に描かれているのは英国の大繁栄を築いた威厳ある女王と、彼女を愛情と知恵で支える夫だ。二人を取り囲むのは、愛の結晶ともいえる五人の子供達。英国王室としての気品を感じさせながらも、日常の幸せが滲み出る、実に素晴らしい絵だ。

強いて難点をあげるならば美化が烈しすぎるという点だが、国民の目に触れる宮廷の絵画であれば、麗しく華美に描くのは仕方のないことだろう。絵画によって王室の繁栄と栄光を知らしめることは、宮廷画家の大切な仕事だ。

うっとりと絵に見惚（みと）れていると、横から強烈な視線を感じた。横を見れば、濃い栗色の髪の紳士が微笑んでいる。

仕立ての良いフロックコートに、高級そうなトップハット。細身の杖（つえ）はオニキス製だ。随分と裕福な身なりをしているが、エディスとはさほど年が離れていないように見える。二十代の半ばくらいだろうか。思慮深そうな碧（あお）の瞳（ひとみ）が印象的だ。

彼は紳士らしく帽子を持ち上げて挨拶をしたあと、穏やかな声で言う。

「これはこれは。絵がざわめいていると思ったら、なるほど、そういうことか。腑（ふ）に落ちたよ」

「え？」

唐突な言葉に、エディスは瞬（まばた）きを返す。紳士は和やかで優雅な笑みを崩さない。

「君はまるで絵を裁くように見ているね。自分では気付いていないのかもしれないが、作者の技巧や表現していることだけではなく、隠しておきたいこと、埋（うず）もれた思いまでを見透かしてしまう。まるで絵を裁く、断罪の目だね」

初対面の紳士に突拍子もないことを言われ、エディスは戸惑いを隠せない。しかし、何故か警戒心は浮かんでこなかった。彼の話し方のせいだろうか。まるで水のように、心の中に染み込むような声だった。

「断罪の目……ですか？」

思わず鸚鵡返しに呟くエディスに、紳士は少し笑ったようだ。

「失敬、失敬。随分馴れ馴れしくしてしまったね。君が熱心にこの絵を見るものだから、ついつい余計なことを言ってしまった。君は美術に造詣が深いようだね」

「あ、いいえ、ただ好きというだけなので……」

「ヴィンターハルターは、素晴らしい技巧で王族の栄光と家庭のあたたかさを描くことに長けているが、スペインの宮廷画家ベラスケスやゴヤとは違い、対象の美化が著しい。そのため、どうしても表面におべっかじみた、作り物特有の偽りの空気が漂うんだ。ほんの些細な瑕疵に過ぎないが、見破られた途端、絵の羞恥がそこから溢れる。だから君に見られたことで、絵も落ち着きを失ったのだよ」

可哀想に、という言葉は、絵に向けられたものなのか、それともエディスに向けられたものなのか。思わず尋ねてしまう。

「私が見たせいで、この絵がざわめいているんですか？」

紳士はステッキに寄りかかり、少しだけ目を細めた。彼の口調には僅かな憐憫が含まれている。

「器物というのは案外繊細だからね。そして、人の営み、思いを直に封じ込められた絵なら猶更だ。写真と異なり、絵は真実を表すものではない。絵とは、魂を、嘘を、思いを封じ込め、表すものだ。絵画は無韻の詩だからね」

「絵が言葉、なんですか？」

些か突拍子もない意見にエディスが問い返すと、紳士は穏やかな顔のまま、当然だというように頷いた。

「誰かに思いを伝えたり、語りかけたりするための手段を言葉というのであれば、絵を言葉と解釈しても何の不都合もないだろう？　文字はそもそも、絵から生まれたのだから。ただし、絵画に込められた詩を読み取れる者は、存外少ないのだけれどね」

それはそうだ、とエディスは納得する。作家が文字で他者に自分の主義主張を伝えるように、画家は絵画に己の主義主張を込めている。しかし、言葉と違ってそれは受け手側の解釈に委ねられる範囲が広い。

紳士はエディスを見て、言葉を続けた。

「君のように絵を見ることは、とても正しい。絵を読み、その内面まで深く曝く見方は、無韻の詩――作者が真に表現したかった思いを見つけだすだろう。しかし、それが絵にとっては案外好ましくないという側面もあるんだよ。君の目は、絵の魂を曝いてしまう」

「魂……」

「魂を曝かれるというのはね、故意にしろ無意識にしろ辛いものさ。己の罪でもないものを押しつけられているなら猶更、ね。あらゆるものは見られることで認識され、そうして初めて存在するんだ。君が曝くことで、いままで曖昧だった絵の魂が確立されてしまうんだよ」

紳士の言葉は不思議だったが、腑に落ちる部分もある。ふと、エディスは陰画の世界で出会った鋼の異形を思い出す。

贋作の中から出てきたあの化け物は、執拗にエディスの目を狙い続けた。それはもしかしたら、自分の中の贋作という羞恥心——魂の瑕疵——を曝かれ、確立された事による怒りだったのかもしれない。

隠しておきたい。見られたくない。認めたくない。

そういうものを無遠慮に覗き込み、曝き立てる行為は確かに褒められたものではないだろう。エディスが観ることで、確立されるのならば猶更だ。

それはとても——傲慢なことだ。

エディスとて、出生の秘密を曝かれたら、と考えるだけで身が竦む。言いふらされたら、きっと相手を憎むだろう。同じことを、あの絵に対して行っていたのだ。

半ば愕然として紳士に訊いた。

「……でしたら、私は絵を見ない方が良いのでしょうか？」

自らの傲慢さを恥じて俯くエディスに、紳士は顔を上げるよう促した。

「それは違う。言っただろう、君の絵の見方はとても正しい、と。絵は言葉を放っている。誰かの耳に届くことを期待して、あらゆる声は発せられているんだ。本来であれば埋もれてしまう、届かない声を、受け取ってもらえることは幸せなことだよ」

そこで紳士は一度言葉を切り、諭すようにエディスに語りかけた。

「君が絵の真実を曝いてしまうのは、君のせいでもなんでもない。君はただ、見ているだけだから。けれど、それを気に病むのであれば、瑕疵を曝くのではなく、普通の者には届かない絵の声を拾ってあげるようにすればいい。そうすれば、こうして絵がざわめき、己を羞じることもなくなるだろう」

柔らかく微笑みながら告げられた言葉は、エディスの胸に、まるで福音のように甘く響いた。

曝かれることと受けとめられることは違う。二週間前の出来事が脳裏によぎる。誰にも話すことができなかった、自分の夢。それをサミュエルに話したとき、彼が黙って話を聞いてくれたとき、エディスの心は確かに軽くなった。

あれが多分、救われる、ということなのだ。

人はすべての思いを自分の内で抱えきれるほど強くはない。誰にも知られたくないと表面上は思っていたとしても、心の奥底では理解と共感を求めてしまう。誰にも届かない声などない。幻想かもしれないが、そういう救いが人間には必要なのだ。

そして、人だけではなく、人の手で生み出されたものだって、そういう救いを欲しているに違いない。それに気付けただけで、胸の奥が温かい。エディスは、目の前の紳士に心から頭を下げた。

「そうですね……。これからは、もっと絵の声に耳を傾けてみることにします。教えて戴いてありがとうございました」

「君はとても賢い子だね、お嬢さん。きっと君なら、絵に秘められた真実を聞き届けることが出来るだろう」

そう告げる唇の端から、少し尖った歯が覗く。優しい顔には似合わないが、彼が心から微笑んでくれたことだけはわかる。

「願わくは、君がその声を聞くことで、不幸な絵画を救えるように。私はそう祈っているよ」

柔らかくも何処か毅然とした声で、紳士がエディスに告げた瞬間だった。

「ミスタ・ブラウン。準備が整いました」

ふいに背後から、ロシア訛りの強い英語が耳に飛び込んでくる。声の主を探すと、こちらに向かってくるロシア人と思しき青年の姿があった。

何処か具合が悪いのか、頬は痩け、目は落ちくぼみ、隈も濃い。手ががさがさに罅割れていて、過酷な労働の果てに体を壊してしまったのかもしれない。しかし、落ちくぼんだ目の中には強い意志が溢れていて、エディスにはそれだけが救いのように思えた。イワン・クラムスコイの《荒野のイエス・キリスト》に描かれたイエスに、どことなく似ている気もする。

彼の姿を認めた途端、ブラウンと呼ばれた紳士が残念そうにエディスに向き直った。

「名残惜しいが、私はそろそろ行かねばならない。迎えの者が来たからね」

迎えというからには、青年は彼の使用人か何かなのだろう。エディスが頷くと、ブラウンは再びトップハットを軽く上げた。

「では、お別れだ。万一また相見えたら、君に聞こえた絵の声を教えて欲しい」

「はい、ごきげんよう……」

膝を折ってお辞儀するエディスに、ブラウンはほんの微かに笑みを返す。彼の別れの言葉は、妙に真摯な口ぶりだった。

「ああ、さようなら」

そのまま、少し眩しそうに顔を歪め、明かりに満ちた外の世界へ歩き出した。

ブラウンの背を見つめ、エディスはルーベンスの絵のことを思い出す。

あの時サミュエルも自分と同じく、贋作を見破った。けれど今改めて考えてみれば、看破しながらも目をつむり贋作でなければ良いと願ったエディスと異なり、彼は贋作に対してでも何処までも真っ直ぐに向き合っていた。だから絵に対して「気の毒」という言葉がでたのだと、今更気づく。

贋作ならば完全に絵が無価値になると断じたエディスと、贋作という罪を背負わされた絵を憐れんだサミュエル。表層の瑕疵しか見ない自分と異なり、彼は絵の《想い》を見ていたのだと今頃解る。同じようでいて、二人の絵の見方は対照的だ。

あの異形の怒りがエディスにだけ向けられたのは、それが理由なのだろう。

もう二度と会うことはないと解っている。けれども、もう一度だけサミュエルに会いたい。絵の《想い》を見つめていた、あの憂いを含んだ目の意味を、今こそエディスは知るべきなのだと痛烈に感じた。


背中に少女の視線を強く感じたが、ブラウンは振り返らなかった。代わりに、傍らにいるロシア人に囁く。

「少女に絵画の鑑賞法を啓蒙していたのだが、時間切れというのは実に残念なことだね。彼女なら、数多の絵画を救えたかもしれないけれど、それは叶わぬ未来のようだ」

「貴方がその少女を惜しいと思われるのならば、いっそ延期されたら如何ですか？」

その言葉に、ブラウンは微かに笑う。

「いや、延期する必要はない。どのみち、ここで死ぬなら、それが彼女の運命なのさ。

実験に私情は不要だ。運も含めて、『我々は危害を加える力を持っている』。私には無限に時間があるけれど、無駄に使うのもどうかと思うし」

「実験……ですか」

ロシア人がほんの僅かに眉を顰める。しかし、ブラウンは気にする様子もなく言葉を続ける。その声は何処までも穏やかで、且つ理性的だ。

「実験さ。これが成功した暁には、今度はエルミタージュやトレチャコフで大々的に本番と洒落込もう。あのあたりは湿気ているが、ルーヴルやプラハと違い、日差しが少ないのが実に良い」

「私には、あれほど苦労して手に入れた『釘』を、貴方は遊びにしか使う気がないように思えてなりませんけれどね」

物憂げな青年の言葉に、ブラウンは美術館の出口へ向かいながら愉快そうに笑って言った。

「だって、釘なんて最終的に一本あれば事足りるんだし、だったら残りは無駄遣いをしたっていいだろう？　それに……」

「それに？」

「あの女の肖像は、やはり些か癇にさわる。一刻も早く壊したいのさ」

冗談めいて語られるその言葉は、しかし、異様なほど昏いものを含んでいた。オニキス製のステッキを握るその手には、知らずと力が込められている。

ブラウンの優しげな碧の瞳に浮かぶ光は――あきらかな憎悪だった。


鑑賞を再開したエディスは、ブラウンの言葉を意識はしていたものの、どうしても見方を変えることができなかった。絵を見れば技巧に目が行くし、作者がそれを選んだ理由、思惑を考えてしまう。

ブラウンが言った「絵の声を聞く」方法が解らない。絵の方が何か語りかけてきたとしても、それを正しく理解することができるのか。聞こえたことへの判断が、結局は独りよがりなものになってしまわないか。

いつもの数倍かけて絵を眺めていると、目立たぬよう、部屋の隅に飾られている作品に気がついた。絵の前には大きな花瓶が飾られて、目隠しのようになっている。

展覧会の絵は、どれもきちんと観客の目に届くように展示される。こんな部屋の隅、しかも絵の前に花瓶を置くなんて普通ではあり得ない。

不審に思ったエディスは、絵の前に足を運んだ。

それは、スコットランドにあるバルモラル城の前で、馬に乗ったヴィクトリア女王とアルバート公が佇む作品だった。自然豊かなバルモラル城は女王のお気に入りで、今年、ロシアのニコライ二世と会談したのもこの城だ。

絵の中のヴィクトリア女王は、何処か歪だった。アルバート公に微笑みかける一方で、馬の轡をとる使用人にも手を伸ばしている。愛する夫との日々の中で、常に国民の生活を気にかけていることを示す、ある種のプロパガンダかもしれないが、それを鑑みてもエディスには良い作品とは思えなかった。

見ていると何故か猛烈な不安感に襲われる。庭園に咲く花は季節を無視して描かれているうえに、言葉の冷たさを意味するトリカブトや、見栄の象徴の木蓮、執着や不安を意味するヒルガオなど不吉な意味合いを持つものばかりだ。女王の肖像画の背景に描かれるべき花ではない。

絵の瑕疵を曝いてはいけないと言われたばかりであるが、エディスにはこの絵はわざと卑しく描かれているように感じられた。

贋作ではない。しかしこれは、誰かを貶める為の絵だ。

描かれた者を、蔑む為だけに生まれた絵。

そのことに気付いた瞬間、エディスは覚えのある、あの気配を感じた。

ルーベンスの贋作と同じ、呪いと羞恥の感覚だ。絵画が蔑視に耐えかね、怒りの炎がともる感覚――。完治した筈の右目の瞼にピリッとした痛みが走り、思わず瞬きをする。目を開けた瞬間には、世界は一変していた。

ピィンと、空気が凍り付くような音がする。

それが何かを認識する間もなく、展示室にいた人々が一斉に昏倒していく。苦痛の色は一切無く、性別や身分を問わず、眠るように誰もが音もなくその場に頽れた。

「これは、あの時と……」

画廊の時とまったく同じだ。

これから起こることを予期し、思わずエディスは一歩後ずさった。肩が触れてしまい、花瓶が床に叩きつけられて粉々に砕ける。

しかし、エディスに聞こえたのは花瓶の割れる音ではなく、鼓膜を揺らさぬあの声だった。悍ましく、哀しい、提琴に似たあの声だ。

部屋の中心で声が渦を巻くより早く、エディスはその場から駆け出した。二度目ともなれば、次に何が起こるかは予測できる。走りながら世界が裏返るのを確認するが、あの『雪』は降ってきていない。今ならまだ、間に合うはずだ。

背後で絵の具が剝がれるような嫌な音がするが、振り返らず、展示室のドアだけを目指して走り続ける。しかし、たどり着いた扉は閉ざされていた。鍵などかかっていないはずなのに、ドアノブを回してもまったく開かない。

閉じ込められた——そう思った。

視界の隅に、あの雪のような白いものが舞い降りる。直後、真上から落ちてきた影に、エディスは咄嗟にその場を飛び退いた。

見覚えのある巨大な骨が、轟音を上げて突き刺さる。次々と白い骨の柱が突き立ち、そして組み合わさった壁面に、またしても肋骨の天蓋が直下した。サリサリと靴裏に、粉になった骨の感触が伝わり、エディスの背筋が凍る。最初の時は気付かなかったが、この骨粉には、踏んではいけないものを踏んでいるような恐ろしさがあった。

唐突に、背後でガシャン、と硬質な音がする。

ひしひしとした焼けるような気配。意を決して振り向くと、五ヤードにも満たない距離に『それ』はいた。

ルーベンスの時と同じ、鉄の棒が組み合わさった、隙間だらけの鋼の人形だ。右腕と思しき部分が肘から無いところを見ると、あの時の異形と同じ存在なのだろう。右脇が拉げたように潰れているため、神々しさより禍々しさが増している。

完全に裏返った世界は前回とは異なり、黒一色に変化していた。闇の中に浮かぶ異形は、以前より一回りほど大きい。こんな巨体で、今までどこに潜んでいたのか。

異形はいきなり襲いかかるような真似はしなかったが、猫が鼠をいたぶるように、じわじわと、奇妙な愉悦を持ってエディスに迫っている。痛みの治らぬ右目を気にしながら、悟った。

異形は、今、悦んでいる。

自分の羞恥を曝いたエディスから目を奪うことに悦びを感じているのだ。

しかし、エディスに近づいたところで、それはほんの一瞬だけ躊躇いを見せる。その隙をつくように、背後で鋭く三度空気が鳴った。

場違いなくらい、綺麗な音だ。

思わず振り向くと、閉ざされていたはずの扉の表面に光の筋が入っている。陰画の世界であるにもかかわらず、それは確かに陽画の世界の光そのままだった。

金属が打ち合うような音の後、一拍の間を置いて、光の筋が走った部分が手前にずれた。隙間から覗く人影に、エディスは目を見張る。

「サミュエル……」

錆色のディットーズにケンブリッジ・ハット。手にしているのは例の日本刀。

ドアの向こうに立っていたのは、もう一度会いたいと願っていたサミュエルだった。

彼もまた、陰画の世界に居るエディスを見て、少しだけ目を見開く。しかし、声はどこまでも静かな銀色だった。

「エディス・シダル。どうしてここに……」

エディスは急いでサミュエルの側に――陽画の世界に駆け込もうとするが、不可視の壁に阻まれ、一線を越えることができない。

駆け出した彼女を追って、異形が凄まじい勢いで突進してくる。押しつぶされるか、切り裂かれるか、或いは刺されるかもしれない恐怖に、思わず身を竦めて目を閉じる。しかし、エディスの身体には衝撃は訪れず、かわりに脇を風が通り抜ける気配がした。ぐしゃり、と凄まじい音がして、空気が高く震えるようなキーンとした音が余韻のように周囲に響く。

そっと目を開くと、鋼の異形が破片を撒き散らしながら吹き飛んでいくのが見えた。真横を見ればサミュエルがあちら側に立ったまま、右の拳だけをこちらの世界に突き出しているのが目に入る。

この腕が異形を殴り飛ばしたのだと理解するまでに時間がかかった。十二フィートはある鋼の異形を、カウンターとは言え殴り飛ばせる膂力は途轍もない。

しかも、素手で、だ。

あっけにとられるエディスを尻目に、サミュエルはあっさりと陽画と陰画の境界線を越える。彼は答え合わせをするように告げた。

「ここは現世と幽世の境のようなものだから、入るのは簡単でも、出るには少し手順がいるんだ。だから、君一人では出られない」

言葉の意味はさっぱり分からなかったが、そういうものらしいと納得をするしかない。今はもっと優先すべきことがあると、エディスは慌ててサミュエルの手を取った。

「貴方、手は大丈夫なの？」

「………！」

女性から男性の手を取るという淑女とはほど遠い行動に、サミュエルは目を見開くが、エディスは気づかない。

長くて整えられたサミュエルの手は、陶器のような冷たさで、まるで手品師や音楽家のようだった。常に訓練し、どんな動きでもこなす強さとしなやかさがある手だ。いわゆる職人や芸術家の手、と呼ばれるものだろう。エディスはますます、怪我でもして手が使いものにならなくなったら、と不安になる。

幸い、何処にも怪我はないようだった。赤く腫れたところもない。

「よかった、怪我はないのね」

「僕は、怪我なんて……」

ほっと胸をなで下ろすエディスに、サミュエルが何か言いかける。しかし言い切る前に少女を抱きあげ、左手へ跳んだ。

「!!」

不意打ちのような抱擁に、エディスの胸が高鳴った。しかし、それは一瞬のことですぐに状況を理解する。彼女の脇を掠めるように突進してきた例の異形が、境界と呼ばれた場所へ突っ込むのが見て取れた。あのままあそこに立っていたら、確実に圧死していただろう。背筋に冷たいものが走るが、ぞっとしている暇は無い。

異形は一瞬で立ち上がり、三度突進してくる。今度は距離が近すぎて、避けることも出来ない。

エディスは、その身に受ける衝撃を覚悟して、思わずぎゅっと目を閉じる。間近に迫る気配に、体を硬くして身構えた。

ぎしりという、鉄の軋む音が耳朶を打つ。轟という凄まじい風が、体を掠めた。

しかし、それ以外は何もない。サミュエルは無事だろうかと視線をあげたエディスの目に、信じられない光景が飛び込んでくる。

彼は、片手だけでこの巨大な異形の動きを押しとどめていた。

鋼の異形はエディス達の体に触れる寸前で停止し、じたばたと藻搔いている。顔と思しきパーツの真ん中には、サミュエルの左手があった。触れているのは五本の指の先だけだ。

一人の人間が、片手だけで巨大な鋼の異形を押しとどめている。助かったという安堵より驚きの方が強い。サミュエルは、低い声で異形に告げた。

「一度だけ機会をやろう。此処から先は、最後の地だ。行くか戻るか、自分で選べ」

無感情な声であるのに、何故か慈悲のようなものをエディスは感じた。その瞬間、ブラウンの言葉が頭をよぎる。

――願わくは、君がその声を聞くことで、不幸な絵画を救えるように。

救う。その単語に心臓が大きく脈打つ。

いま対峙しているのは、絵画の中から出てきた化け物だ。きっと、この異形自身が絵の声なのだろう。誰かに届くことを期待して、発せられた声。サミュエルは選択肢を与えることで、異形に声を聞くことと同じ救いを与えようとしているに違いない。

サミュエルと初めて出会った時の、あの血が滲むような会話を思い出す。

贋作には、自分のものでもない罪を背負い続ける苦痛があると、あの時確かに言っていた。贋作を理解するからこそ、彼はこのまま罪を抱えたままで在り続けるのか、罪を曝かれる前に自ら滅ぶのか、どちらかを選べと迫ったのだ。

どの道を行こうとも押しつけられた罪の果てではない、自身の選択だという誇りを与えるためのある種の慈悲だ。それがどれだけの思いやりから発せられた言葉か、エディスにはわかってしまう。

彼女もその言葉を欲する一人であるからだ。

最後の慈悲は与えられた。ならば、その前に、絵に咲く羞悪を散らしてやりたい。そんなものを抱えたままでは、正しい選択など出来ないだろう。

声を聞くことがその羞悪を散らすことになるかどうかは解らない。でも、誰かが聞いてやらなければ、最後まで苦しいままだ。それは駄目だ、と強く思う。

異形に対する恐怖を克服したわけではない。けれど自らを奮い立たせ、エディスは異形を押しとどめるサミュエルの隣に並ぶ。

「エディス・シダル、一体何を……」

サミュエルの口調に、咎めるような響きはない。ただ、純粋な驚きだけがあった。エディスは安心させるために一瞬だけ彼に微笑み、そしてゆっくりと異形に向けて左手を差し出す。

「……貴方の声は私が聞く。だから、教えて」

すると、異形が敵意以外の感情を滲ませたことがわかった。ほんの僅か、半インチにも満たない距離をそれは後ずさる。サミュエルの指から離れていく異形の腕を、エディスはすかさずそっと握った。

触れた手は何ともない。しかし、右目の瞼に稲妻のような何かがちかっと走る。誰かと視界を共有するような感覚があった。

カンバスと、そこに色を乗せる手だけが視界に映っている。

真っ黒な下塗りの上に、最初に置かれた色は赤だった。燃えるような鮮烈な赤。続いて黄色。《婚礼の日》に描かれていた、花の色だ。

筆を操る手は女性のものだった。ルーベンスの作を意識しながらも、そこには自分の夢を込めているように見えた。

否、夢ではない。呪詛、と呼ばれるものかもしれない。

女性であるが故に能力を認められない理不尽への絶望。後ろ盾がないために、作品を黙殺する画壇への憤り。実力以上に作品を評価されている画家への嫉妬。自らの運命を詛うように、一筆一筆色を乗せている。

これはきっと、彼女なりの復讐なのだ。

この絵を無名の画家の真作として発表しても、誰も見向きもしない。しかし、もしルーベンスの真作と認識されたら、きっと誰もが賞賛するだろう。

この絵が最も脚光を浴び、発見した連中が、得意気に作品について語る絶頂の最中に『贋作』であると告白する。自分を否定した批評家や評論家どもの顔に、贋作を見破れなかった似非鑑定士という汚名を、べったりと塗りつけてやる。

自分を認めなかった世界に災いを。これを見た者に不幸を。

凄まじい怨念と負の感情が、エディスの右目に流れ込んでくる。

作者の女性が何故こんな復讐を思いついたか、その経緯まではわからない。けれど、復讐のためだけに、贋作が生み出されたことだけは理解できた。

誰かを貶めるためだけに生まれた絵。

だからこそ、この絵は己を羞じているし、呪ってもいるのだ。

憎悪の果てにある《かたち》。それが、この異形の正体だ。

エディスはたまらない気分になった。自らが望んだわけではないのに、生まれた瞬間に罪を背負った存在。それは、彼女自身も同じだ。この異形の姿は、ありえたかもしれない自分の姿のように思えた。

だからこそ、自らに問いかける。右目に映ったものは、この絵が「本当に届けたかった声」なのか、と。初めて絵を見た時、エディスは引き裂かれている、と感じた。それは作者の込めた憎悪のさらに奥に、絵画そのものが持つ願いが隠れているからではないのか。

――今のは貴方の願いではないはず。お願い、貴方の本当の声を聞かせて。

心の中で呟いて、右目を凝らす。エディスの声に応えるかのように、瞼が痛む。広がったのは一面の闇だ。しかし、微かではあるが一筋の光がさしている。

『それでも孤は、ここに在る』

祈りのような、声だった。

自分はここに居る、ここに居た、ここに在った。

その証を、せめて誰かに、疵痕でもいい、刻み込みたい。

自分の存在を、誰かに覚えていて欲しい。

そんな声が、憎悪の奥の奥に、瞬く光のように存在していた。

これこそが贋作として生み出された絵の本当の願いであり、もしかしたら作者が自身も気づかぬうちに奥底に込めた祈りだったのかもしれない。そうでなければ、呪詛の絵のモチーフに幸せな結婚式を選ばない筈だ。

叶えられなかった、けれど、叶えたかった祝福の世界への切望だ。

誰かの伝えたいこと、魂、想いが無韻の詩となって、見る者の心に響く。絵とは、そういうものだ。

エディスは、無意識のうちに異形に向かってさらに一歩踏み出していた。恐怖の類いは一切無い。ただ、一言だけ伝えてあげたかった。

「エディス・シダル、下がれ！」

サミュエルが鋭く叫ぶ。感情が込められた彼の声を初めて聞いた。こんな大声が出せるのかとどこか他人事のように思いながら、異形の腕を今度は両手で包みこむ。

「貴方の声は、私に届いた」

どうすれば良いか、エディスには解っていた。

　自分にできる、唯一のもの。だから、《其の人》に一言だけ告げる。

「貴方の願いは私が叶える。だから……」

　おいで。

　思いが指先から伝わるよう、祈りを込めた。私は、貴方を忘れない。望みを叶える
――確かにここにいたと証明する――ためならば、なんだってしよう。その思いが届くように、冷たい鋼に熱を移す。

　じっと見つめていると、異形の表面に赤い紋章が浮き上がる。それは異形の体を這い回り、やがて乾いた泥が落ちるように、パラパラと表面から剝がれ落ちていった。

「《赤》が解けた……」

　サミュエルの茫然とした呟きが聞こえた。同時に、異形の手が素早く動いたかと思うと、いきなりエディスを突き飛ばす。

「きゃっ……！」

　よろめく体を咄嗟にサミュエルが支え、横抱きにする。

「サミュエル！」

　助けてくれたサミュエルに対して、エディスの口からは咎めるような声が出る。しかし、彼は気にした様子もなく彼女を抱いたまま異形から距離を取り、安全な場所にそっと下ろす。

「君の声は、きちんと届いた。けれど、それを拒む者もあるようだ」

そう言って前方を指差した。彼の言う通り鋼の異形はその腕を振り回しながら悶えている。まるで、相反する二つの思いと闘っているように見えた。

「あれは一体……」

呆然と見守っていると、どこからともなく声が降ってくる。

《やれやれ、幾ら待っても血の一滴も流れないと思っていたら、こういうことか。慈悲深い、というのも案外罪なのだよ、お嬢さん》

若い男性の声だった。エディスはどこかで聞き覚えがあるように感じたが、エコーのせいでよくわからない。骨の天蓋か、あるいはその先の漆黒から、溶け出すような声が恐ろしく、思わずサミュエルに身を寄せる。

声は穏やかに、今度はサミュエルに向かって語りかけた。

《しかも、そこにいるのはクラウィスじゃないか。折角開いたネガ・レアリテを閉じて回る者がいることは知っていたが、君の仕業か》

今度は随分親しげな口調だった。声の主とサミュエルは知り合いなのだろうか。しかし、サミュエルは無感情な声のままで呟いた。

「……クラウィス？」

エディスはてっきりサミュエルのファミリーネームだと考えていたが、彼自身はその名に覚えがないようだ。その反応が面白かったのか、声の主は静かに笑っている。
《ごめん、ごめん。今の君にこれほど不似合いな呼び名はなかったね。軸がないのに、その名で呼んでも意味が無い》
　軸とは何か。サミュエルを見上げても、答えはない。寧ろ彼自身も言葉の意味を理解できないようで、顔は変わらぬ無表情のままだが警戒度が上がっている。彼はエディスを守るように前に出た。
《一年経っても、君は相変わらずのようだ。自分より他人を優先する。履歴書の趣味の欄に自己犠牲と書く癖は、きっと死ぬまで直らないかな？》
　どこかからエディスたちの様子を見ているのか、揶揄するような声が響く。
「お前は一体……」
《君よりも君に詳しい者、とでも言っておこうか。君の欠落を君以上に知る者、でもいいよ》
　その声は、あくまで楽しそうだ。一方でサミュエルは、告げられた言葉に眼を見開いている。何か、心当たりでもあるのだろうか。
「お前は、僕の、何を知っている？　僕は……僕は、『何』なんだ？」
　サミュエルの声は無感情なままだったが、どこか縋るような必死さをエディスは感じとった。握りしめた左手は力が入りすぎているせいで、指の関節が白く浮いているほどだ。一方で相変わらず声の主は笑ったまま、諭すような口調で話す。

《なるほど、相変わらず子供のように直向きだね、君は。そういう特性なのは知っているが、久しぶりに見ると、なんだか哀れで気の毒だ》

「久しぶり……？」

親しげな話しぶりをするくせに、声はサミュエルの問いに一切答えない。寧ろ、サミュエルが困惑を深めるほどに楽しげに変化していく。

エディスにも何が何だかわからない状況ではあるが、声の主の一方的な対応のせいで酷く悪趣味なものを見せられている気分になった。エディスはそっとサミュエルの肩に触れる。はっとしてこちらを見つめる彼と目が合った。その瞳には、はじめて不安の色が浮かんでいた。

エディスは微笑みかけ、そっと頷く。大丈夫、と言えたらよかった。けれど事情を知りもせず、無責任に言葉をかけることは出来ない。

だから代わりにサミュエルの左手をとり、ゆっくりと握られた指を開く。そして両手で包みこんだ。彼が何者でも、何も知らなくても、傍にいると証明するように。冷えた指先に、少しでも温もりが移るように。これがエディスに出来る、精一杯だ。

突然の行動にサミュエルの瞳が一瞬ゆらぐ。

少しの沈黙の後、彼は頭上を見上げ、声に向かってきっぱりと宣言した。

「……そうだな、お前が何であっても、今の僕にはどうでもいいことだ。僕が知りたいことはただ一つ。お前がこのネガ・レアリテの『開く者(オープナー)』であるか否かだ」

《なるほどね、軸を奪っても、やっぱり君はクラウィスであるようだ。すまないね、つい、昔を思い出してしまったよ》

相変わらず声の主は、サミュエルの問いには答えない。しかし、気持ちを持ち直したことに感心したのか、ひとつ提案をしてくる。

《君の矜持(きょうじ)へのご褒美に、ひとつ、ゲームをしようか》

「ゲーム？」

《私が実験のために用意したネガ・レアリテは、これもあわせて残り三つ。それらを総(すべ)て閉じて、私の計画を止めることが出来たなら、預かっているものを君に返そう》

「預かっている……もの？」

サミュエルの声音に変化はなかったが、戸惑ってはいるのだろう。エディスの手が握り返された。それに応(こた)えるように、エディスは両の手にさらに力を込めた。声の主は、そんな二人のささやかなやり取りに気付いていないようだった。

《丁度今から一年前、君から奪った軸のことさ。君が勝てば、全部返してあげよう。でもそれでは私が損をするだけだから、不公平だね。もう一つルールを追加させてもらおうか》

声は暫し考え込むように沈黙をした。そして、ちょうどきっかり十秒後に条件が付け足された。
《君が勝ったら軸を返そう。しかし私が勝ったら、そこのお嬢さんをいただこう。「あれ」と心を通わせるお嬢さんだ、きっと私の役に立つ。君の勝利は私の悲願が阻まれるということだからね。それくらいのトロフィーはあってもいい》
「断る。無関係の人間を巻き込むのは嫌だ」
間髪容れずにサミュエルはそう言い切った。そしてエディスを再び庇うように自分の元へと引き寄せる。
《おや、折角の機会をふいにするのかい？　今の君は軸の意味もその価値も覚えていないから当然かもしれないが、随分と躊躇いなく断るね》
「それが僕にとってどれだけ大事なものであったとしても、他人の犠牲が必要なら、そんなものは要らない」
《勝つ自信がないのかね？　最初から諦めるなんて、君らしくもない》
「お前の言う『僕らしさ』がどういうことかはわからない。でも、少なくとも『この僕』は、自分の都合に誰かを巻き込むことは嫌だ」
心なしか、エディスと繋ぐ手に力が込められた。葛藤の果ての選択であることが、それでわかった。

自らの寄る辺——アイデンティティを求める感覚は、エディスにもよくわかる。だからこそ、彼がエディスを巻き込むことを否定してくれた時は、嬉しかった半面、申し訳なさもこみ上げた。このままでは、彼は自身の大切なものを取り戻す機会を永遠に失ってしまうのではないか、と。
　そんな葛藤を他所に、声の主はさらりと非情な宣告をした。
《本当に君は変わらないな。ならばこうしよう。君がゲームを受けずとも、私はゲームを開始する。君は参加せずとも構わない。ただし、その場合、私は彼女を殺すよ。そうでもしなければ、割に合わない》
　平然と死を予告され、エディスは背中に冷たいものが走るのを感じた。何故か一気に物騒な方へ舵を切られている。無関係の筈なのに、気付けば渦中のど真ん中に放り込まれた。その事に烈しく動揺してしまう。
《私はね、クラウィス、君が羨ましくて堪らないんだよ。君は私なんかより余程人がましい。私が手に入れられないものを、君は当たり前のように持っている。だから、少しだけ意地悪をさせてもらおう》
　降り注ぐ声は優しいものだが、この人は本気だ。エディスの体が恐怖で震える。何も言えずにいる彼女の代わりに激昂したのは、サミュエルだった。
「ふざけるな！　この娘は何も関係が無い筈だ‼　それだけは、絶対に赦さない！」

感情を露わにする様が面白かったのか、声の主は笑いを隠さずに答えた。

《君に赦して貰う必要は、私には無い。しかし君が変わらないままでいてくれて、嬉しいよ。このまま、思う存分殺し合えたらいいのだけれど……》

語尾がだんだん遠のいていく。サミュエルが慌てて、叫ぶ。

「待て、まだ話は終わって……」

言葉を言い切る前に、世界に異変が起きた。ぐらっと地面が揺れ、エディスは思わずよろめいた。咄嗟に繋いでいた手を離し、サミュエルが肩を支えてくれる。二人を取り囲む骨の柱の表面に、鋼の異形に浮かび上がっていた赤い紋章がある。

「……やっと《反秩序の王》のお出ましか」

「ロード・オブ・ミスルール？」

「秩序ある世界では道化だが、裏返ると王になる。《神の名残》と物の嘆きが組み合わさった、この世界の主だよ」

サミュエルの言葉と同時に、今度は鋼の異形の周りに、どこからか現れた白い糸——おそらくは陰画の世界のあの闇が纏わりついた。たちまち異形が覆い尽くされ、繭のようになった。糸の隙間から、悶えているのが微かに解る。どうやら先ほどエディスが突き飛ばされたのは、これに巻き込まないようにするためだったらしい。

「一体、何がどうなっているの？」

震える声で尋ねると、サミュエルは白い糸を指差して辿っていく。

「《糸》は『万物が依存し、すべてを数珠繋ぎにする宿命』の象徴だ。自らの定めから抜け出そうとするものを、《王》は絶対に許さない」

白い糸は、バルモラル城で馬に乗るヴィクトリア女王の絵に繋がっていた。いや、かつて女王陛下が描かれていた絵、と言うべきだろうか。表面の絵は総て剝がれ落ち、下塗りだけの姿に変わっている。あのルーベンスの贋作とまったく同じ、漆黒ではなく、何処か赤みを帯びた黒だ。

強烈な、途轍もない敵意と悪意しかないその場所から、糸は伸びていた。いや、下塗りそのものが糸になって、鋼の異形を取り巻いているのだろう。その証拠に、糸が伸びるに従って、下塗りの黒はカンバスから消えている。あの下塗りが糸に転じているようだ。

「《王》って……何なの？」

掠れた声で訊くエディスに、サミュエルが低く答えた。

「詳しいことはわからない。わかるのは、《王》こそがネガ・レアリテを支配する《理》だということだ。けれど、僕は《王》を壊すためにここにいる。それだけが、僕の存在意義だから」

普段よりも一層、感情のない声だった。しかし、決意とも憎悪とも異なる、強い意志の宿った声でもある。

サミュエルはエディスを自分の後ろへと押しやり、そのまま脱いだ上着とケンブリッジ・ハットを床に投げ捨てた。慌ててそれらを拾い上げ、埃を払うエディスを一瞥して、彼は言葉をこぼす。

「すまない。僕に関するいざこざに、君を巻き込んでしまった」

「大丈夫。この間も言ったけれど、私は貴方を信じたから、それでいいの」

できるだけ言葉が震えないように注意して、エディスは答えた。

信じたから怖くない。

その言葉にサミュエルが一瞬だけ動きを止める。一拍おいて、声が聞こえた。

「……わかった。ならば、僕は何があっても君を守る」

素っ気ない声だった。でも、エディスにとっては十分だ。ありがとうを告げる前に、サミュエルは「……来る」と呟き、前に出た。

闇の繭に、裂け目が入る。蝶が羽化する時のように、隙間から何かが這い出してくる。エディスは、鋼の異形が別の何かに主導権を奪われたことに気づいた。いま生まれようとしているものからは、ルーベンスの贋作から感じた、引き裂かれたような哀しみが見当たらないからだ。

実際、姿形もまったく様変わりしていた。曲がりなりにも人のかたちをしていものが、今は獣――いや、虫のような姿に変わっている。蜘蛛のように体を低く床に伏せ、背中を蠢かせているのが悍ましい。その背中には数十の鉄の棒が絡まった、十フィートを超える禍々しい鋼の翅が在る。

　巨大な骨の鳥籠の中で、一頭の鋼の蝶が大きく羽ばたく。背の翅は、何処か天使を連想させる。しかし、『これ』はそれにはほど遠いと、エディスにも解っていた。鋼の蝶は禍々しいのに美しくて、全てがちぐはぐだ。

「魂なきものが蝶を気取るとは、滑稽だとか哀れだとかを超え、まるで喜劇だ」

　サミュエルは無感情に呟きながら、刀を構える。シャラッという音とともに、反転世界に澄み切った蒼い光が瞬く。

「九州肥後同田貫、二尺八寸九分半。総ての刀を介錯した刀の切れ味、その身を以て試すがいい」

　鋼の異形が背の翅を大きく羽ばたかせ、その風がエディスの髪を大きく靡かせる。見る間に籠の天辺まで舞い上がると、異形は一気に降下する。真っ直ぐ垂直に、サミュエルに向かっていく。そのうえ背の翅の一部が変形し、数十の禍々しい鋼の触手に分かれていく様は悪夢に似ていた。

　伸びた触手が上と真横から、サミュエルに迫り来る。

「危ない、避けて！」

悲鳴よりも先にエディスの口から零れ出たのは、サミュエルを案じる言葉だった。彼が避けたら真後ろに居る自分が潰されることになるのだが、そんな恐怖は感じない。

しかし、サミュエルは避けなかった。

真正面からの颶風に乗って、彼が呟く声が聞こえる。

「なべてはその生まれ来たる元素へと還る。肉体は土に、血は水に――」

詩のような呟きの後、ふらりと体が動いた。抜き身の刀を地摺りに構え、鋼の異形に向かって突進していく。二つの影がぶつかり合う寸前、一気に逆袈裟に切り上げた。

一拍置いて、風が鳴る。

あんな巨大な鉄の塊に、細い刀で対抗できるのかと思う間もなかった。青みを帯びた鋼の刃は、何の抵抗も受けず、すっと異形の体に潜り込む。

画廊での戦いの時とは、まるで違う。あの時は、異形にサミュエルの刃が潜り込むことはなかった。けれど今は、まるでバターの塊に熱したナイフを押し入れた時のように、何の抵抗もなく刃が沈んでいく。

異形が声とも言えぬ悲鳴を上げるのがはっきり聞こえる。切れ目から赤い花片が血のように噴きこぼれていた。それが花片ではなく、先ほどエディスが触れた時に剝がれたものに酷似していると気付いた時には、もう刃は中程にまで進んでいる。

「……お前の中身、その《理》は既に曝いた。ならば、《赤》では最早なし」

不可解なことを呟きながら、サミュエルが一気に刀を振り抜いた。わんわんと、喚(おめ)くような声が陰画の世界に響き渡る。

その音が止(や)むよりも早く、空中にある異形の体は、触手も含め頭の先から股間(こかん)まで、中心からゆっくり二つにずれていく。

それは、氷のような切り口だった。

一拍おいて、巻きすぎて壊れた撥条玩具(ぜんまいがんぐ)のように、鉄の外殻が切れ目から一気に弾(はじ)ける。発条(バネ)やら螺子(ネジ)やら歯車やらが、辺り一面に撒(ま)き散らされた。暗い錆色(さびいろ)の破片だけが舞い散る。まるで鋼の雨だ。

陰画の世界の黒い光の中、鉄の破片の雨の下で、刀を構えるサミュエルの姿は幻想的で、酷(ひど)く絵になる。非常事態なのに、エディスはうっかりその姿に見惚(みと)れた。

「法定之(の)型、一刀両断・秋《時雨(しぐれ)》」

飛び散った異形の残骸(ざんがい)が降り注ぐ中、サミュエルの小さな呟きが耳に届いた。

エディスの前に、コツン、と硝子(ガラス)球のような何かが落ちてくる。緑色に光るそれは、陰画の世界で自分達以外に唯一色があるものだ。硝子玉を見つめるエディスに、刀に拭(ぬぐ)いをかけて鞘(さや)に収めたサミュエルが言った。

「それに手を触れては駄目だ。負わなくてもいい罪を背負う羽目になる」

「罪を背負う？」

問いには答えず、彼は腰を屈めて床に落ちた硝子玉を拾う。硝子玉を矯めつ眇めつして言った。

「終わったよ。君が赤から青に戻してくれたおかげで、無事に斬れた。……ありがとう」

「……それが、あの、鋼の異形なの？」

「多分。ただ、だいぶ喰われて果てている。もう殆ど残っていない」

「……そうなの」

エディスは、自分の手を静かに見つめる。鋼の異形は、差し伸べたこの手を取ってくれた。約束は果たさねばならないだろう。

絶対に、貴方のことは忘れないから。

硝子玉に視線を移し、胸のうちで小さく呟く。誓いに似た思いがあった。そんな少女を見つめ、サミュエルが尋ねる。

「……君は何故、泣いているの？　殺されかけた相手なのに」

その言葉に、エディスは初めて自分が泣いていることに気がついた。同情の涙か、安堵の涙かは自分でも解らない。

そんな彼女を、サミュエルは茫とした目で眺めていたが、やがて硝子玉を陰画の世界の陽に透かしながら、低い声で何かを唱える。

「……速川の瀬に坐す瀬織津比売と云ふ神大海原に持出でなむ此く持出で往なば荒潮の潮の八百道の八潮道の潮の八百会に坐す速開都比売と云ふ神持加加呑みてむ此く加加呑みてば気吹戸に坐す気吹戸主と云ふ神根国底国に気吹放ちてむ此く気吹放ちてば根国底国に坐す速佐須良比売と云ふ神持佐須良ひ失ひてむ此く佐須良ひ失ひて……」

異国の言葉のようだった。意味は全くわからないが、聞いているうちに、何故か少し哀しみが和らいでいくような気がした。詠唱が止むのを待って、エディスは尋ねた。

「これは何……？」

「大祓詞。日本に伝わる呪いの一つだよ」

「おまじない？」

「日本では、あらゆる罪は水に流れて消えていくという信仰があるそうだ。第一に、瀬織津比咩という神が、あらゆる罪を大海原に持ち出して追い払う。次いで、荒々しい潮路が幾つも出会う地点にいる速開都比咩という神が、その罪を悉く呑み込む。そうすると今度は、風の吹くところにいる気吹戸主という神が、根の国、底の国へその罪を吹き飛ばす。根の国、底の国へ吹き飛ばされた罪は、最後に速佐須良比咩という神により消滅させられるのだそうだ。今、僕が唱えた呪いは、そこへと罪を流すためのものになる」

そう言うと、サミュエルは硝子玉を中空に放り投げた。頂点に達したそれは、煌めきながら真っ直ぐ下に落ちてくる。数瞬後、鞘から迸った光が硝子玉を粉々に砕く。

エディスは、幼い頃にエジプシャン・ホールで見た日本人の興行を思い出した。確か、居合い斬りという技だ。目にもとまらぬ早業で藁束を切り裂くその腕前に、見物客全員が一斉に喝采したのを覚えている。

澄んだ音と同時に粉々になったそれは、やがて、光の粒へと変わって消えた。徐々に消えゆく光を眺め、サミュエルがぽつりと告げる。

「日本の武器で壊されれば縁が結ばれて、日本の神の元へと行くものらしい。だから僕は、この刀を使うんだ」

言いながら左手を伸ばし、指の背でエディスの頬を伝う涙を拭ってくれた。ひんやりとして冷たい手なのに、不思議と触れられた部分に熱を感じる。

「あれの罪は、僕が送った。だから、君が泣く必要はもうないよ」

淡々としているが、そこはかとなく優しい声だ。エディスは、素直に頷く。

「……ありがとう」

黒い光が剥がれるように破片となって、陰画の世界が崩れていく。徐々に陽画の世界が広まっていくにつれて静かに骨に緑青が這い、音もなく崩れていった。画廊の時とまったく同じだ。違うのは、黄昏ではなく陽光の世界に戻るという点だろう。

「……戻ろうか」

鞘の中に刀を収め、エディスに向かって今度は右手を差し伸べる。上着と帽子を返せということかと思い、手にしたそれを渡そうとすると、サミュエルがほんの僅か目を瞬かせる。

「……違うよ。君の、手だ」

言われて慌ててサミュエルの手を取った。彼は握られた手を引いて、崩れはじめた二つの世界の境界線を軽々と越える。エディス一人の時はあれほど阻まれたのに、今は普通に通れるのが不思議だった。

二人で陰画と陽画の境界を越えながら、エディスは、何処か懐かしさに襲われる。自分はこの感覚を知っている。異なる世界を渡る感覚だ。

しかし、陽の世界に踏み出した瞬間に、その懐かしさは霧散してしまった。隣ではサミュエルが目を閉じ、足を止める。

「どうしたの？」

心配になって訊くエディスに、サミュエルは目を閉じたまま、緩やかに首を振った。

「……大丈夫。何も無い」

呟きながらも改めて開かれたその目に隠された色に、エディスは気づけなかった。

サミュエルが一瞬だけ、背後を振り返ったその理由も。

四

それから後は、あの画廊での出来事とほぼ同じだった。誰かに見つかるまえに、二人は揃って展示室を脱け出した。異なることといえば、ほとぼりが冷めるまで、美術館の屋上で並んで夕日を眺めていたことだ。

エディスはサミュエルの上着を羽織り、ぼんやりと空を見ている。風が冷たいからと、上着を貸してくれたのだ。サミュエルは無感情を通り越して時折ひどく無愛想だが、その本質は紳士で優しい。

空の青は、西に向かってゆっくりと白くなり、だんだんと赤い色に変わっていった。夕日は赤いものなのに、境界線に浮かぶ雲は黄金で、そして白い空に溶けていく。

十一月の冷たい風が頬を撫でるが、寒さは少しも感じなかった。ただ、罪が消える海の果てを少し思う。エディスの隣で夕日を見ながら、サミュエルがぽつりと言った。

「……君が鋼の異形と呼んだあれは、《神の名残》の見る夢なんだ」

「さっきも言っていたけれど、《神の名残》っていったいなんなの？」

「人の作った神の名残のことだ。人は簡単に神を作るくせに、手に負えなくなると途端に見捨てる。そうして捨てられた神の一部は、本来ならば形而上では存在していても、形而下では無いも同然になる。しかし、何らかの方法でああして《かたち》を与えられると、途端にこの世に現れてしまうんだ」

サミュエルの言葉にエディスは驚きを隠せない。突拍子もない神の話に驚いたのは勿論だが、それ以上に彼が起こった出来事を説明してくれたことが意外だった。

「どうして急にそんなことを教えてくれるの？」

「君は、あんな目に二度もあって、しかも僕のせいでゲームに巻きこまれてしまった。それなのに何時までも何も伝えないのは、フェアじゃない」

そういえば、エディスの命はゲームの景品にされてしまったのだと、今更ながらに思い出す。異形とのどさくさですっかり忘れていた。

「あの声が言っていた、ゲームって一体何なの？」

自分に降りかかる火の粉のことは、一応は訊くべきだろう。

「……とにかく僕は、あの男が開くネガ・レアリテを閉じるしかないようだ。それしか今はわからない」

サミュエルの答えはまるで煙に巻くような物言いだったが、そうとしか言い様がないのだろう。だから、エディスも特には深く追及しなかった。けれど、もうひとつだけエディスにはどうしても訊きたいことがある。

「ネガ・レアリテっていうのは、あの世界のことかしら」

「あの現象の丸ごとかな。要はあちら側の租界だよ。こちら側の人間は入るは易(やす)いが出るは難(かた)い。普通の人間は大概が昏倒(こんとう)する」

「あちら側？」

「俗な言い方をすればあの世、だろうか。影の国とか、常世の国という者もいれば、死者の世界という者もいる。それを閉じるのが僕の役目だ」

反現実(ネガレアリテ)という言葉に、あの陰画の世界はよく似合った。納得しながら、エディスはもうひとつ気になっていることを尋ねた。

「何故、貴方(あなた)はネガ・レアリテを閉ざそうとするの？」

不躾(ぶしつけ)かと思ったが、聞かずにはいられなかった。サミュエルは僅かに眉(まゆ)を寄せ、相変わらずの淡々とした声で答える。

「……わからないんだ。僕には、一年以上昔の記憶がないから」

あっさりと告げられた言葉に、逆にエディスのほうが戸惑った。

「それってどういう……」

「言っただろう。僕は知っていることしか教えられないと。覚えているのはただ一つ、僕の役目はネガ・レアリテを閉ざし続けるということだけ。そして、あれを閉ざせるのも僕しかいないということだ。ただ……」

「ただ？」

「あの男の開いたネガ・レアリテを閉ざしたら、どうやら記憶が戻るみたいだ。そのおかげでついさっき、ほんの少しだけれど、思い出したことがある」

ぼんやりと、まるで他人事のような呟きだった。エディスは一瞬の逡巡ののち、意を決して尋ねる。

「……何を思い出したの？」

「僕の記憶を奪ったのは、あの男——ラリーだということを。それ以外は特にない」

あの声自体もそう言っていた。《軸》を奪ったと話していたが、それはサミュエルの記憶のことだったのだろうか。ひとつ疑問が解消されると、新たな謎が出てくる。一つずつ解き明かしていくしかないだろう。

「ラリーという人は、随分不思議なことが出来るのね」

微笑みながらそう呟いたエディスを見て、サミュエルは呆れを滲ませた。

「僕のせいで君を巻き込んでしまったのは、本当にすまないと思う。けれど、前にも言ったが君は呑気すぎる気がしてならない」

割合に失礼な言い方だが、どうやら、サミュエルなりの忠告らしい。

それはそうだとエディスは思う。命の危険にさらされて、更にそれが続くのだ。普通なら、堪ったものではないはずだ。死にたくなければ、常に周囲に気を張っていなくてはならないのだろう。

しかし、エディスは緩やかに首を振る。

「さっきも言ったでしょう。私が呑気でいられるのはね、貴方のことを信じているからだわ。だって貴方は、私を守ってくれるんでしょう?」

口に出して思いが確信に変わる。

エディスとて馬鹿ではない。その出生もあってどちらかと言えば疑ぐり深い方だ。しかし、サミュエルは違うのだと、いつも心の沼底に咲く蓮（はす）の花が言っている。

「それはそうだけれど……」

「私には何の力も無いのだし、気をつけていたって、向こう側から来られたらどうしようもないわ。だったら、びくびく怯（おび）えて過ごすより、貴方を信じて、普段通りに過ごした方が良いと思うの」

「……まぁ、一理あるかな」

小さく呟くサミュエルに、エディスが微笑んだ。

「私は貴方を信じているのだから、怖いことなんてないわ。何も」

サミュエルはエディスを見つめ返し、一瞬沈黙した後に呟いた。

「君はやっぱり変わっているよ、エディス・シダル」

「そうなの?」

「そうさ」

サミュエルの瞳はエディスから逸らされてしまったが、その目の緋は、夕日の光を反射させ、どこか灼けたような色に見えた。

——この人は、やっぱり絵になる。

心の中で何度も頷きながら、エディスも同じように夕日に目をやる。

「僕のせいで、君が死ぬのは、嫌だ。だから僕は君を守るし、死なないように君自身も気をつけて」

日が沈む寸前に、独り言のように告げられたそれは、感情など何もこもっていない風に聞こえるくせに重みがあった。エディスがこくりと頷く。

「うん。ありがとう」

また何か怖い目に遭うとして、この人が守ってくれるのなら、多分何があっても平気だろう。エディスがすべきことはただ一つ。彼を信じることだけだ。

秋から冬へと季節が移ろう、その間。

その瞬間を、二人で見ていた。

同時刻。セシルコートを静かに走る箱形馬車があった。馬車の中に向き合うように乗車しているのは、ブラウンと例のロシア人だ。うたた寝をしていたブラウンが、ふっと目を覚ます。向かい合って座っていた男が静かに言った。

「ああ、戻られましたか」

「うん、おはよう、アレクセイ君」

目を擦り、上品に欠伸をしてブラウンが返事をする。少し面白そうに言った。

「実験はね、成功したよ。ただ、途中で止められてしまったけれど」

「止められた？」

アレクセイと呼ばれた男が、少し目を見開いて意外そうな声で訊く。

「偶然にも、実験場に私の古い友達が居合わせてね。残念ながら、全部壊されてしまった」

「その割に随分と上機嫌ですね、ミスタ・ブラウン」

訝しげなアレクセイの問いに、ブラウンはくつくつと笑って答える。

「ああ、遂に賽は投げられたからね。友人との殺し合いは昔からの夢だった。それがどうやら叶いそうで、嬉しいんだ」

薄く微笑むその顔を、アレクセイは何処か無表情に見つめている。彼自身も何か魂の欠落があるような、そんな虚ろを滲ませていた。

その視線に気付いたブラウンが少しだけ微笑んでみせる。

「ブラントウッドまでは列車の旅だ。夜の湖水地方はさぞや美しいことだろうね。昼は必ず暮れるものだし、失ったものはもう戻らない。だから、君に少し話をしてあげよう。あの子と私、贋物（にせもの）同士がどうして知り合い、そうして袂（たもと）を分かったのか。何、そこまで長い話ではない。一八八八年の八月七日。それが、終わりの始まりだった――」

そうして語り出した話は、長い、長いものだった。その間も箱形馬車は駅へ向かって真っ直（す）ぐ進む。

駅についても、話は終わらなかった。

幕間

夜のホワイトチャペルは、甘ったるい酒精の香りと煤煙混じりの霧で満ちていた。

酒場の近くの通りでは、踝をみせた娼婦達が蠱惑的な笑みを浮かべて男を誘っている。ジンに酔った男達もまた、誘われるままに娼婦の手を取り、暗がりへと消えていく。

切り裂きジャック事件は僅か七年前の出来事だが、それを気にする娼婦はもういない。今晩の塒さえ確保できればいいと、一シリングで身を売る者さえ存在する。

誰も彼もが無防備なのは、捨て鉢になっているからだ。働けど働けど暮らしは楽にならず、肥えていくのは資本家や上流階級の者ばかり。下層の人間は日々を生きていくことがやっとで、僅かな蓄財さえままならない。すぐ隣のシティは『世界の銀行』の異名を取る経済の中心であるのに、通り一本を隔てたホワイトチャペルは貧民街。

この歪さこそが、英国だった。

艶やかな酒場通りから一本入ったホワイトチャペルの裏路地は、ガス燈の明かりも届かないほどに複雑で、まるで迷路だ。人通りが殆どないことは、アスファルトで舗装された大通りとは異なり、未だマカダム式舗装であることからも容易にわかる。

そんな暗い路地裏を迷いなく歩く、青年がいた。すらりとした長身に、夜の闇の中でも目立つ白金の髪と緋い目――サミュエルだ。

花崗岩の砂利による砂埃で靴が汚れることを気にする様子も見せず、彼は一切の表情を消したまま人気の無い路地を行く。足取りはゆっくりとしていて、まるで散歩でもしているようだ。

時刻は深夜零時を過ぎていた。空には真円を描く月が出ている。それが朧に霞んでいるのは、ロンドンの街を覆う工場からの排煙のせいだ。実際、英国が『世界の工場』の立場を確立した一八四二年から、大都市からは徐々に青空が失われはじめていた。産業革命以降、多くの工場が排出する煤煙はもとより、爆発的な人口増加によって家の煙突から出る煙の量も馬鹿にならない。馬車の代わりに蒸気自動車も増えている。この街は、どこもかしこも煤だらけだ。

迷いなく歩を進めていたサミュエルが、ふと足を止めた。妙に高い塀に囲まれた路地の前だ。道の脇には半ば朽ちかけた木箱が積まれ、その先が行き止まりであることを示していた。

彼は茫とした目で闇を透かし、路地の奥を見つめている。

「……結局、ここに戻るというわけか」

低く呟かれた声は平らで、情緒がない。実際、彼は何も感じていない。サミュエル自身、已の欠落を確かに自覚していた。

サミュエルには一年以上昔の出来事の記憶がない。気付いた時には、この先の路地の塀に凭れて座り込んでいた。ロンドンでは珍しくもない、雨の日だった。やけに口の中が金臭く、辟易したのを覚えている。右手には、一振りの日本刀を握りしめていた。指を一本一本剝がさなければならないほどに強く。それほどまでにこの刀が大事なものなのだと、ようやく気付いた。

已が何者なのか。なぜこんな場所にいるのか。

手がかりを求めて体を探る。着ているものに乱れはなく、ただ、ネクタイが妙に緩められている事が奇妙に感じられた。自分はネクタイをきっちり締める質だというのは、何故かわかっていたからだ。

着衣から手がかりになるようなものは見つからず、結局刀の他に所持していたのはポケットの中に入っていた一枚の金貨と鍵だけだった。金貨はどうやら現在では流通していないギニー金貨で、鍵のほうは銀行の貸金庫のようだった。どちらにもまったく身に覚えがなかった。

サミュエルが覚えていることは、二つだけ。

自分が《普通》ではないことと、ネガ・レアリテを閉じるという使命だけだった。

ネガ・レアリテとは何か。その時はわかってすらいなかったが、ただ自身の使命であることだけは、はっきりと心に刻まれていた。

一方で、この使命以外のすべてがサミュエルには残されていなかった。サミュエルという名前も、自身のものかはわからない。ポケットに入っていた貸金庫の契約主の名前がそれだった。契約書のサインと同じ物を書けたから、おそらく自分の名前だと考えているが、未だに確証を持ててはいない。

貸金庫の中身は、三十枚のクラウン銀貨と二百枚のソベリン金貨の詰まった袋、そしてマシュー・アーノルドの詩集だった。

『エトナ山上のエンペドクレス』、一八五二年の初版である。

手がかりはそれだけだ。金貨・銀貨と詩集だけでは、これ以上自らの正体に近づくことは出来なかった。ただ、何故だかマシュー・アーノルドの詩はサミュエルに馴染んだ。まるで昔から知っているもののようだ。しかし幾度読み返しても、懐かしさを感じるだけで、それ以上の何かを思い出すことはない。

この一年間、サミュエルは記憶を取り戻すこともなく生きていた。幸いにも金はある。イーストエンドで暮らすだけなら、月に三ポンドもあれば充分だ。生きるにも、いわゆる一般常識のようなものは覚えていたし、自分が《普通》ではないことを隠さねばならないこともわかっていた。けれど、何故そうなったのか、という記憶だけがない。時折心に空虚なものを感じることはあったが、自らの正体や無くした記憶を探ろうという気持ちはまったく起きなかった。

ネガ・レアリテを閉じる時に、核である贋作(がんさく)から感じる羞恥(しゅうち)に抱く哀れみや同情心だけは本物だったが、そもそもの行動原理は、そうしなければならないと内なる何かが囁(ささや)くからだ。本音を言えば面倒この上ない。しかし、他にやるべきこともないのだ。だから、ネガ・レアリテをただ閉じる。欠落を抱えた状態のまま、ただルーティンとして異形との戦いが続くと思っていた。それが覆ったのは、つい先日のことだ。

いつものようにネガ・レアリテの根源を探し、立ち寄ったブルームズベリーの画廊で出会った一人の少女。

おっとりのんびりとした風情なのに、喋(しゃべ)ると案外はきはきしていて、頭の回転も速い。着ている物は上等で、言葉にも上流階級訛(なま)りがあり、貴族の娘だとすぐにわかった。海のような碧(あお)い目に時折浮かぶ妙な猶予(いざよい)にひっかかりを覚えることもあったが、サミュエルにはそれが何かはわからなかった。

ただ、とにかく変わった少女だった。

貴族の娘であるくせに供もつけずに一人歩きを好むことも変わっているが、何よりサミュエルを驚かせたのは贋作を憐(あわ)れみ、その声を聞こうとしたことだ。

《反秩序の王(ロード・オブ・ミスルール)》と化した贋作と心を通わそうとする人間がいるなど、思ってもみなかった。それを救ってしまうなら猶更だ。

サミュエルがサミュエルとしてあり始めてから一年。

はじめて他人のことが、気になった。

「……エディス・シダル、か」

小さく呟き、サミュエルは左手を見る。

二度目に相見えた展覧会で、彼の男の言葉に動揺する自分を助けてくれた、少女の手の温かさを思い出す。あの手のおかげで自分は己を取り戻し、男の言葉から逃れることが出来たのだ。

自分を無条件で「信じる」と言ってくれた、エディスの言葉が蘇る。

この一年間、サミュエルは徹底して他者との付き合いを避けてきた。というよりも、人間に不信感を持っていたと言った方が正しいかもしれない。他者と共にあることはもちろん、言葉を交わすことさえ嫌だった。

なのに、あの少女だけはどうにも違う。彼女を信じたくなる自分がいるのだ。

理由はわからない。ただ、自分のせいでラリーとのゲームに巻き込まれてしまったあの少女、エディスを守りたいと思うことだけは確かだった。

しかし、一方でサミュエルの胸を焦燥が襲う。原因はわかっていた。陰画の世界の境界を通ったときに『観た』記憶だ。

サミュエルの中に戻ってきたのは、ラリーという男に《記憶》を奪われたというものだけではなかった。決してエディスには伝えられない剣呑な記憶もあった。

それは、人間を殺している光景だ。それも一人や二人ではない。少なくとも十人以上は手にかけている。

廃墟のような夜の城で、漆黒の衣服を纏った優雅な男を殺した。まだ少年の域を出ていないような青年を、路地裏で一晩かけて解体した。方法は様々だが、いずれの殺人も驚くほどに無造作だった。被害者に対する強い憎しみや哀れみは一切ない。ただ、淡々と殺しているのだ。誰にも見られない場所で、密やかに。

あれが失われた記憶だとすれば、サミュエルは相当な濡れ仕事屋だろう。つまりは、ただの殺人鬼だ。心の奥底で違うと叫ぶものの、この手は確かに人の血肉を壊す感触を知っている。

自分の正体に気付いた時、サミュエルははじめて「怖い」と感じた。

この一年間、自らが何者であるかわからなかった時も、ネガ・レアリテを閉ざす際に恐ろしい異形と戦った時も、サミュエルの心は動かなかった。

しかし、今は《恐怖》がある。

人殺しだと罪を曝かれることや、罰を受けることを畏れているわけではない。自分の行った行為の罰を受けるのは当然だ。

サミュエルが恐れているのは、自分がエディスを殺してしまうことだった。

今のところ、誰かを殺したいという衝動は一切無い。けれど、あの記憶が現実ならば、いつ、そういった衝動が沸き上がっても不思議ではないのだ。

あの少女を殺すこと。それだけは嫌だ、とサミュエルは強く思う。

焦燥と恐怖に耐えるように、ぐっと強く手を握る。爪が食い込み、ちかっと掌が痛んだが気にならなかった。改めて、小さく呟く。

「……僕は、『何』なんだ？」

微かに語尾が震えていることを自覚する。

記憶を取り戻した時、自分は一体何を知ることになるのだろう。エディスを最後まで守りきることが出来るのだろうか。そして、あの少女はすべてが明らかになった後も「自分を信じる」と言ってくれるのだろうか。

縋りたくなるような思いを振り切るかのように、サミュエルは頭を振った。

一刻も早くゲームを終わらせ、彼女の前から消えるべきだ。

そうしなければ、いずれ取り返しのつかないことになるかもしれない。

確信めいた予感を抱え、サミュエルは路地裏に立ち尽くす。

その姿を月だけが見ていた。

第二話

Vita brevis, ars longa.

一

　十二月に入ると、途端に街はクリスマスの準備に入る。いつもは排煙混じりの厚い煙で覆われたロンドンの空の上に、分厚い雪雲がやってくるのも毎年のことだ。

　その日、エディス・シダルは元気がなかった。萎黄病(クロロシス)にでもかかっているかのように落ち込んでいる。萎黄病とは少女特有の病のことである。緑の病(グリーン・シックネス)、恋の病(ラヴ・シックネス)とも言われ、青ざめ、食が細くなり、か弱くなってすぐに気絶する等の症状がでるのだが、一種の思春期の気鬱(きうつ)のようなものだ。

　しかし、エディスは決して萎黄病にかかっているわけではなかった。彼女が落ち込んでいたのは、ピーテル・ブリューゲルの《ベツレヘムの嬰児(えいじ)虐殺》を観たからだ。

《ベツレヘムの嬰児虐殺》は、救世主の出現に恐れ戦(おのの)いたヘロデ王が赤子のうちに彼を殺すために、ベツレヘムで誕生した二歳以下の嬰児達を全員処刑したというマタイ伝のエピソードを描いたものだ。ブリューゲルは作品の舞台を十六世紀のネーデルラントへと移し、様々な人物のひしめく見事な群像劇としてこのエピソードを絵画化している。傑作と名高く、様々な写しが生まれたほどだ。

エディスは同じ「嬰児虐殺」をテーマにしたブリューゲルの別作品を、既にウィーンで見たことがあった。それは本当に恐ろしい絵で、厚く覆われた曇天の下で兵士達があらゆる手段を用いて農民達の子を奪い、殺していく様が、ブリューゲル特有の鮮やかな色遣いと数多くの登場人物をもってして、執拗に、そして丁寧に描かれていた。

父の代理でハンプトンコートを訪れたエディスは、特別に同じくブリューゲルの筆による「嬰児虐殺」を観せてもらえることになっていた。ウィーンの絵を思い出し、もう一度同じテーマの作品を観られるかと喜び勇んで出かけたのだが、そこにあったものは本当に酷い絵であった。

贋作だったわけではない。間違いなくブリューゲルの真筆であり、ウィーンにある絵よりも猶、生き生きとした筆遣いで描かれていた。輝きの度合いで言えば、ロンドンにある絵の方が、より強烈な光を放っていると断言できる。

では、何が酷いのか。

それは、第三者の手によって絵に恐るべき改竄が為されていたことだ。

人間の愚かさに対する天の嘆きを感じさせた暗い空は、二羽の鳥が飛ぶ爽快な青空に塗り替えられ、ヘロデ王の兵士達の手によって虐殺されている嬰児達は、壺やアヒルに描き換えられている。血の滲む重い雪も無垢な純白に染まり、ブリューゲルが伝えたかったであろう、理不尽な暴力によって為す術もなく大事な我が子を奪われる残酷な哀しみは、何処にもなくなってしまっていた。

絵はこの世に二つとして同じものがない。完全な一点物だ。写真で撮影したとしても、忠実にその空気が再現できる訳ではないし、どんなに精巧に模写をしても、同じものは二度と作れない。

ブリューゲルの傑作を、誰が、何故こんな形で改竄したかは解らない。大方、虐殺の絵など見て楽しいものではない、という程度の理由で描き換えられたのだろう。それは作者の魂を踏みにじる行為であると同時に、所有者の傲慢が滲み出ており、二つの意味で絵を冒瀆する愚かな行為だ。二度と取り戻すことのできない失われたものの大きさを考え、エディスは落ち込んでいたのである。

時刻は午後四時を過ぎていた。気分転換のために、午後のお茶を飲もうと自室から居間に下りた。

「あら、おかえりなさい、お兄様。お戻りになっていたの？」

「やあ、エディス。大学が冬期休暇になったんで、顔を見せに戻ってきたのさ」

二つ年上の次兄は、医者を目指してロンドン大学の医学部で学んでいる。英国の法律では、一部の例外を除き貴族の称号や土地はすべて後継者たる長男のものになる。そのため貴族の次男以下の男性は、プロフェッションという知的専門職に就くのが慣習だ。

プロフェッションには聖職者や法廷弁護士、内科医や上級官吏、軍士官などが該当する。エディスの父親も元々はプロフェッションの一人だったが、家を継いだ伯父が結婚前に早世したため、跡を継ぐことになった。男爵のはずの父が、いまも外交官としてあちこちを飛び回っているのは、そういう事情だ。

長兄は家を継ぐためにオックスフォードで古典学を学んでいるが、内心では父と同じ外交官になりたいらしい。母親似の次兄と違い、自由を求めるところが長兄は父親にそっくりだった。二人の兄と両親との間に共通項を見つけるたび、エディスは羨ましくてたまらなくなる。

けれど、そのことをおくびにも出さない程度の器用さは弁えていた。そもそも学業に忙しい二人はカレッジの近くで一人暮らしをしている。帰ってくるのは夏期休暇やクリスマス休暇などの長期の休みだけだった。わずかな帰省の時間だからこそ、エディスも心の屈折を見せずに以前のように振る舞えているのだ。

久しぶりの再会に、二人は午後のお茶を飲みながら近況を報告しあった。ハンプトンコートでの話になると思わず溜息が零れてしまったエディスに、次兄は少し呆れたような声で言う。

「さっきからうっとうしいと思っていたけど、それが理由か。まったく、そんなに溜息ばかりだと幸せが逃げるぞ？」

揶揄しているように見えて、エディスを気遣っているのがはっきりとわかる顔つきだった。だからエディスも、甘えるようにぷぅと膨れる。

「だって、あんな酷いことをされた絵を見たのは初めてだったんですもの。あれじゃあ、絵が可哀想だわ」

それを見て、次兄は今度こそ呆れたようだ。

「悄気ていたかと思えば、今度は膨れて、まったくお前も随分忙しいな」

「本当ね。でも複雑な気持ちなのよ。怒りもあるけど哀しいし……。いつか上書きされた絵を取り払うことが出来れば良いのだけれど」

次兄とのやり取りで、エディスは多少元気を取り戻したが、頬は膨れたままだ。

「自分の所有物になら何をしても赦される、と思っているのかもしれないけど、それは大きな間違いだわ。美術品を所有するってことは、それを次の世代へと送る役目を担うってことなのに」

形あるものはいつか壊れる。それはエディスも解っていることだ。しかし、戦火や災害で失われるのと、人の身勝手で改竄する行為はまったく違う。

作品を次世代に繋ぐことは、素晴らしい芸術家達が見てきた世界の姿を、時を超えて伝え続けていくことだ。目の前にある美術品を、後の世の人が見たらどう思うか。そう考えるだけで、エディスは心がときめく。

次兄はそんな彼女を不思議そうに眺めていたが、ふと思い出したように上着のポケットから一枚の紙を取り出した。何かのチラシのようである。

「そういえば、大学の構内で配っていたんだ。ジョン・ラスキンの文化講義だってさ。ピカデリーでやるらしい」

ラスキンは英国を代表する美術評論家で、その多彩な才能は美術評論の枠に留まらず、建築設計や水彩画にも明るく、様々な本を著す作家でもあった。しかし、父に似て芸術に一切興味のない筈の次兄がこんなものを持っているのが意外で、エディスはほんの少し驚いた。

「お兄様、どうしてこんなチラシを？」

「お前、絵が好きだろう。今回の文化講義は水彩画についてらしいから、行ってみたらどうだ？」

次兄からチラシを受け取り、エディスは目を輝かせた。

エディスは、ラスキンの著した本を幾冊か読んだことがある。ラファエル前派の誕生は彼の影響抜きには語れずと言うとおり、独自の美術観で書かれたそれは本当に詳細な文章で、危ういくらいに細かい知に溢れていた。

ラスキンの著書を読むことは彼の魂に直に触れるようで、読み終わる頃には途轍もなく疲弊したのを覚えている。エディスにとっての運命の絵、イリヤ・レーピンの絵画と対峙したときと同等の疲弊感だった。

とはいえ、エディスはラスキンを盲信しているわけではない。時折「頭でっかちだ」と感じる部分もある。芸術論を含め、彼の書くものには「こうあるべき」という思いが強すぎるのだ。だからこそ、ホイッスラーとの法廷闘争が起きたのだろう。

たとえば『胡麻と百合』などは、少女とはこうあるべきだという、ラスキンの幻想が如実に表れていて、どうにも読んでいて据わりが悪かった。男性の頭の中にしか居ない理想の少女像を、さも常識のように語られても現実に生きる少女は困るのだ。

しかし彼の芸術論はやはり素晴らしく、エディスは畑違いの建築に関する本まで読んだほどだ。

ラスキンは今年で確か七十六歳。かなりの高齢だし、年齢的にもロンドンに来られる機会は減るだろう。直に講義を聞けるのは、もしかしたら最後のチャンスかもしれない。ピカデリーで一般に公開される文化講義なら、危険なことはまずあるまい。

「ありがとう、お兄様。行ってみるわ」

「そういえば、母さんから聞いたんだけど、お前、先月に二度も熱を出して寝込んだらしいな。体調は大丈夫なのか？」

躊躇いがちに次兄から尋ねられ、エディスは自らに起きた不思議な体験と、サミュエルのことを思い出す。二度目のネガ・レアリテへの侵入後も、エディスは再び体調を崩して寝込んでいた。あの場から戻ると、どうにも知恵熱のようなものが出るらしい。

なので、正確には先月と先々月のことだ。しかし命の危険にさらされかけたことを正直に話すわけにもいかないため、エディスは神妙な顔をして謝罪する。

「別に体調を崩したとか、そういうわけではないの。急に冷え込んできたから、うっかり風邪を引いてしまっただけ。お母様にもお兄様にも心配かけてしまって、本当にごめんなさい」

その言葉に、次兄はますます心配そうな顔をする。

「お前は小さい頃から体が弱かったからなぁ……。最近は丈夫になったって思っていたのに、やっぱりロンドンの空気はお前にあわないのかもしれないな」

「えっと……本当に大したことはないのよ？　昔みたいにすぐに熱を出すこともなくなったし、今は自転車にだって乗れるんだから」

心配性の次兄を宥めるようにエディスは些か胸を張って自慢する。実際幼い頃に比べれば、かなり丈夫になった。次兄は多少疑わしそうな顔をしたが、それでも安心したようだった。そのことを感じ取り、エディスは内心ほっとする。偽りの妹である自分を実の家族として接してくれる次兄に、これ以上心配をかけたくはなかった。

嘘（うそ）をつくのはいけないことだが、『安全のためにつく嘘は真実である（Verum est quod pro salute fit mendacium.）』という諺（ことわざ）もある。要らぬ心配をさせるくらいなら、こういう嘘も赦されるに違いない。

「ねえ、せっかくですからお兄様もラスキン卿（きょう）の講義に一緒に行かない？」

エディスの誘いに、次兄は残念そうに首を振る。

「その日は医学部の集まりがあるんだ。抜けるのはちょっと難しいな」

「そうなの……。じゃあ、私一人で聞いてくるわ。本当にありがとう、お兄様」

改めてお礼を言うと、次兄はほんの少し照れくさそうな顔をした。今年二十歳になるのに、どこか幼い顔である。次兄は確かに童顔なのだが、こういう時は特に顕著だ。医者になったら威厳を出すために絶対に髭（ひげ）を生やした方が良（い）いわ、とエディスは心の中で思った。と、医者になった次兄の姿を想像している自分に笑ってしまう。自分はやっぱりこの家族が好きなんだと、しみじみ感じた。

だからこそ、「偽物」である自分に小さく胸が痛んだ。

二

一八一二年から長きに亘(わた)り、ロンドンっ子達の好奇心を満たし続けてきた見世物の殿堂こそ、ピカデリーの一七二番地にあるエジプシャン・ホールである。正面(ファサード)にイシスとオシリス像を設置し、エジプト風の設計になっていることが名前の由来だ。かの悪名高きアメリカの興行師、P・T・バーナムが親指将軍トムを披露した場所であり、テオドール・ジェリコーの大作《メデューズ号の筏(いかだ)》が公開され、五万人もの見物客を集めた場所でもある。

ここ数年、建物の老朽化やセイント・ジェイムズ・ホールという新興勢力の盛況により運営に苦戦しているらしく、劇場への改築を検討しているそうだ。しかし、今回はラスキン卿の文化講義ということもあり、人の入りは中々多い。エディスは群衆に交じって一人で椅子に座り、開演時間を待っていた。

乗合馬車(オムニバス)でピカデリーに来たことを知ったら、今日のことを教えてくれた次兄はどう思うだろう。家族のことを考えると申し訳なさも感じるものの、いまだに誰かに罰を求める気持ちはなくならない。そんな自分に呆れ、ほんの少し肩を落とすエディスに声がかかった。

「おや、君は確か……」

聞き覚えのある声に顔を上げると、先日美術館で会った紳士が微笑んでいた。確かブラウンという名前の筈だ。ロシア人の従僕も、きちんと背後に控えている。

エディスは慌てて軽く会釈をした。それに応え、ブラウンも静かに礼を返す。その時エディスは初めて、彼が黒い革の手袋を嵌めていることに気がついた。思い返せば、美術館で会った時も彼は黒手袋だった。紳士の手袋は白と相場が決まっているが、あえて黒い手袋をしているということは誰かの喪に服しているのだろうか。

黙り込んで考えるエディスの隣に腰掛け、ブラウンは穏やかな声で話し掛けてきた。

「こんな所で会うとは奇遇だな。君は本当に絵が好きなのだね」

彼の喋り方は学者のようで、若いのに随分と穏やかで老練な気配もある。まるで子供に接するような優しい物言いに、エディスの警戒心も溶けていく。

「ええ。祖父の影響で、美術品とはいつも一緒でしたから。絵を見ていると、なんだか心が穏やかになります」

「そうだね。絵に込められた想いは、いつだって人の心を潤してくれる。喜びだけではなく、そこに込められた悲劇や悲惨さを受け取ることも、心の豊穣の糧となるからね。絵はいいよ。どんな感情であれ、そこに嘘は無いのだから」

嘘、と言う時だけ、ブラウンはほんの少し目を細めた。この人は嘘が嫌いなのだろうか、とエディスはぼんやり思う。

「絵は、嘘をつきませんか？」

首を傾げるエディスに、ブラウンはさも愉快というように声をあげて笑った。

「嘘がつけない、と言う方が正しいだろうね。どんなに上手く隠しても、人の想いは滲み出る。君が見抜いてしまうように、カンバスのどこかに真実が隠されているのだよ。文章や言葉は嘘をつくけれど、絵は真実しか表せない。私は、そこが好きなんだ」

「そうですね。絵はどこまでも純粋で、直向きですもの……」

鋼の異形を思い出して返事をするうち、室内の光量が落ちていく。開演の気配に、どちらともなく口を閉ざす。やがて老齢の紳士が壇上に現れて、聴衆に一礼した。

彼こそが当代一の美術評論家、ジョン・ラスキンだ。

ラスキンの講義は圧巻だった。些か独善的ではあるのだが、言葉を尽くして語られた水彩画の蘊蓄は豊かで、芸術性への言及は鋭く、エディスは目から鱗というのはこのことかという思いを何回も味わった。

ラスキンの語る絵画の鑑賞法は、美術館でブラウンに言われた「絵の声を聞く」という見方とはだいぶ異なるものだった。

細部に宿る神を見よ、とラスキンは言う。

変質的なまでのディテールへのこだわりは、本来なら言葉に出来ないものである。

語られた瞬間に、何処までも自由であったものが、言葉の檻に閉じ込められてしまうからだ。しかし、ラスキンの語る言葉はその窮屈さを感じない。言葉とは思いの檻である筈なのに、彼の言葉は何処までも緻密で、そのくせ自由で無限の広がりを持っていた。知の巨人、という言葉があるが、正しくそれだ。

ラスキンが特に力を入れて語ったのは、ターナーについてだった。ターナーはラスキンが生涯をかけて愛している画家だ。油彩画よりも水彩画を通してこそ、この画家の真髄を知りうると彼は熱く語った。輝きと親密さは水彩画にこそ表れる、と。

聴衆はその圧倒的な知に呑まれ、一言も聞き漏らさぬようただ静まり返っていた。エディスも自身の知の泉が満たされたことを感じ、講義後にはこれまでの自分の芸術批評の浅はかさが恥ずかしくもなった。

それを誤魔化すように、ブラウンに声をかける。

「ラスキン卿の講義、凄かったですね。水彩画の見方がだいぶ変わった気がします」

興奮した様子のエディスとは裏腹に、ブラウンは眉を下げて苦笑している。

「確かに水彩画の蘊蓄や、鑑賞方法についてはとても参考になる意見が多かったね。ただ、絵の見方に関しては我が強すぎて、どうかと思うところが多い」

「確かにラスキン卿は、近代画家論でも型に嵌めすぎていると感じるところはありますね。けれど、それを割引いてもとても勉強になりました」

エディスはブラウンの言葉を否定せず、さりとて全肯定もしなかった。人の考え方は様々で、エディスにはエディスの、ブラウンにはブラウンの、そしてラスキンにはラスキンの考え方があると思っているからだ。

しかしブラウンは納得できないのか、椅子に深く腰掛け直すとぽつりと言った。

「ラスキン卿は芸術の価値に、細部を求めすぎる。それに自分が認めるもの以外は芸術ではないというような言い方はどうかと思うね。己の信仰を絵画に押しつけようとする傲慢（ごうまん）についても、あまり褒められたものではないな」

己の信仰を絵画に押しつける、という言葉は、エディスも納得するところだ。

ラスキンの絵画論は「自然をありのままに再現すべきだ」という一点に集中する。

彼は敬虔（けいけん）なキリスト教徒ゆえに、その信仰の根幹である「神の創造物たる自然に完全さを見出（みいだ）す」ことと絵画論とを繋（つな）げてしまうのだろう。ブラウンもそれを指摘する。

「ラスキン卿は、己の信じる神に固執するあまり、それ以外の数多（あまた）に宿る神を殺そうとするような苛烈（かれつ）さがある。私はそれが、少しばかり苦手なんだよ」

「数多に宿る、神……ですか？」

キリスト教徒であるエディスにとって、神は天上におわす一人だけだ。首を傾げるエディスに、ブラウンが笑って言った。

「神があらゆる物に宿るという信仰は、世界各地にあるんだよ。アイルランドに残るケルト信仰もそうだし、この国にいる妖精やアーサー王の伝説だって、ある意味同じことさ。ロシアや日本……いわゆる極東地域では、長年大事に扱うと、物に魂が宿るという信仰があるんだが、私はその考え方が好きなんだ」

エディスは画廊で見た、河鍋暁斎の絵を思い出す。あの絵に描かれた小鬼達は、鋏や楽器などの精霊だった。あれこそが物に宿った魂ということだろうか。

「ラスキン卿も、確か一時期スピリチュアリズムの研究をしていたが、結局真理には到達できなかったそうだ。尤も、四年前に亡くなった、ブラヴァツキー夫人が唱道した心霊主義……神智学と言った方が良いかな、こちらは西洋と東洋の融合を目指していたそうだから、根っからのキリスト教徒であるラスキン卿とはすこぶる相性が悪い」

神智学を簡単に言うならば、瞑想や古代の叡智を利用して神の力を手に入れようとする学問のことだ。正確には学問というより、宗教に近いものかもしれない。キリスト教から始まり、カバラや錬金術や、果ては仏教の教義までを一緒くたにした、ごった煮の宗教学とも言えるだろうか。

あらゆる宗教のいいとこ取りであるから、未来への希望も潤沢であり、そのため神智学に傾倒する人間は意外に多い。実際に上流階級の中には、社会不安に煽られるようにこぞって降霊会を催しては神の力の一端を手に入れようとしていた一族がいくつも存在する。

エディスの家族は割合に科学が好きで、神秘を信じていない方だ。ゆえに神智学にのめり込む者はいなかったが、付き合いで降霊会に参加させられ、その狂乱を垣間見ることは多々あった。

降霊会で神の力を得ることは不可能であり、ヒステリーや集団催眠が起きただけだ。本当にわからない力は、もっと唐突に現れる。ネガ・レアリテという奇妙な空間で異形に殺されかけた経験が、エディスにそう確信を持たせていた。

しかし、ラスキンが神智学に傾倒していたことは有名だが、その理由まではよく知らない。ブラウンは知っているのかもしれないと、エディスは好奇心から訊いてみる。

「ご自身と相性が悪いのに、何故、ラスキン卿は神智学の研究をしていたんですか？」

「ああ、彼はね、急死した想い人と話がしたかったらしい。余程彼女が好きだったんだね」

さらりと告げられた言葉に、エディスは一瞬あっけにとられた。

死んだ想い人と話がしたいから神智学に傾倒しただなんて、随分とロマンチックに過ぎる話だ。ラスキンの著作から滲み出る、あのストイックな苛烈さからは想像も出来ない。

余程エディスが驚いた顔をしていたのだろう、ブラウンが補足する。

「君が驚くのも無理はないが、矛盾はそうないよ。ラスキン卿は敬虔なキリスト教徒だからね。聖書を信じている者ほど、死者との会話はあり得ることだと思うだろうし」

「……？」

「最後の審判に於いて、すべての死者は蘇る。であるのなら、どこかに彼等の魂が存在していてもおかしな話ではないだろう？　煉獄や地獄だってあるものとされているしね。存在するなら、対話だって可能なはずだ。そうして、可能なことならば、どんなことでも試そうとするのが人間だからね。ラスキン卿のふるまいは滑稽ではあるが、その思いはわからなくもない」

ブラウンの説明に、エディスは深く納得する。可能性があるならば、やるだけの価値はあるからだ。成功か失敗かはその後のことで、まずはやらねば始まらない。

もし死者と話せるのなら、エディスは自分の本当の母親と話してみたい。自分の父親は誰なのか、何故それを誰にも語ることなく私を産んで死んでしまったのかと訊きたかった。けれど、その事をブラウンに話しても詮ないことだ。

エディスが沈黙したことで、会話が終わったと思ったのだろう。ロシア人の従僕がやってきて、ブラウンの耳元でなにかを告げた。それを聞いた彼は満面の笑みを浮かべたあと、エディスに向き直る。

「名残惜しいが時間が来てしまった。君とはどうにも縁がある。また会えることを願っているよ」

　和やかにそう告げるブラウンに、エディスも立ち上がって会釈する。

「はい。その時はゆっくりお話を伺わせてください」

　挨拶を終えると、ブラウンは悠々とした足取りで戸外へ向かった。エディスはその後ろ姿を見送ったあと、ポケットから時計を取り出す。

　時刻は午後の三時を回った頃だ。ナショナル・ギャラリーの閉館時間までには余裕がある。ラスキンの講義を聞いている最中から、エディスは改めてターナーの絵が見たくて仕方がなかった。

　ターナーは自分の手元にあった作品総てを英国民に遺した作家であり、ナショナル・ギャラリーには彼の作品専用の展示スペースがあるほどだ。尤も、作品数がスケッチも含めて三万点を超えるので、総てが展示されているわけではないのだが、今日話に出たような有名な作品は展示されているだろう。

　ピカデリーからナショナル・ギャラリーは半マイル（一マイルは約一・六キロ）と離れていない。歩いてすぐの距離である。空は相変わらずの曇天だったが、雨の降る気配はなさそうだ。このところずっと感じることのない太陽の暖かさを思いながら、エディスはナショナル・ギャラリーに足を向けた。

ナショナル・ギャラリーは閑散としていた。平日の昼間ということもあるが、有閑階級さえ見当たらない。少し前までは、絵の前に画架を置いて模写を行う学生達の姿もあったが、今はそれも殆ど無かった。

三

今の英国では、絵画よりもオペラや演劇に人気が向いており、展覧会よりも歌劇場やセイント・ジェイムズ・ホールで上映される映画の方が人気は高い。動かないものよりも動くものの方が解りやすいし、見ていて楽しいと思う人が多いのかもしれない。見ていれば物語が伝わる演劇や映画とは違って、絵画は隠された物語を自分で読み取る必要がある。ただ表面を見るのではなく描かれた意匠や時代背景、そして作者の事を知らなければ、秘められた真実は見えてこない。

例えば砂時計を持つ翁を描いた絵があるとする。この場合、砂時計は時間、はかなさ、矢のように過ぎる人生の象徴だ。故にこの時の翁は、死神という意味になる。一方で目隠しした女性が砂時計を持てば、それはたちまち逆転を表す絵に変わる。この時の女性は、正義の女神の擬人化だからだ。さらに言えば、砂時計を持っている女性が聖母マリアなら、節制という意味に変わる。

小道具一つとってもそれだけの知識がいるため、絵の解析には果てが無い。エディスは絵画鑑賞におけるパズルのような側面も愛しているが、それを煩わしい、面倒だと思う人がいることも理解できる。深く考えすぎずに綺麗なものは綺麗だと、ありのままに感じることは、決して間違っていないからだ。唯一エディスが許せないことは、自分の考えを他人に強制し、無理やりに矯正しようとすることである。言うなれば、先日見かけた《ベツレヘムの嬰児虐殺》のような改竄だ。

人の少ないナショナル・ギャラリーの中を、迷いなくエディスは進んでいく。目指すのは、ターナーの絵が展示されているウエスト・ウイングだ。

ターナーの絵画が飾られている一画の中で、特に目を惹くのは《吹雪・港の沖合の蒸気船》である。

この絵は一八七〇年代から突出し始めた印象派を三十年も先取りした意欲作で、風景画であるのに写実性はあまりなく、蒸気船などは黒いだけのぼんやりした輪郭しか描かれていない。一方で迫り来る巨大な波や、風に吹かれて砕ける水飛沫、画面を覆う横殴りの吹雪などは凄まじいばかりの存在感を放っている。

この絵の前に立つと、エディスは自分が嵐のまっただ中にいるような気分になり、荒れ狂う風や冷たい氷の感触まで感じることができた。自然を写せる作家は多いが、自然の本質をカンバスに表せる作家は少ない。荒ぶる自然をカンバスに再現することがどれほど凄いことか、かつて画家を目指していたエディスにはよくわかる。

ターナーも初期の作品は忠実な風景画が多かったが、何時しか絵の中に何らかの光を描くようになっていく。浪漫に満ちた画風は多くの英国人に愛され、今では英国を代表する巨匠だ。

英国人らしく、エディスはターナーの絵が好きだった。美しいだけではなく、その果てに確固たる作者の信念を感じられるところが良い。一方で、ナショナル・ギャラリーに展示されているターナーの作品は画一的だとも感じていた。絵描きというのは不思議なもので、得意なものや好きなイメージがあったとしても、そればかりを執拗に描き続けることはしない。得意な分野と正反対のものも描く。そしてそれこそが作者の本質を表していたりするのだ。

それはシェイクスピアのマクベスにある『きれいはきたない、きたないはきれい』という言葉に表されるような、人間の二面性、表裏一体の感覚と言うべきか。光を際立たせるには闇を知らねばならないし、闇に塗りつぶすなら光の瞬きを感じなければならない。光あるところに闇は必ず生まれる。光の作家であるルーベンスとて、闇を敢えて描くことで光を際立たせていた。

しかし、此処に展示されているターナーの作品は同系統のもので統一されている。決して全部が似たり寄ったりの凡作という意味ではない。どれもこれも圧倒的で素晴らしく、臨場感や温度まで伝わってくる。ただ、エディスには作者ではない「誰か」の鋳型の中で選別されているように思えるのだ。

もちろん公の展示である以上、選別が行われるのは仕方がないことだ。しかし、ターナーは多くの作品をナショナル・ギャラリーに寄贈したと言う。ならば、鋳型から外れたものは一体何処へ行ったのだろう――。

エディスが思考を巡らせていると、ふいに隣室から小さな叫び声が聞こえた。

「馬鹿な……！　何故、こんなところに……！」

聞き覚えのある声だった。ついさっきまで講義を行っていた人物――ジョン・ラスキンの声に間違いない。

ターナーの信奉者だった彼もまた、講義後に絵を見たくなったのだろうか。しかし、それにしては、美術館で叫び声をあげるなど尋常ではない。

エディスは好奇心から、隣の部屋を覗き込んだ。そこではラスキンと学芸員らしい男が、小さめの一対の絵の前に立っていた。人物画のようではあるが此処からではよく見えない。しかし、黄色と赤を基調とした画面構成はターナーが好んだものだ。

ラスキンと学芸員は、エディスには気付いていないようだった。これ幸いとさりげなく、さも順路を進んでいる客のような顔で彼女は二人に近づいていく。足音を忍ばせ、絵が間近に見える場所まで進むと、彼らの会話が鮮明に聞こえてくる。

「これは、さる人物から我が美術館に寄付されたものです。なんでも、ご家族の遺品を整理していたところ出てきたとか。年代的には女王が即位なされた一八三〇年代後半と見受けられますな。この一対は、どうやら姉妹を描いたもので……」

学芸員らしき男の言葉を受けて、エディスはそうっと横目で二枚の絵を見た。

いずれも官能的な裸婦が描かれていたが、片方には快活な女性という印象を覚え、もう片方には沈んだ昏い印象を受けた。二枚の絵には、《太陽の裸婦》、《月の裸婦》とのタイトルがついている。一七九九年に描かれたターナーの自画像と似たタッチのように見えたが、似て非なる絵だった。

淡々と語る学芸員に、ラスキンは紳士然とした態度をかなぐり捨てて叫んでいる。

「そんなことはどうでもいい！　君達は何故この絵を飾っている⁉　これはターナーのイメージを著しく損なう絵だ。こんな猥雑な絵は彼に相応しくない、一刻も早く処分すべきだ！」

激昂するラスキンに、学芸員の応対は冷ややかだった。いや、冷ややかというよりも、嫌悪感が丸出しだ。

「ラスキン卿。貴方のターナー氏に対するこだわりは少々異常です。否、自分の意に沿わぬものに対しての攻撃性と言った方がよろしいかもしれません。貴方は自分の好みのものだけをターナー氏の作品とするために、彼の描いた官能的な絵を総て焼却処分してしまった。その行為は、絵を愛するものとしては絶対に――」

「絵を、燃やす？」

衝撃的な学芸員の言葉に、エディスの口から思わず言葉がこぼれる。その声が届いたのか、口論をしていたラスキンと学芸員が初めて彼女の存在に気付いた。自分がうっかり取ってしまった行動に少し慌てながら、エディスは二人に向き直る。

「ごめんなさい、絵を見ていたら偶々声が聞こえてしまって……」

勿論嘘だ。しかし学芸員は兎も角として、エディスを見た途端ラスキンが愕然とした表情を浮かべる。憤怒に青筋を立てていた額が、くしゃっと歪んだ。泣き出す寸前の顔だ。彼はエディスにふらっと数歩近寄って、虚ろに呟く。

「ローズ……」

「ローズ？」

聞いたことのない名前で呼びかけられて戸惑うエディスへ、ラスキンは譫言のように呼びかける。

「会いたかった、あれから私がどれほど君を捜していたか……」

両手を広げて抱擁しようとエディスに迫るラスキンは、その目に涙を浮かべていた。姿形は老人だが、その目の光は若々しく、ほんの僅か狂気を孕んでいる。

「やはり彼の言うことは正しかった。魂は不滅なのだな……」

ラスキンはそう呟くと、硬直するエディスの体を抱き寄せようとした。

このまま抱きしめられても困るが、高齢の男性を冷たくあしらう術もわからない。対応に迷って、エディスは動けずにいた。すると、横から急に伸びてきた手が彼女の腕を摑む。そのまま素早く後ろに引っ張られ、エディスはラスキンの抱擁から逃れることができた。

「……失礼ですが、ご老人。私の婚約者に無体を働かれては困ります」

抑揚が少なく、無感情な声が後から続いた。

「サミュエル！」

振り返れば、久しぶりに会う緋い目の青年の姿があった。予想以上に嬉しそうな声になってしまったが、実際嬉しかったので仕方がない。相変わらずのディットーズとケンブリッジ・ハット姿で、肩からは例の筒を下げている。

突然現れた長身の青年に、ラスキンは口籠もり、なんとか掠れた声を絞り出す。

「婚約者……？」

「ええ。貴方が私の大事な人に狼藉を働くならば、こちらもそれなりの方法で食い止めねばなりません。そのためなら、ご老体に無体を働くのも吝かではない」

そう言い放ち、サミュエルはエディスを抱き寄せた。

よくもまぁ咄嗟にこんな出任せが言えるものだと、エディスは呆れるよりも寧ろ感心してしまう。しかし自分を守るためなので、彼に協力しないわけにもいかない。エディスはサミュエルに縋るような演技をしてみせた。

仲睦まじい二人の様子に、ラスキンは目に見えて動揺しているようだった。講義の時の毅然とした振る舞いとはまるで真逆だ。

「それは……本当なのか、ローズ。私の求婚を断ったくせに、こんな青二才と……」

しかし、弱気な口調の割に、言うことは割合に辛辣だった。自信過剰な部分が窺える。彼のゲーテも七十四歳の時に十九歳の乙女に求婚し、見事ふられたことがあったが、本人は最後までその理由がわからなかったそうだ。地位も名誉もある老人は、ただの小娘が自分の申し出を断るわけがないと信じ込むきらいがあるのだろうか。その態度に、エディスは少しカチンと来てしまう。

「本当です。この人は私の婚約者に違いありませんし、そもそも私はローズなんて名前ではありません」

益々サミュエルに体を寄せ、きっぱり告げる。寂しげな眼差しの老人を騙すのは些か気が引けたが、彼の言うローズではないのだから半分は嘘ではない。駄目押しのようにサミュエルが、氷のようにラスキンに言った。

「青二才とは随分な言い方ですね、ご老体……いや、ジョン・ラスキン卿」

急に名前を呼ばれたラスキンは、少し戸惑ったようだ。

「いや、失礼……。しかし、君は私の名前を……」

「知っていますよ、ラスキン卿。貴方は有名人ですから。実を言えば、私も彼女も、貴方の嫌いな上層中流階級の出なんです。常日頃から貴方に謂れなき非難をされている身分の者が、好意的であるはずがないでしょう。……悪いが此処から消えていただけませんか？　こんなに怯えて、彼女が可哀想だ」

サミュエルの口調は、英国紳士らしく慇懃だが、辛辣だ。エディスは彼の言葉を裏付けるように、サミュエルの背に隠れ、ラスキンから距離を取った。

効果は覿面で、ラスキンはその様子を見て諦めたようだった。何事かを呟くとがっくりと肩を落とし、学芸員には目もくれずに立ち去っていく。取り残された学芸員は暫くあっけにとられて遠ざかる背を眺めていたが、やがて我に返ったようにエディスとサミュエルに向き直った。

「災難でしたね、お客様。あの人は訴訟に負けて以来、すっかり精神活動が停滞してしまっているのです。それ故、貴女に妙なことをしてしまったのでしょう」

何気ない口調に学芸員のラスキンに対する悪意を感じ、エディスは思わず首を傾げた。ラスキンは美術評論家として、一目も二目も置かれている存在の筈だ。学芸員の中には彼を尊敬して止まぬ者も多いだろう。しかし、目の前の人物の口調には悪意や軽蔑の念が感じられる。

「それは別に構いませんけれど……。あの、さっきもおっしゃっていましたけれど、絵を燃やす、って一体何のことなんですか？」

　思わずこぼれ出たエディスの問いに、学芸員があからさまに嫌悪の色を浮かべて答えた。

「彼は美術評論家としては一流かもしれませんが、愛好家としては三流以下です。ラスキン卿は、自分が芸術の庇護者であるようなことをおっしゃっていますがね。実際はただの破壊者だ」

「破壊者だなんてそんな……」

「ラスキン卿が、ウィリアム・ターナーを英国史上最高の画家に作り上げたというのは有名な話です。ただ、そのやり方は酷いものなんです。ターナーを国民的芸術家に仕立て上げるため、彼はかなりの選定を行っているんですよ。ターナーは陰気な印象を与える絵や官能的な作品も幾つか描いていますが、それを知る者は多くはない。何故なら、ラスキン卿がそれらを闇に葬ったからです」

　学芸員の怒りを滲ませた言葉を聞き、エディスの中で全てが繋がった。闇に葬ったというのは、つまり――

「燃やした……ということですか？」

「そうです。ラスキン卿はターナーのイメージを損なうという、ただそれだけの理由で、裸婦画をすべて焼却したのです。かつてヴェニスの聖ロコ講堂で見たティントレットの天井画の無残な姿を嘆きながら、己が勝手に作り上げた理想のターナー像のために自分好みではない絵を燃やす。そんなことが赦されますか？」

全てをぶちまけても怒りは治まらないようだった。エディスには、彼の怒りや不快感が痛いほど理解できる。

ラスキンの行為は、ブリューゲルの《ベツレヘムの嬰児虐殺》の改竄と同じことだ。自分の好みではないから、理想と異なるから、解釈が違うから。

ただそれだけの理由で、世界に一つしか無いものを破壊して良い道理はない。失われたものは二度と戻らないのだから。

学芸員は、自分の背後にある二枚の裸婦画を示す。

「この絵は長らく個人所蔵だったため、ラスキン卿の魔手を逃れた唯一のものです。これは彼の行為を糾弾するものであると同時に、ターナーという作家の別の側面を伝えるものであります。ターナーの天才性はどこから来たのか、それを後世に示唆する絵でもありましょう。だからこそ、飾る意味がある」

その言葉を受けて、エディスは改めて《ターナーの裸婦画》と言われる絵をじっくり眺めた。黄色と赤をこよなく愛したターナーらしく、その特徴が強く出た作品だった。美しくも輪郭のぼやけた、しかし光に満ちた二枚の裸婦画は、甘やかというよりも蜜のような粘り気と堅さが滲む。ターナーが描いたという以前に、純粋に官能的で素晴らしい絵だと思う。印象派の先駆けというイメージが強いターナーであるが、実は案外写実的で、裸婦画には成熟した女性の腹のたるみや肌の染み、更には脇毛や陰毛までしっかりと描かれている。

美術史に於いて女性に陰毛を描いているのは、ゴヤの《裸のマハ》、脇毛の方はドラクロワの《民衆を導く自由の女神》くらいしか無いと言われていたが、ターナーのこの裸婦画もそれに加えるべきだろう。

右側の絵の女性は快活そうな印象で、裸体にもかかわらず堂々としていた。カバネルの《ヴィーナスの誕生》のような官能的な神性こそ無いが、生命の強さをも醸し出している。しかし、左側の絵はタイトルどおり、まるで月だ。薄い胸の、今にも誰かに手折られそうな、儚い頼りなさがそこにあった。

一見すると、この二枚の絵はセットで描かれた光と影の女性像のようにも思える。しかし、そうではないとエディスには断言できた。これらは全く違う状況と時代の絵だ。左側の絵の女性を儚く頼りないと錯覚するのは、絵自身が畏縮しているからに違いない。だからこそ、この月のような女性の目は昏いのだ。

そう。エディスは気付いてしまった。

——この絵は、己自身を呪い、そして羞じている、と。

昏い目をした裸婦画の女性と目があったように感じた。自分のものではない罪を曝かれることへの畏れと、何故自分が罪を背負わねばならないかという怒り。

二つの引き裂かれた思いの色だ。その目に滲む闇には覚えがある。

――そう、あのルーベンスの贋作から滲んでいた闇とまったく同じ。

二枚の絵のうち左の絵はターナーの真作ではない。贋作だ。思わずサミュエルを見上げると、彼もまた茫とした目で絵を見ていた。視線に気づいた彼が、小さく頷く。

そのやり取りを誤解したのか、学芸員がわざとらしくひとつ咳払いをした。

「これはこれは、お二人の大事な時間をすっかり邪魔してしまったようだ。私はこのあたりで退散します。ごゆっくり見学なさってください」

芸術を解する者らしい思わせぶりな言葉を残し、足早に去っていく。取り残されたエディスたちは、あたりに人の気配がなくなったのを確認してから体を離した。

「助けてくれてありがとう。助かったわ」

エディスのお礼に、サミュエルは相変わらずの無表情でぽつんと返す。

「……いや、礼には及ばない。ネガ・レアリテの気配を探してここへ来たら、丁度君があの老人に絡まれているところに出くわしただけだから。偶然だよ」

「偶然でもなんでも、貴方が助けてくれたのは事実だもの。本当にありがとう」

屈託なく微笑むエディスを見て、サミュエルがほんの少しだけ表情を変えた。いろんなものが綯い交ぜになった複雑な表情だ。しかし、それは瞬きの間に消えてしまう。

エディスは二枚の裸婦画を見つめた。

「でも、貴方がここにいるってことは、これってやっぱり……」

エディスの問いに、サミュエルが一つ頷く。

「間違いない、贋作だ。しかも、ネガ・レアリテの扉の絵だよ」

「……やっぱり」

二枚目の贋作を発見し、エディスは少しばかり安堵した。後はどうやって『ラリー』という男の仕掛けた罠を回避するかだが、その前に疑問が浮かぶ。

「でも、どうして皆、この絵が贋作だって見抜けないのかしら……」

学芸員や美術評論家達は、常に様々な視点から絵を観て研究している。タッチや技法、時代背景は勿論、使われている絵の具やカンバスの素材にさえ詳しいのだ。そんな彼等が贋作を見抜けないのはおかしい。

エディスの呟きに、サミュエルがあっさり答えた。

「『見抜けない』んじゃなくて、無意識に『見抜かない』んだと思う」

「見抜かない？　どうして？　あとで贋作だってばれてしまったら、恥をかくのはその人達なのに……」

つい詰問するような口調になったエディスに、サミュエルがほんの少しだけ思案する。彼の中で言葉を探しているようだ。やがて、いつもの声で教えてくれた。

「エディス・シダル、君が思っている以上に贋作とは実に特殊な犯罪なんだ。世界で最古の商売は金貸しだの売春だのと様々な説があるけれど、贋作造りも最古の商売の一つとされている。それくらい人間には馴染みのあるものなんだよ」

贋作がそんなに古くからあったというのは初耳だった。目を瞬かせるエディスにサミュエルは、硝子を宝石に見せかける方法を記した、紀元前のものと思しきパピルスがエジプトで見つかっていることを教えてくれた。この青年は何かを説明するときに、必ず根拠を示すのが癖らしい。そこが彼は公平なのだ。

感嘆の声を上げるエディスを他所に、サミュエルは話を続ける。

「贋作を作り出す理由は様々だろう。金銭が目的の連中が大半には違いないけれど、中には慈善事業のつもりで贋作を作る者もいるそうだ」

「慈善事業ですって？　贋作造りは詐欺みたいなものじゃない」

驚いて尋ねると、サミュエルがエディスをちらっと見て言う。

「さっきも言ったけれど、贋作は犯罪の中でもかなり特殊なものなんだ。贋物だと発覚するまで、つまりはそれが『真作』とされる限りは誰も不幸にはならない。それを指して、贋作は幸せを売る商売だと言い切るような奴がたまにいるんだよ」

「騙された人は不幸じゃないの？」

「……譬えそれが贋作であったとしても、紛失した作品や未発見の作品が市場に出れば美術業界は活性化する。所有者が真作だと信じている限り贋作は真作であり、売った人間も買った人間も満足する。いつかその絵を寄贈されたら、美術館だって喜ぶだろう。誰にとっても幸福な状況が続くんだ。だからこそ、目が曇る。余程あからさまなものではない限り、無意識に目を瞑(つぶ)ってしまう。贋作はそういう人の心理を突いた犯罪なんだ」

だからこそ絵で商売をしている者ほど騙されやすい、とサミュエルは締めくくる。

理路整然とした説明に、エディスはショックを受けながらも感心していた。サミュエルは記憶がないと言うけれど、それを微塵(みじん)も感じさせない。知識と記憶は別物なのかもしれないが、理知的なのは間違いない。

彼の博識な面に触れるたび、その正体に関する疑問が頭を擡(もた)げる。しかし、エディスは心に浮かび上がる疑問に鍵(かぎ)をかけた。

サミュエルを信じると決めたのだから、最後まで貫くべきだ。

エディスは再び目の前にあるターナーの贋作に目を向けた。《月の裸婦》は、善意から生まれた贋作ではないだろう。善意から生まれたのなら、わざわざ真作と一緒に寄贈するわけがない。真作の隣に置かれることで、この絵はいっそう身を竦(すく)ませている。兄の隣に並ぶ時の自分を思い出し、足が震えた。

本当の子どもの隣に並ぶ、偽物の子ども。それが、エディスだからだ。

しかし、エディスには選択する自由が残されている。家族に迷惑をかけるとしても自分の思いを優先して家族と共にあるか、あるいは自ら彼等の元を去るか。自らの意思で選ぶ権利がある。

しかし、贋作は何一つ選ぶことができない。ただ、自分のものではない罪を背負い、その羞恥に身を焼くだけだ。特に《彼女》は、真作の横に晒され続けている。その辛さは如何許りか。

贋作は幸せを売る商売だと言う人がいると、サミュエルは言った。けれど、エディスにはそうは思えない。贋作を作ることは、真作に対する、そしてその贋作自体に対する冒瀆だ。《ベツレヘムの嬰児虐殺》の改竄やラスキンが行った破壊行為と同じく、許されざる行為のはずだ。人の思い上がりとでも言うべきだろうか。

人間の罪を被り、理不尽な破壊に曝されるのは、いつでも器物だ。

エディスは、なんだかそれが、とても嫌でたまらなかった。

ナショナル・ギャラリー内に設置されたベンチに座りながら、ラスキンは酷く混乱していた。一点残らず燃やした筈の、悍ましい裸婦画が飾られていたことも勿論だが、その絵の前でローズと生き写しの娘に出会ったことに、言い知れぬ畏れを感じたからだ。

あの娘は本当にローズによく似ていた。

もう二十年も前にこの世を去った、あの美しい女性に。

かつて、妻であったエフィーはラスキンを捨て、画家のジョン・エヴァレット・ミレイの元へ去った。最初はショックを受けたが、四年後には天の配剤だと思うようになっていた。一八五八年、ローズと出会ったからだ。

出会いの時、彼女はまだ九歳だった。しかし幼い彼女を一目見て、ラスキンは初めて恋に落ちた。雷に撃たれたように、狂ったように彼女に恋した。いや、ハイネの詩ではないが、恋に狂うというのは意味の重複だ。恋とは既に狂気なのだから。

ローズが十六歳になってからは何度も結婚を申し込んだが、その首が縦に振られることは一度も無いまま、二十七歳の若さで彼女は死んでしまった。きっと自分が早世することを見越して、求婚を拒んだのだろう。ローズは、心の優しい少女だった。

そんな彼女と生き写しのような娘とターナーの絵の前で出会ったことこそが、まさに運命ではないのだろうか。彼女はきっとローズの生まれ変わりに違いないと、ラスキンは確信めいた思いを持っていた。

しかし、あの娘には既に婚約者がいるという。しかも、この国の悪しき象徴である上層中流階級（アッパー・ミドル）の若造だ。

赦せなかった。

美しきものが、その価値をわからぬ者に蹂躙されることへの怒りがあった。だが、自分にはどうすることも出来ない。ローズの生まれ変わりが、あんな青二才に奪われていくのを、指をくわえて見ていることしか出来ないのが堪らなかった。

「ローズ……」

少女の名をうめきながら頭を抱えるラスキンに、近寄る影があった。

「おや、ラスキン卿ではないですか。随分と具合が悪そうだ。大丈夫ですか？」

ラスキンの頭上に降ってきたのは、酷く落ち着いた優雅な男の声だった。見上げれば、目の前に上品な紳士が立っている。整った顔立ちと、美しい碧の目には見覚えがあった。先月のガイ・フォークス・デイに、ブラントウッドにあるラスキンの家を訪ねてきた紳士だ。名前は確か……。

「お久しぶりです、ラスキン卿。ローレンス・ブラウンです。先月は急にご自宅に押しかけてしまい、大変失礼いたしました」

そう、ブラウン。ローレンス・ブラウンだ。相変わらずロシア人の従僕を連れている。社会主義に興味があると我が家を訪れたブラウンと、ロシアに芽生えはじめた社会主義活動について様々な議論を交わしたことが蘇る。しかし何よりも、ラスキンの興味を惹いたのは、話の合間に彼が語った神秘にまつわる事柄だった。

霊魂の不滅、罪のない別の世界、最果てにあるエデンと、そして復活。世の神秘主義者の言葉と違い、この青年の語りは酷くラスキンの心を打った。ブラウンは、終始冷静さを失わず、静かに、穏やかに、この世の不思議を語ってくれた。

その姿はまるで何処かの聖者のようで、気付けばラスキンは彼の前で頭を垂れて、話に聞き入っていた。

彼の前で無様を見せるわけにはいかない。そう思ったラスキンは、冷静さを取り戻そうと、無理に微笑む。

「こちらこそ充実した時間を過ごせたよ。ところで、君は何故此処に……？」

「貴方を感動させたというターナーの絵画を是非とも見たくて。本当に素晴らしいものでした。圧倒的な迫力もそうですが、繊細で柔らかく、強い光は美しい。ただ……」

ブラウンはその碧の目を伏せ、些か言い淀むようだった。ラスキンは思わず問いただすようにして訊いてしまう。

「ただ……、なんだね？」

ブラウンは肩を竦め、しかし、はっきりと言った。

「あの裸婦画は頂けませんね。ターナーのイメージを著しく損なう。聖なるものを一気に俗へと貶める酷い絵だ。裸体は神話や伝承の紗を纏うからこそ芸術となるのに、あれではただの世俗的な裸婦画だ。それだけならいざ知らず、陰毛まで描くのは、どうにも下品でやり過ぎですよ」

その言葉にラスキンは歓喜を隠せなかった。

青年の言葉は、自身の思いと同一のものだったからだ。あの裸婦画はラスキンが作り上げた、神の領域に届くほどの美を一気に引きずり下ろしてしまう醜悪さに満ちている。ターナーには神の創造物である自然を完全に描く力がある。にもかかわらず、自然を捨て去り、矛盾に満ちて堕した人間など描いてはいけないのだ。裸婦を描きたいのなら、先人達に倣って完全なる神が作り出したものだけを描けば良い。

「そうだ、あんな絵はあるべきではない。だから私は……」

思わず呟いたラスキンに、ブラウンが静かに頷き同調する。

「ええ。『譬え世界が滅ぶとも、正義を追い求めよ』という言葉もあります。貴方は正しい。貴方は何も間違っていない」

ブラウンの碧い瞳が、ラスキンの目をじっと覗き込んでいる。蒼穹のように果てないその碧は、見つめるうちにどんどん心に溶け込むようだった。その目に促されるように、ラスキンは茫然と言葉を繰り返す。

「私は正しい……。そうだ、私は間違ってなどいないのだ」

先刻は学芸員に絵を燃やしたことを散々罵られたが、ブラウンならばきっと肯定してくれるはずだ。彼の声は不思議だ。肯定されると心地好く、否定されると不安になる。聖者のような彼に肯定されることは絶対に間違いではないと、確信できる。

　ラスキンの思いを知ってか知らずか、ブラウンは静かに囁き続ける。その目の碧は益々濃くなり、中心には闇のような染みが広がっている。しかし、ラスキンがそれを認識するより早く、ブラウンが脳に語りかけるように囁いた。

「貴方はご自分の心に逆らってはいけません。さぁ、『狭き道によって高みへ』。貴方にはそれを行う力がある。であれば、それを為しなさい」

　悪魔の囁きは、天使よりも甘い。ブラウンの言葉に背中を押され、ラスキンは譫言のように呟いた。

「それを為す……。私は、あの絵を焼き捨てねばならん……」

「貴方があの絵を滅ぼすことを望むならば、そうすればいい。私もお手伝いいたしますよ」

　ブラウンの声は蠱惑的で、逆らうことが出来ない。まるで優しく窘める母のように、逆らいがたい何かがある。

「手伝い……？」

「貴方を閉じ込める檻、貴方の前にあるその壁を、一つ壊して差し上げましょう。境界線の向こう側も中々良いものですよ」

　そう言うが早いかブラウンは右手に嵌めた黒手袋を外す。上流層に属する者特有の、労働を知らない白い手が現れた。しかし手の甲は白いものの、掌には大きな火傷の痕がある。熾火を思い切り掴んだら、こんな火傷になるかもしれない。痛々しいというよりも惨たらしいものだった。

ラスキンは、その右手から目を逸らせない。ブラウンがひらひらと手を振って、優雅に笑う。

「さて、貴方に咲く花は何でしょうね？　薔薇でなければ、なんだっていいんですが、どうせ摘むなら美しい方が良い」

不思議なことを呟くと、ブラウンはラスキンの目の前へ右手を向ける。ラスキンは茫然と彼の手を見つめた。自分の体なのに、動かすことが出来ない。

「私は……、私は……」

ブラウンの右手が顔を覆ったあと、ラスキンの体の中で何かが狂う音がした。

四

エディスとサミュエルは贋作の裸婦画の前で思案に暮れていた。相変わらずサミュエルは何を考えているかわからない無表情だったので、実際に思案に暮れているのはエディスだけかもしれないが、とにかく二人で絵の前に立ち尽くしていたのには変わりない。

　この贋作は、実に上手(うま)い造りだ。完璧(かんぺき)なタッチであったし、ターナー独特の雰囲気もあるため、上辺だけ見れば真筆にしか思えない。更に言えば本物と対になっているせいで、多少の違和感も『作者による意図的な差異』だと思われてしまうのだ。これが贋作だと言っても、信じる者はまず居ないだろう。

　仮に贋作と証明できたところで、それだけで問題は解決しない。この絵にはネガ・レアリテが仕込まれている。迂闊(うかつ)に触れたら大惨事が起こりかねない。

　一番手っ取り早い解決方法はこの絵を持ち去ることだが、白昼堂々、ナショナル・ギャラリーでそんなことが出来るわけもない。さりとて放置しておいて二人の不在時にネガ・レアリテが開き、《神の名残(エーン・ソーフ)》に目覚められても困る。よしんば盗み出せたとしても、サミュエルだって二十四時間延々と絵を監視することなど出来ないだろう。

「ネガ・レアリテが開く条件ってなんなのかしら？」

　エディスの独り言に、サミュエルが静かに首を振った。

「僕は、ネガ・レアリテの気配は解(わか)るけれど、何故それが起こるのか、何が鍵(かぎ)なのかは解らないんだ。これまで幾つものネガ・レアリテを閉ざしてきたけれど、条件はまちまちだ。ラリーのような『開く者(オープナー)』は知っているのかもしれないけどね」

　エディスは改めて、サミュエルには一年以上前の記憶がないという事実を突きつけられたような気持ちになった。彼はいつ開くかもわからぬ異界の扉を探し、この一年間、理由も解らないまま、たった一人で異形と戦い続けてきたのだ。その事実に、エディスの胸の奥が微(かす)かに痛む。

エディスとサミュエルは、まったく別の人間だ。だから、恐れを抱く対象は違うだろう。けれど少なくともエディスにとって、ネガ・レアリテの中や絵から這(は)い出るあの異形は恐ろしかった。あれらに一人で挑む彼を、放ってはおけない。

とはいえ、エディスに何が出来るかはわからない。何も出来ない、といった方が正しいだろう。自分の無力さを、エディスは改めて噛(か)みしめる。

「エディス・シダル？」

急に黙りこんだことを不思議に思ったのだろう、サミュエルから声をかけられる。

エディスは慌てて彼を見上げて言った。

「ごめんなさい、何でもないの。少し考え事をしていて……」

サミュエルはその言葉を信じたようだ。再び、絵に視線を向ける。それに少し安堵(あんど)した瞬間、ふと周りの空気が変わったことに気がついた。

粘つく視線を感じる。それはエディスに向けられているようだった。

しかし、絵から発せられるものではない。視線のもとを探ろうと振り向けば、展示室の入り口に一人の老人が立っていた。

ラスキンだった。

思わずエディスは息を呑んだ。ラスキンは、先刻とは全く違う風貌だった。英明な光を湛えていた目は何処か濁り、血走っている。唇はだらしなく開けられて、赤い舌が少しはみ出ているようだ。きちんと結ばれていた筈のタイも緩められている。

エディスには彼が正気を失っているようにも見えた。

「サミュエル……、ラスキン卿が」

エディスの言葉で、サミュエルが入り口に視線を走らせる。眉を顰めて七ヤードほど離れている老人を一瞥した。緋い目を僅かに細める。そうしてラスキンの視線からエディスを庇うように前に出た。

「……どうやら、鍵が現れたようだよ、エディス・シダル」

「え？」

ラスキンの「ローズ……」という声が聞こえた瞬間——。またしても、世界が変わった。右の瞼が疼くこの気配は、間違いなくネガ・レアリテが開く合図だ。

何度聞いても、決して慣れないあの可視の声が美術館の中に響き渡る。背骨を数匹の蛇が這うような、根源的な恐怖がエディスを襲う。声はいつもと同様に、部屋の中心で渦を巻いて漆黒の軸を作る。その軸の表面を這い回る紋章を見て、サミュエルがぽつりと呟いた。

「……精神とは無縁の、閉ざされた地上を渡り、知らぬふりをする海を越えて、一方、風は激しく吹いて、我々を海へ陸へと押し返し、火はその生き生きとした炎の波から我々を退ける」

自らの言葉というより、何かの詩を呟いているらしい。鋼の異形と戦っていたときも、彼は同じように詩を呟いていた。

その間にも、ネガ・レアリテは刻々と変化していく。髑髏（どくろ）が崩れたと同時に雪が降り、そして何十、何百もの骨が周囲に突き立つ。しかし、おぞましい光景が目の前で広がっているはずなのに、エディスは以前ほど恐ろしくは感じなかった。ネガ・レアリテが開いた瞬間に襲った恐怖も、次第に引いていくのがわかる。

サミュエルの呟く詩のおかげかもしれない。

「そこで個々の人間に宿り、悲しい試練を再び繰り返す、今度こそ人生の平衡を保つことが出来るかどうか、今度こそ、それと一つになることで全世界と一体化できる。我々自身の唯一の真の埋もれた自我に真実でいられるかどうか——」

彼が呟く詩は、現象に問うようだ。その問いが行き着く答えは何なのか。

考えるうち、不思議と気分が落ち着いた。詩の内包する世界こそが境界線なのかもしれないとエディスは思う。

改めて周囲を見渡せば、裏返った世界の中心はラスキンではない。これまでと同じように、あの裸婦画だ。ラスキンは鍵だというサミュエルの言葉は、正しいのだろう。一枚の絵を中心に、世界が総(すべ)て反転して陰画の世界へ変転する。陽画の世界にあるのは、エディスとサミュエルの二人だけだ。あの二枚の裸婦画もラスキンも、いまは陰画の世界の住人になっている。

しかし、いつもと違うことがひとつだけあった。

陰画の世界に入り込んでいるにもかかわらず、ラスキンは昏倒(こんとう)していないのだ。展示室にいた数少ない人々は、ネガ・レアリテが開いたと同時に昏倒した。ラスキンだけが陰画に染まりながらも、この世界に立っている。違和感よりも先に、陰画とラスキンに不思議な親和性をエディスは感じていた。人が人である上で必要な枠や壁があるとして、彼はそれを通り抜けたように見えたからだ。

陰画(ネガ)に色付くラスキンが、エディスに手を差し伸べる。

「さぁ、迎えに来たよ、愛(いと)しい薔薇。そこの汚らわしいもの達を総てこの世から消し去ったら、二人で永遠に美しいものだけを見て過ごそう」

血走った目をしているのに、言葉だけは理知的なのが不気味だった。

ラスキンを中心にして闇(やみ)が蠢(うごめ)いている。ふとエディスが瞬(まばた)きをした瞬間に、蠢く闇から白い影が這い出てきた。それは形を変えて、何かを作り出しているようだった。

「あれは……」

茫然となるエディスに、サミュエルが静かに答えた。

「……あれもまた、神の名残だよ。学芸員の話を信用するならば、彼は絵に宿る神々を悉く破壊していたんだろう。ならば、納得できる」

絵に宿る神々。サミュエルの口からブラウンと似た言葉を聞き、エディスの胸が妙にざわついた。しかし、その理由に辿り着く前に、無造作にサミュエルに抱きあげられる。

「！」

男性に抱きあげられるという慣れない行為への驚きで、考えていたことが霧散する。もどかしい想いと気恥ずかしさで、エディスは少し混乱した。

エディスの内心など気にも留めず、サミュエルはさっさと展示室の片隅――絵の掛かっていない壁へと向かった。一応の安全地帯とでも言うべき場所に、エディスは静かに下ろされる。ここにいろという意味らしい。

そうしている間にもラスキンから這い出た影は形成を終え、蜘蛛のような姿になっていた。色が白いということは、陽画の世界では黒なのだろう。蜘蛛と違うのは、足が十六本もあることだ。しかし、目は四つしかない。どことなくラスキンの顔に似ているように思え、エディスは不快感がこみ上げてくる。中途半端に人に似ているような気がするからこそ、変な想像力を掻きたてられて、よりいっそう恐ろしい。どうせなら、人面蜘蛛のほうがまだましだ。

蜘蛛が完全に分離した瞬間、ラスキンは他の客と同じようにその場に昏倒した。意識を失うというよりも、まるで抜け殻になってしまったように見えた。そしてエディスは、ラスキンから自分へと向けられていた念が、今度は蜘蛛の異形から強く発せられていることに気づく。

愛しい、愛しい、自分のものにしたい、何故自分を受け容れない、何故私から去った――。

言葉だけで見れば美しいかもしれないが、それは独りよがりで一方的な愛の言葉だ。少女が自分のものにならなかったことへの暗い怒りに満ちている。利己的な情念だ。一方で、裸婦画にも別の思念が向けられている気配もあった。

お前さえ存在しなければ良かったのだ。お前があるから理想の世界が遠のく――。

愛憎渦巻くという言葉があるが、この念はまさにそれだった。熱い氷というべきか、冷たい炎というべきか。矛盾した強い感情が引き裂かれることなく渦巻いている。

エディスは思わず、異形と対峙するサミュエルの上着の裾を握りしめた。ひとりで行かせてはいけない、危ない、と思ったからだ。サミュエルは彼女が狙われる恐怖で縋っていると思ったのか、変わらぬ無表情でぽつりとこぼした。

「大丈夫。これが見ているのは君じゃない。誰かと君を重ねているだけだ。だから、この程度の執着はすぐに壊れる」

言う間にも、サミュエルは帽子と上着を脱ぎ、床へと投げ捨てる。半ば骨粉に埋もれるそれを、エディスは黙って拾い上げた。

サミュエルの強さは知っている。しかし、今対峙しているこれは鋼の異形とは違う。あの時の、純粋な助けを呼ぶような思いはない。もっと歪な、汚泥のような感じを受ける。触れただけで魂が汚れるような、そんな悍ましさが漏れ出ていた。

「……気をつけてね」

行かないでとは言えないから、せめて祈りを。

エディスの思いが伝わったのか、一瞬だけサミュエルが振り返り、ぼそりと呟く。

「……わかった」

例の筒から日本刀を取り出すと、サミュエルは鞘からすらっとした刀身を引き抜いた。青い光が陰画の世界に反射する。その切っ先を、異形に向かって突きつける。

「一度だけ機会をやろう。此処から先は、最後の地だ。行くか戻るか、自分で選べ」

　その言葉が終わるよりも早く、蜘蛛の異形が大きく跳んだ。巨大な図体であるのに、存外素早い。動きも蜘蛛に似ている。己の重量で押し潰さんばかりに、サミュエルに向かって体当たりを喰らわす。しかし、その体が彼と搗ち合うことは終ぞ無かった。青年と蜘蛛の異形は、すれ違ったと言うよりも互いにすり抜けあったようにエディスの目には映った。しかしそれは正しくもあったし、錯覚でもあったようだ。

　蜘蛛の異形がその身を静止させた途端、体が左右に分かれ、地べたに転がった。おそらくすれ違った瞬間にサミュエルによって真っ二つに分断され、そのまま移動をしていたのだ。そして静止すると同時に、糸が切れたように倒れたのだろう。

　サミュエルを見れば、怪我ひとつないようだった。顔色ひとつ変えず、剣先を見つめている。青みがかった刃が異形の体を切り裂いたということは、蜘蛛の異形は「こちら側」のものらしい。安堵の溜息をついてエディスが駆け寄ろうとした瞬間、鋭い制止が飛んできた。

「まだだ。動かないで」

　サミュエルの視線を辿れば、信じられないものがエディスの目に映った。確かに真っ二つに分かれたはずなのに、蜘蛛の異形は生きていた。切断面を露わにして起き上がる。各々縦に二つずつ並んだ目が、出来の悪いゼリーのようにぷるんと揺れた。

　起き上がった体は自重に耐えられなかったのかぐちゃりと潰れ、床の上に小山を作る。しかし次の瞬間には再び盛り上がり、先刻よりも丁度半分の大きさの二つ目の八本足を持つ蜘蛛に変化していた。

二体に分裂した蜘蛛に、エディスは心底驚いて言葉も出ない。ネガ・レアリテの世界は何があっても不思議ではないが、非常識には変わりがないのだ。理屈では説明できないことが、いま目の前で起こっている。

敵の数が増えてもサミュエルは表情を変えない。僅かに灼けた目で呟くだけだった。

「……それがお前の選択か。ならば、自分の選択を貫き通せ」

その言葉が合図のように、二体の蜘蛛が同時に動いた。

一体はエディスへ。そしてもう一体は、ターナーの裸婦画へと。

贋作から生まれるはずの異形が、何故、贋作を狙うのか。

エディスの混乱は深まるばかりだ。けれど、咄嗟に声が出た。

「サミュエル、お願い、絵の方を守って‼」

それは、本心からの言葉だった。贋作であっても絵が傷つけられるのは嫌だった。

それに《月の裸婦》の願いを、エディスはまだ聞けていない。しかし、サミュエルは絵に向かった一体をまるきり無視した。エディスに向かう蜘蛛の異形だけと対峙する。

それは、人として当然の選択だろう。

けれどエディスには、あの昏い目をした贋作を見捨てることができなかった。

動くなという言葉に逆らい、エディスはターナーの裸婦画の前に駆け出す。

「止めるんだ、エディス・シダル！」

背中に鋭い声が突き刺さる。心なしか焦った声だった。こんな時でさえ、サミュエルは自分のことをフルネームで呼ぶのだと、頭の隅でエディスは思う。

骨の粉を蹴散らしながら二枚の裸婦画の前に滑り込むと、エディスは突進してくる蜘蛛の異形に両手を広げて立ちはだかった。百ポンド（一ポンドは約四百五十三グラム）程度の重さしかない身体で、異形を止められるとは思っていない。けれど、絵を守りたいという思いが勝手に身体を動かす。

最初のネガ・レアリテで「生きたい」という自分の思いを確認したはずだった。なのに同じネガ・リアリテという場所で今度は、自分が死んでもいいと思っているのが奇妙だった。

矛盾している。でも今は、この絵をただ、守りたい。

二秒後に訪れる衝撃と痛みを思って、エディスは固く目を瞑る。覚悟と恐怖の間でゆらぐ思いを抱えて痛みが訪れる瞬間を待ちながら、サミュエルに心の中で謝罪した。

――言いつけを破って、ごめんなさい。

ぐしゃりと、肉の潰れる、耳障りな音が響いた。次いでぎしり、と何かが軋むような音がする。

　しかし、予想していた痛みは訪れない。そっと目を開いたエディスが見たものは、白い体液と共に宙を舞う、一本の異形の脚だ。それは、エディスのすぐ脇を掠めて飛んでいった。脚の先端が引っかかり、髪が数本引き千切られたがそれだけだ。視界の隅には、赤黒い液体が床に飛沫痕を描いているのが見えた。

「何？」と思う間もなく、真っ赤に濡れたシャツの腕が現れて、ぐしゃりという音とともに異形の体が明後日の方向に吹っ飛んだ。固いものが軋み、砕ける音が後から響く。轟音に合わせて、陰画の世界の黒い光が大きく揺れた。

状況が摑めない。バウンドした蜘蛛の異形の脚は、白い体液を飛ばしていた。つまり床の飛沫痕は、蜘蛛の血ではない。一方、エディスは髪が数本引き千切られた以外は無傷である。陰画の世界で色があるのはエディスとサミュエルの二人だけ。

　つまり、この赤は当然サミュエルのものだ。

　そのことに気付いた途端、恐怖で狭窄していた視界が開けてくる。改めて目に飛び込んできたのは、白いシャツの左袖を真っ赤に染めたサミュエルの後ろ姿だった。左腕からは今も赤い液体が零れている。エディスを庇った時に切り裂かれたのだろう。

　サミュエルが対峙していた蜘蛛は、刀によって床へと縫い止められている。絵を守ろうと駆け出したエディスを見て、彼は刀でもう一つの蜘蛛の異形を固定したうえで迫り来る異形から彼女を守ってくれたのだ。

呻き声ひとつあげぬ後ろ姿に、思わずエディスは名前を呼んだ。

「サミュエル……」

「君は何を考えているんだ、エディス・シダル!!」

返ってきたのは、初めて聞くサミュエルの怒声だった。振り返ったことで彼の腕から流れる血が、床に広がる。エディスの無鉄砲な行為のせいで、負った傷だ。

「サミュエル、貴方、私のせいで怪我を……」

掠れる声で思わず訊いたが、サミュエルはそれに関しては一切何も答えなかった。止血もせずに、エディスに告げる。

「僕の怪我なんかどうだっていい。絵を守りたいと思うことだって否定はしない。君にとって、命より大切なものがあることは別にいいんだ。それで命を落としたって、僕は愚かなこととは思わない。けれど、君が立ちはだかったところで『これ』は絶対に止まらない。だから、そんな無意味なことを選ぶのは間違っている」

ぐうの音も出ない正論だった。

サミュエルはエディスが身を挺して絵を庇ったことに対して怒っているのではなく、身を挺したところで何も意味が無いことに怒っているようだ。静かな声でも充分に伝わる怒りに、エディスは俯くしかない。

「ごめんなさい……」

確かに今の行為は無意味だ。結果的に蜘蛛の突進は防げたが、実際にそれを行ったのはサミュエルだ。彼女は何もしていない。彼の言葉で改めてその事実を痛感した。

サミュエルはそれでも怒りが治まらない様子だったが、くどくどしく言うことはなかった。壁へ叩きつけられた蜘蛛の異形が、よろめくように立ち上がったのが見えたからだ。素早く右腕でエディスを抱き寄せ、その場から飛び退いた。

同時に二人が立っていた場所へ向かって、黒い物体が風を切って飛来する。それは真っ直ぐにあのターナーの二枚の裸婦画を――贋作も真作さえも、もろとも砕いた。

「！」

命がけで守ろうとしたもの達が、一瞬で粉々になった。エディスはサミュエルの腕の中で茫然とするしかない。作る時は長い時間がかかるのに、壊す時は一瞬で何もかもが無になる。

黒い物体の正体は、蜘蛛の異形の尻から出された糸だった。蜘蛛の糸は同じ太さの鋼以上の強度を誇る。太さ四インチの糸であるなら、それは四インチの太さの鋼の棒に貫かれたのと同じことだ。

蜘蛛の頭部は歪んでいた。先ほどの白い液体も含めて、これには鋼の異形とは異なり、血肉が通っているようだった。蜘蛛は糸を利用して、宙を飛ぶようにエディスたちに突進してくる。走るより余程速い。衝突は免れないと思ったが、飛来していた蜘蛛が突然床に平伏した。ギィッという何か気味の悪い悲鳴と共に、床にまた不気味な白い体液が広がっていく。

その上に赤い飛沫痕ができたことで、エディスは状況を理解した。よりにもよって負傷している左腕で、サミュエルが渾身の力を込めて蜘蛛の異形を殴りつけたのだろう。無表情を保とうとしているが、やはり抑えきれない苦痛の色が浮かんでいる。

「やめて、怪我をしてる方の腕じゃない……！」

エディスは叫ぶが、そもそもサミュエルが怪我をした元凶が自分にあることに気づいて視線を落とす。申し訳なさに、語尾が震えて目を合わせられない。

「右腕さえ動けば、それでいい」

特に気にしたふうもなくそう言うと、サミュエルはエディスを床に下ろした。そのまま自らの白い体液の中でのたうつ異形に向かって低く言う。

「遺言があれば聞いてやる。神に祈りを捧げたいのであれば待ってやる。だが、お前は既に選んでしまった。選択を変えることは、無理だ」

言葉と同時に、無造作に異形の元へ足を踏み出す。異形は床から立ち上がることも出来ず、威嚇のような唸り声を上げるのみだ。それが妙に人間くさくて、エディスはぞっとしてしまう。

一方で、サミュエルはその人間くささが不快らしい。

「お前の罪は、消してやらない。死んでもそれを背負ってゆけ」

低く呟くその声には、明らかな怒りが滲んでいた。

言葉と同時に片足を無造作に上げると、異形の頭を一気に踏み潰す。躊躇いは、一切無かった。耳をつんざくような悲鳴を上げ、蜘蛛の異形はあっという間に汚泥に戻る。汚泥は日にさらされた雪だるまのように、あっという間に消滅していく。

刀で斬ったときとは違う、廃滅の仕方だった。

「これでひとつ」

不機嫌そうに呟くと、サミュエルはエディスを振り返ることなく、縫い止めておいたままの異形の元へ真っ直ぐ向かった。エディスはその場から動かない。動けないと言った方が正しい。

縫い止められた蜘蛛の異形は、そこから逃れる為に藻掻いたせいか半分ほど己の体に切れ目を入れていた。あと数分あれば脱出は可能だったであろう。しかしその機会は与えられず、無慈悲に振り上げられたサミュエルの足によって、頭は踏み潰された。高音の悲鳴の中に、更に恐ろしいほど低い呻りが響き渡る。苦痛と怒りが混じったような声だった。神の名残と呼ぶには神聖さが欠片もなく、どこかもっとどろどろとした悍ましさしか、感じられなかった。

しかし、エディスが最も恐ろしく感じたのは異形の悍ましさではない。何処までも無慈悲なサミュエルの表情だった。

　どんな場面に出くわしても、これまでエディスはサミュエルに恐怖を感じたことはなかった。彼はいつも無表情ではあるが、無感情なわけではない。その瞳には不思議と憂いがあって、エディスはその目に惹かれていたのだ。

　こんな、冷たいだけの目をするような人ではなかったはずだ。エディスの傲慢さが、彼にこんな目をさせたのだろう。

「サミュエル……」

　呼びかけた声は、予想以上に湿っていた。声に応えて振り向いたサミュエルが、僅かに驚いた顔をする程に。

　彼は蜘蛛の異形にとどめも刺さず、エディスの側に駆け寄った。

「大丈夫？　何処か怪我でもしたのだろうか……？」

　蜘蛛と対峙していた時の冷たさは何処にもない。怒りは影を潜め、その瞳にはエディスへの心配の気持ちしかない。

　やっぱり彼は優しい。しかしそのことが苦しくて、何もできない足を引っ張るばかりの自分が不甲斐なくて、エディスはぽろぽろと子供のように泣いてしまう。

「ごめんなさい……。私、わたし……」

　鼻の奥がつんとして、上手く言葉が出てこない。何か気の利いたことを言いたくて仕方ないのに、それなのに、『ごめんなさい』の一言しかでてこない。

そんなエディスの様子に、表情こそさほど変わらないが、サミュエルは狼狽える。

「もう泣かなくていいよ。二度とあんな無茶をしなければ、もういいんだ。だから……」

子供を宥めるような言い方だった。淡々としてはいるけれど、困惑と優しさが混ざる声だ。エディスはこくりと頷くが、それでも涙は止まらない。

「でも、わたしのせいで……、怪我……」

怖いことには慣れているはずだった。死ぬことだってそれほどは怖くない。痛いことは嫌だけれど、我慢できる。そう思っていた。

でも、何故か今は涙が止まらない。何が哀しいのかもわからない。

自分のせいでサミュエルが怪我をしたことも、それなのに絵が守れなかったことも、その上、彼にあんな目をさせてしまったことも、何もかも哀しかった。

「痛みには慣れている。だから君が気に病むことはない」

サミュエルはそう言うと、右手でエディスの頭を撫でてくれた。子供にするような仕草だったが、そのおかげで少し落ち着く。なおも嗽りあげたままのエディスに、サミュエルが困ったように呟いた。

「……君はどうにもわからない。落ち着いているかと思えば無鉄砲で、普段は大人びた口の利き方をするくせに、子供みたいに泣きじゃくる時がある。矛盾の塊だ」

矛盾の塊と言うならば、彼のほうがそうだとエディスは思っていた。けれど、口には出さない。ようやく泣き止み、小さく言った。

「うん……。でも、本当に……ごめんなさい」

三回目のごめんなさいだが、言わずにはいられなかった。サミュエルがどこか困ったように、少しぎこちなく笑って言う。

「謝る必要はないよ。もういいから」

「うん……」

小さく頷くエディスを、普段よりほんの少しだけ優しい目で眺めていたサミュエルだったが、不意にその目が鋭くなる。優しかった口調も一変した。

「……今度こそ、絶対に此処から動いてはいけない。いいね、エディス・シダル」

「う、うん」

反射的に頷いてから、エディスはサミュエルの視線の先を追った。そこには無残に砕かれた二枚の絵があった。

一枚は何もない。陰画の世界に埋没していた。

しかし、もう一枚は砕かれたカンバスの中から、例の黒い下塗りが見えた。そこからまた何か細い糸のようなものがふわりと漂う。

鋼の異形を食い尽くしたものと同じだ、と気付いた時にはもう遅かった。その糸は未だ息のある蜘蛛の異形へ向かい、またあの闇の繭を作り始める。今度のものは繭よりも硬質で、なんだか卵のようにも思えた。

《鋼》の時と同じく、異形の蜘蛛が藻掻き苦しむ姿が糸の隙間から見える。

――とどめを刺す前に、私が彼を呼んでしまったからだわ。

エディスは再び自分を責めたが、サミュエルが事も無げに言い放った。

「これは君のせいじゃない。予定調和だよ」

「予定……調和？」

不思議そうに尋ねれば、右手で首元のタイを解きながらサミュエルが答えた。

「元を絶たねばネガ・レアリテは終わらない。今回の鍵はラスキンだったが、最終的にはあの絵を破壊しなければならなかった。だから、神の名残を消すときに君への執着も綺麗さっぱり絶とうと思う。だから殆ど予定調和でいいと思う」

そう告げると、サミュエルは左腕の傷口あたりを、解いたタイでぐるぐる縛る。蝶ネクタイとは異なりフォアインハンド・タイは、緊急時の止血帯にもなるようだ。痛みには慣れていると言ったから、彼があえてフォアインハンドのタイにするのは、そういう理由なのだろう。

「怪我は大丈夫なの？　動かして平気なの？」

エディスは次兄と違い、医学の知識は殆どないため、傷を見たって何もできない。

できることがあるとしても、精々が包帯を正しく巻くことくらいだ。身を竦めるようにして訊くと、サミュエルが頭を振った。

「この程度なら、特に動きは制限されないし、強度だって十分持つ。だから何も問題は無い」

「強度？」

エディスの問いにサミュエルは何も答えない。繭が破れたからだ。

正確に言えば繭は破けるというよりも、卵の殻のようにパラパラと砕けていく。

前回と同じく硬質の鋼の化け物が生まれるのか。息を呑んで見守るエディスの目に映ったのは、何処までも滑らかで艶やかな皮膚を持つ美しい背中だった。女性のものだとすぐにわかる。ナショナル・ギャラリーに展示してある、ベラスケスの《鏡のヴィーナス》の背中に、よく似ていた。

エディスが唖然としているうちに、繭の中から《それ》が這い出てくる。

現れたのは、ギリシャ神話の怪物アラクネによく似た異形だった。美女の上半身と蜘蛛の下半身を持つ化け物だ。《鋼》とは似ても似つかない。

「ラスキンを鍵にして顕現しただけあって、まるで浪漫派の絵画だ。……想像力の土壌を以て、神の名残は体を得るから」

幾分感心したようにサミュエルが呟いた。しかし、エディスは別のざわめきを感じる。おそらく、生理的嫌悪というものだ。何故なら、この美女はあきらかに男性の理想だけで作り上げられたものだったからだ。

豊満な胸、くびれたウエスト、そして妖艶な顔つきは明らかに成人女性のものである。けれど、その肌には一点の染みどころか毛穴すらなく、人であるなら存在する体毛は一切ない。腋毛は勿論、蜘蛛と繋がる半身の下腹部にも陰毛はなかった。どこまでもつるりとして張りのある肌は、まるで幼女のものだ。

女だからこそ感じる、男から見た理想の美女の歪み。この歪みこそがラスキンの狭量さ、あるいは未成熟さのようであり、エディスには途轍もなく不気味に思えた。元となった絵に描かれていた月のような女性の哀しみは影を潜め、男が理想とする淫婦の姿があるだけだ。何かが違う。これは、絶対にあの絵ではない。

《アラクネ》は妖艶な手付きで、自らの体に刺さったままの日本刀を引き抜いた。白い粘液が纏わり付き、刀身が放つ青い光は殆ど見えない。なんだか性的に思えて、エディスはますます気分が悪くなった。

唐突に化け物が動いた。蜘蛛の尻から幾本もの黒い糸が噴き出て、見る間に室内に巣を張っていく。蜘蛛の巣と言うには大分緻密さに欠けるが、しかし、それは間違いなく《アラクネ》の領域だ。

サミュエルの冷静な分析が聞こえる。

「巣の中心にいる蜘蛛は《顕現世界における生死の循環》における《死》の象徴となる。なるほど、ここではこうやって、単なる意味を属性に転換するのか」

「どういうこと……？」

「本来蜘蛛が象徴するものは《運命の糸を紡ぐ太母》、生命や運命の紡ぎ手だ。そこに蜘蛛の巣を加えることで、一転して《死》の象徴に変化させる。ネガ・レアリテは、心が《かたち》になる世界だ。《こちら側》では単なる象徴に過ぎなくとも、ここへ来ればその力が現実になるのさ」

あくまでも象徴に過ぎないものが、ネガ・レアリテの中では現実的な力を持つ。だからこそ死の象徴を持ったものは、死の運び手になるという理屈だろうか。エディスはそう認識したが、それが正しいかどうかはわからない。

《アラクネ》は男を誘惑する悪女のように淫らな態度で、糸を伝い、サミュエルに近づいていく。女性であるエディスすらも引き寄せられそうになる、淫らで美しく、滴るような色気だった。

サミュエルもこういう女性の方が好きなのだろうか。

こんな場所にふさわしくない疑問が浮かび、エディスはもやもやする。もやもやを吹き飛ばすために再びサミュエルに視線を送るが、間近に迫る《アラクネ》に対しても攻撃する素振りもなかった。どことなく冷めた目で眺めているだけだ。なんとなく鼻白んでいるようにも見える。

ふと、彼が無傷の右腕を伸ばし、糸の一つに触れた。その瞬間、触れた箇所から一気に糸が噴出し、その右腕を縛り付けてしまう。

「サミュエル!?」

彼らしくもない迂闊な行動に、エディスが悲鳴を上げる。悲鳴というか、なんだか少し怒声も混じってしまうが、そんな場合ではないこともわかっていた。

《アラクネ》は手にした刀を振りかぶり、身動きの取れないサミュエルに向かって勢いよく袈裟懸けに斬る。サミュエルは避ける素振りさえ見せない。

一瞬後の惨劇を予感して、エディスは思わず目を瞑ってしまう。しかし、予想された肉を斬り裂く音も、悲鳴も聞こえない。耳に届いたのは伸びきったゴムを思い切りはじいたような振動と、軽蔑しきったサミュエルの声だけだ。

「また随分と夢見がちな姿を得たものだ。絵の中の女しか見たことのない男の妄想から生まれただけのことはある」

その言葉に恐る恐る目を開くと、振り下ろされた日本刀を左手で受け止めるサミュエルの姿があった。刃で掌が切れることも厭わずに強く刀身を握りしめることで、完全に日本刀の動きを封じているらしい。

赤い血が滴って、シャツにさらなる染みを作っている。痛みには慣れているとサミュエルは言ったが、こんなことばかりしていてはそう言うのも当然だろう。その躊躇（ちゅうちょ）のない姿に、エディスは悲しみがこみ上げた。

この人は、自分をまったく大事にしない。

エディスはその事実を改めて突きつけられたように感じた。

気づくと縛り付けられていた筈（はず）のサミュエルの右腕は、多少の糸を纏わり付かせてはいるが、完全に自由になっていた。糸に捕まったことも、自らの左手を犠牲にすることも含めて、全て計算済みだったに違いない。

「刀は、斬るのに少々骨（コツ）がいる。だから、剣と違って、素人（しろうと）には扱いにくい」

言いながら、彼は左手で摑（つか）んだ刀身を素早く奪い取る。ひょいと右手に日本刀を持ち直し、無造作に前へと突いた。

それは正確に、《アラクネ》の上半身、心臓の部分を貫いた。《彼女》が身も世もなく叫び出す。凄（すさ）まじい情念が辺りに満ちた。

サミュエルが斬れる——この場合は突く、だが——ということは、《アラクネ》もこの世のものということだ。神の名残は、すべてあちら側の物ではないのだろうか。

戸惑うエディスの右目がちかっと痛む。《鋼》の時と同じく、右目に何かが流れ込んできた。しかしそれは切れ切れで、詳しいことがわからない。けれど、救いを求める声だけは聞こえる。

　エディスはその場から動けずにいた。サミュエルに厳命されたというのもあるが、《アラクネ》から湧き出る思念に縛り付けられていたからだ。

　思念から溢れ出すのは、絵が抱えた哀しみでも怒りでもない。女性はこうあるべきという歪な押しつけと、自分の意に沿わぬものは赦さないという強烈な意志だ。

　本来《月の裸婦》にあったであろう感情が、ラスキンの強烈な我執に呑み込まれてしまっている。彼は絶対に他を認めない。自分だけが正しいという肥大化した思いを受けて、絵の哀しみは総て塗りつぶされてしまったらしい。

　エディスの脳裏に、ブリューゲルの改竄された絵の姿が蘇る。あの絵には本来、子を奪われる親たちの悲痛な叫び、血を吐くような哀しみ、人間の残酷さが克明に表現されている筈だった。それなのに何者かの改竄により、その哀しみは僅かな家禽や荷物を奪われることに必死になる滑稽な農民の絵に貶められてしまった。

　作者が、絵が、本当に伝えたかった思いまで改竄されてしまったのだ。

　《アラクネ》の叫びもまた同じように、ラスキンの独善的な思想に塗りつぶされ、全く違うものに変容してしまっている。だから《彼女》には《赤》がないのだ。

　これでは駄目だ。《彼女》は決して浮かばれない。《彼女》の思いは誰にも届かないまま終わってしまう。

「駄目！　そんなものに貴女の尊厳まで奪われないで！　貴女の声を私に聞かせて！

私が貴女の声を聞くから‼」

エディスが叫ぶのと、サミュエルが逆袈裟に《彼女》を斬り上げたのは同時だった。

「法定之型、一刀両断・冬《斑雪》」

呟く声が、微かに聞こえる。

切れ目からは血が流れない。代わりに、黒い光とばらばらになった歯車やネジが飛び散った。そのあたりは鋼の異形と同じだった。

エディスの右目に、今度は怒濤のように、一気に何かが流れ込む。

これは、誰の思いだろう。深い絶望と怒りだけが蠢いている。


その裸婦画は自画像だった。これから自分は死ぬ。この絵姿も、破壊されることを前提に描かれている。ラスキン個人に特に恨みは何もない。けれど、今のような美術業界を生みだし、芸術の名の下で、徹底した区別という名の差別を生み出したのはラスキンのような批評家たちだ。

ラスキンが真に守りたいものを汚す為、この絵は描かれた。

彼の罪を白日の下にさらし、権威を失墜させる為だけに――。

作者の憤怒や恨みは凄まじい。荒ぶる熱が直に伝わる。

しかし、一方で『絵』自身の思いは違った。贋作として辱められる為、或いはラスキンに壊される為に生まれてきたという理不尽を嘆いていた。

泣けないからこそ怒るのだ。怒れないからこそ、睨むのだ。

　この絵が引き裂かれているのは、作者の魂と絵に宿った魂が調和せず、互いにそれを否定しているからに他ならない。親に捨てられた子のような、寄る辺ない哀しみが胸を打つ。

『孤は確かに此処に居たと、一枚の絵として確かに在ったと、そう誰かに覚えておいて欲しい。道具として使い捨てられたとしても、それでも孤は、此処に居た』

　悲痛な声を聞き遂げたエディスは、咄嗟に叫んだ。

「貴女の想いは届いたわ。貴女のその想いは私が受け止める。貴女は確かにそこに在った。だから、安心して!!」

　絶対に、私は貴女を忘れない。

　その声が届いたかどうかはわからない。ただ、黒い光の中で、微かに女は笑ったようだ。その姿が官能的な美女から、薄い胸の痩せた顔色の悪い女性に変わる。

疲れ切った表情だったが、それでも彼女は笑ってくれた。

『ありがとう』

口許がそう動くのを、エディスは確かに見た。黒い光が一気に鮮やかに色付き、そこから色取り取りの花片が一気に弾けるように舞う。

この極彩色の世界こそが《彼女》の色だ、とエディスは思った。あの絵は最後にラスキンの呪縛から自分の居場所を取り戻し、自ら散っていったのだ。憎しみよりも、恨みよりも、赦しを選んで。

《彼女》が消えゆくとともに、ゆっくりと世界が罅割れる。白い骨に緑青が浮き、静かに朽ちていくのが見えた。

神の名残のこの骨は、朽ちた後、何処に行くのか。

ぼんやりと世界が元に戻る様を見つめるエディスの隣で、サミュエルは刀に拭いをかけている。

「……君は凄いな、エディス・シダル。あれはすっかり満足して、あちらの世界へ罪さえ持って行ってしまった。流そうにも、欠片もない」

呆れるような、感心するような、そんな間の声である。エディスはそっと微笑んだ。

「……罪なんか、きっと元からなかったのよ」

「だと、いいね……」

サミュエルは茫とした目で呟いた。エディスは慌てて、どさくさの中で落としてしまった彼の上着と帽子を拾いあげた。それらを受け取りながらサミュエルは言った。

「此処から出よう。今回は見つかったらただではすまない」

確かにその通りだ。贋作だけならいざ知らず、今回は真作まで失われてしまった。ネガ・レアリテを閉ざすことはできたが、それ以外は完敗だった。《アラクネ》に負けたというよりも、ラスキンの執念に敗北したとしか言い様がない。

思い返せば今回の自分は本当に役立たずだった。エディスのしたことと言えば、余計なことをして、サミュエルに怪我をさせただけだ。今までの体験の中で自分はどこか特別なのだと思い上がっていた部分があって、それが完全に裏目に出たのだと反省する。自分は決して特別ではない。無力な、ただの小娘だ。改めてエディスはそのことを嚙みしめる。

「ごめんなさい」

無念さに押しつぶされるような思いで四度目の謝罪をするエディスの手が、そっと冷たい温度に掬い取られる。サミュエルの手だ。

「……人は誰だって失敗する。だから消しゴムがあるんだ。同じ過ちを繰り返さなければいいだけの話だろう」

素っ気ない物言いだったが、十分に優しさを含んだ声だった。エディスは小さく微笑み、ぎこちなく言う。

「……ありがとう」

そうして陰画と陽画の境界を、少しだけ救われたような思いで越えようとした瞬間、ふいにサミュエルの動きが止まった。前回と一緒だ。違うのは、サミュエルの表情だった。あの時は無表情だったが、今回は茫然としているようだ。

エディスが思わず顔を覗き込むと、サミュエルの左目から血が薄く盛り上がり、すーっと零れた。その血は顎を伝い、パタリと一滴、床を汚す。

「どうしたの⁉」

腕以外にも、何処か怪我をしていたのか。顔に触れようとすると、サミュエルが一歩だけよろめき、繋がれていた手がするりと離れる。

「サミュエル……！」

大丈夫、と問おうとしたその時――。背後から、声が聞こえた。

五

「ルカの福音書だったかな、最後の審判の折、羊たちは神の右に、山羊は左に、と記されているのは。しかし、彼等も酷だねぇ。君みたいな半端ものに、痛覚だけならまだしも、余計な罪までも与えるなんて」

愉(たの)しそうなのに、どこか不機嫌さも孕(はら)んでいる。聞き覚えのある声に、エディスは思わず背後を振り向いた。崩れかけた世界の中に、人影が立っているのが見える。

「貴方(あなた)は……！」

「こんにちは、お嬢さん。案外再会は早かったね。三時間も経っていない」

人影の正体はブラウンだった。数時間前と変わらぬ様子で、帽子をあげてエディスに挨拶(あいさつ)をする。いつも傍らにいるあのロシア人の従僕の姿はない。

ネガ・レアリテは閉じられていない。鳥籠(とりかご)は崩れても、陰画の世界はそのままだ。それなのに、何故ブラウンがここに居るのか。そして、何故彼はこの世界で動けているのか。誤って迷い込んだようには到底見えなかった。

頭の中で疑問符が渦を巻き、エディスは何も言えなくなる。

「……罪？」

左目を押さえたまま、サミュエルが小さな声で呟く。

その声があまりに幼く聞こえて、ようやくエディスは我に返った。先ほどの言葉から判断すると、彼はサミュエルのことを知っているのだろう。一方で、サミュエルはブラウンのことを知らないようだ。

「ああそうか、まだ君は一度しか『釘(くぎ)』を受け取っていないのだったね。だったらわからないのも無理はない。ほら二本目だよ、受け取りたまえ」

肩を竦めて笑うブラウンは、ひょい、と何かを放り投げる。陰画の世界の光を受けて、それは空中でキラリと輝いた。

——釘？

エディスには「釘」と言うより、割れた硝子の欠片のように見えた。宙を舞うそれを、反射的にサミュエルが手にした途端——。

「!?」

唐突に彼の体が吹っ飛んだ。見えない列車に追突されたかのような飛び方だった。サミュエルの体は凄まじい勢いで陰画の世界に押し込まれ、朽ちかけていた巨大な骨の柱にぶち当たる。轟音と共に骨が砕け、緑青色の埃がもうもうと舞った。埃が視界を遮り、エディスには何も見えない。

「サミュエル!!」

煙の中へ駆けこもうとするエディスの腕を、いつのまにか側に居たブラウンが笑いながら摑んだ。

「やめたまえ。あれが肺に入ると厄介だよ。あの子や私と異なって、君は普通の人間なんだろう？」

「……え？」

言っている意味がわからない。彼等が「普通の人間ではない」とはどういう意味なのか。手袋越しのブラウンの手が異様に冷たいことが、怖くてたまらなかった。

「彼については心配無用だ。あの程度でどうにかなるほど、あの子はやわではないからね。丈夫すぎて、こちらも手を焼くほどなんだ」

「それはどういう……」

詰問するような口調になり、エディスはブラウンの目を睨みつける。何気なく互いの目が合ってしまった。それと同時に、エディスの右目に赤い景色が流れ込む。これも誰かの記憶だろうか。今までと異なり、鳥瞰図のような俯瞰の映像だ。

何処かの路地裏だった。未だマカダム式舗装のままで、白い埃が道ばたに堆積している。泥に半ば埋まるようにして、男——おそらくはこの記憶の持ち主が倒れていた。切り裂かれた喉は、まるで二つ目の口のようにぱっくり開き、止めどなく血が流れている。

体中の血が一滴残らず流れて行くのに、奇妙な喜びがあった。殺されるのは不本意だが、これであの女の血が一滴残らず出て行くのだという、そんな歪な喜びだ。

——これは何？　この人の、記憶なの？

流れ込む憎悪と歓喜が綯い交ぜになった感情に、エディスは嘔吐しそうになる。前よりも見えるものの情報量が増しているのは気のせいだろうか。

ふっと脳裏に、喪服を纏った小柄な貴婦人の姿が浮かんだ。

小太りで、しかし、すさまじい威厳を纏う、喪服の未亡人。

エディスは、彼女に見覚えがあった。しかし、それを思い出そうとする間もなく、別の光景が流れ込む。

今度の光景は、どうやら地面に寝転がるか、あるいは倒れている誰かの視線であるらしい。その人物は、自らの体から流れ出る血だまりに浸っている。視界に映るのは鮮やかな血の色と、無造作に投げ出された赤い薔薇の花束だった。

黒いリボンには、《A》の封蠟が捺してある。誰かの弔いだというのが、それでわかった。

「薔薇の……弔花？」

エディスが思わず呟くと、ブラウンの目がちかっと光る。今までどこか優しげだったその瞳が、一瞬だけ険しくなる。

「まさか……」

ブラウンはエディスから手を離し、指先で頬へと触れた。頬に触れるその指も、手袋をしているのにやっぱり冷たい。

「なるほど、君のその目は……。そうか……」

顔を近づけるようにして、ブラウンがエディスの右目を覗き込み、納得するように呟いた。次いで、ゾッとするほど凍えた声で囁いた。

「……私の牢記を、君は見たな？」

深淵を滲ませる碧い目に睨まれ、エディスは呼吸さえ出来なくなるほどの恐怖に晒される。言葉が出ない。逃げたいのに目をそらすことも許されない。

異形達から向けられたものよりも遥かに強い殺気に、身が竦む。

「あれを見られた以上、私は──」

ブラウンの手が、頬を伝って喉へと下がる。氷が伝うようなその気配は、十三年前に覚えがあった。

五歳の、あの時の──。エディスの背骨を、黒い蛇のような物が這った瞬間だ。エディスの細い首に、ブラウンの手がかかる。緩やかにその指に力が込められているのに、何も抵抗することが出来ない。気管が圧迫され、喉の骨が微かに軋む。

あと僅か、その指へと力が込められたら──。

首から伝わる死の気配に為すがままのエディスの瞳に、緑青色の煙の中から白い何かが飛び出すのが映った。凄まじい衝突音と同時に、一瞬でブラウンがエディスの視界から消える。首にかけられた手が解ける気配があった。

深い碧から逃れた途端、凄まじい恐怖から解放される。エディスは思わず膝から頽れた。大きく何度も肩で息をする。首に残る冷たさと圧力はなかなか消えない。解放されたものの恐怖は治まらず、歯がカチカチと鳴っている。

「……彼女に、触れるな」

粉塵の中から、地を這うようなサミュエルの声がした。その声を聞いた瞬間に、エディスから恐怖がひいていく。

声がした方向を振り向けば、サミュエルが無言で、真っ直ぐにブラウンが吹き飛んだ方向を睨んでいる。粉塵の中から出てきたせいで、服は埃まみれで髪もぼさぼさになっていたが、何処にも怪我はないようだ。左目の血も止まっている。

「サミュエル……！」

思わず安堵の声をあげるエディスだったが、ブラウンを直撃した飛来物の正体を見て絶句した。それは、大きさが三フィート近くある巨大な骨の欠片だった。形状から察するに、胸椎の一つらしい。これほど巨大な物をあんな距離から、人を吹き飛ばす勢いで投げられる膂力は人間離れしすぎている。

更に言えばこんなものが当たったら、普通の人間ならば即死だ。けれど、エディスは、この程度でブラウンが死ぬわけがないことを確信していた。

「あの子や私と異なって、君は普通の人間なんだろう」と、さっき彼は言っていた。それはつまり、サミュエルとブラウンは普通ではないという意味なのだろう。おそるおそるサミュエルの視線を辿り、予想通りの異常な光景にエディスは硬直した。

ブラウンはその場にきちんと立っていた。巨大な胸椎が真正面から当たったせいで、トップハットは何処かに吹き飛び、口の中を切ったのか唇の端に血がこびりついている。しかし、それ以外、衣服の乱れも怪我も見当たらない。

黒手袋をしたまま手の甲で血を拭うブラウンからは、闇の気配は感じられない。しかし消えたわけではなく巧妙に隠しているだけだということが、エディスにはわかった。真正面からブラウンの碧の目に捉えられた時に感じた殺気は本物だ。

「相変わらず零か百しかない子だね、君も。敵だと認識した瞬間にこれだ。私が普通の人間だったら即死だったよ」

「……普通の人間相手ではないからな」

揶揄するようなブラウンの言葉に、サミュエルは間髪容れずに言い返す。ゆったりとエディスのほうへと向かっているが、その視線はブラウンを睨め付けたままだ。

「久しぶり、と言うべきだろうか。ラリー」

確認だけの言葉のようにも思えるが、短い言葉の中にもサミュエルの怒りと苦い思いが感じられた。茫とした目にも幾許かの感情が点っているように見える。

「久しぶりだね、クラウィス。一年ぶりになるのかな」

クラウィスと親しげに呼ばれても、サミュエルは歩みを止めなかった。そしてエディスの隣まで来ると、庇うように彼女を背に隠す。

「そうなるか。けれど僕は、もう二度と貴方と会いたくはなかったよ。貴方の言うとおり、僕にはひとつにひとつ、ふたつは選べないのだから。けれども僕らは再会ってしまった。そうなれば、選べる道はひとつだけだ」

静かに告げるサミュエルに、ブラウンは笑ったようだ。

「ああ、いいねぇ、実に理想的な展開だ。そうやって気兼ねなく殺し合いたくて、私は君から記憶を奪ったんだよ。今回渡した君の釘が、一体どこの部分の記憶だったか少しばかり心配だったけど、杞憂で良かった」

和やかだが、その言葉はサミュエルより数段物騒だ。置いてきぼりを食らっているエディスは、サミュエルの隣に並び、確認の意味を込めてブラウンに尋ねた。

「貴方が、ラリー……だったんですか？」

今更かもしれないが、重大な問いだ。彼がここに現れた時から感じていたし、サミュエルの言葉でほぼ確信はしているものの、エディスはきちんと本人の口から聞きたかった。果たして、ブラウンは上機嫌で答えてくれる。

「ああ、そういえば名乗るのを忘れていたね、お嬢さん。私はローレンス・ブラウン。愛称はラリーだけれど、そう呼ぶ者は、もうこの世界に二人だけしかいない筈だよ」

そのうちの一人がサミュエルということか。ブラウンはエディスの反応を待たず一方的に話を続ける。

「そうそう、クラウィスにばかりかまけていて、君を褒めるのを忘れていたよ、お嬢さん。二つ目のネガ・レアリテ閉鎖お疲れ様。今回も、小作業(Lesser work)までは巧(うま)くいったけれど、大作業(Great work)には至らなかった。卵の殻は破られず、そして、彼等は生まれる事が出来なかった。阻止したのはクラウィスではなく、君だからね。誇りたまえよ」

「小作業……？」

エディスの問いに、優しい目と声で、ブラウンはゆっくり語る。この姿だけ見ると、先ほどの冷たい瞳が嘘(うそ)のように思えてくる。

しかし、油断をしてはならないとエディスは自分に言い聞かせた。首に掛かった圧力と冷たさを思い出す。

「贋作(がんさく)の直向(ひたむ)きさを、君は知っているだろう？　あれは本当にいじらしい。己を否定し羞(は)じつつも、それでもここに在りたいと、頑是(がんぜ)無(な)い子供のように泣き叫ぶ。ここは此岸(しがん)と彼岸の境界だ。人から捨てられた神の名残が、相変わらず純粋なままに居る場所なんだよ。純粋であるが故に慈悲深いから、贋作を憐(あわ)れんで、その嘆きに《かたち》を与えてあげるんだ。それを私達は小作業と呼ぶのさ」

ブラウンの理屈では、ネガ・レアリテはつまり小作業――神の名残と贋作の結合した結果生まれた場所ということだ。それでは大作業とは何なのか。

エディスは、先を促すように無言でブラウンを見た。隣に居るサミュエルも、話に聞き入っているように見えるから、多分、彼も知らない事柄なのだろう。はじめにブラウンが言ったとおり、サミュエルの記憶が三つのネガ・レアリテに分かたれているのであれば、まだ欠落があるはずだった。

ブラウンは、二人の期待に応えるように穏やかな笑みで言葉を続けた。

「小作業から生まれるものは、《反秩序の王》となる。反秩序の王とは、すなわち逆転の象徴さ。道化が王に成り代わるように反秩序の王が現れた場所は、何もかもがひっくり返る。そんな彼等が殻を破って生まれれば、現実の世界も裏返る。それが大作業だよ」

簡潔すぎる説明だが、鳥籠だと思っていたもの——あれは反秩序の王の卵の殻だったのだとエディスは理解した。殻を破って生まれた何かが表、つまり陰画の世界の外に出れば、その時現実の世界は裏返る。

裏返った世界がどんなものになるかはわからない。しかし陰画の世界を思えば、もしも世界が裏返ったら、とんでもないことが起こることは想像に難くない。

「貴方は……、世界を裏返して、一体どうするつもりなんですか？」

その問いに、ブラウンは笑みを深めた。今までと違い、愉快や悦楽などの感情は一切こめられていない。形式として笑っただけの表情だった。

「どうもしないさ。地獄の釜の蓋を開き、世界を永遠の夜で満たす、それだけだ。そうすれば世界は静かになるし、私達も生きやすい」

反射的に、嘘だと叫びたくなった。ブラウンの目的は、そんな単純なことではないと、本能が、エディスの心に咲く蓮の花が訴えている。

――彼は、もっと恐ろしいことを企てていて、そのために世界をひっくり返したいのだ。

彼の企みが何であるかはエディスには見当もつかない。けれど、どこか不吉なものを感じ、一度は治まった筈の体の震えが戻ってくる。サミュエルはそんな少女を落ち着かせるために、ブラウンの視線を自分の体で遮った。

エディスの沈黙とサミュエルの行動を説明終了の了承と取ったのだろう。ブラウンはサミュエルに向かって薄い笑みを浮かべたまま口を開く。

「さて、私がここへ来たのは他でもない。ゲームについて、ルールの改定を提案しに来たんだ」

「……改定もなにも、僕はこのゲームのルールとやらを、何一つ聞いていないが」

「ルールらしいルールはないよ。私が開くネガ・レアリテを、君が閉じれば勝ちという、それだけだから。ただ、前回と今回の二回を見ると、ちょっと君に有利すぎると思ったのでね」

ブラウンの言葉に、サミュエルが不愉快そうな表情になった。

「有利もなにも、仕掛けてきたのはそちらの方だ。ならば、僕からも言わせてもらう。今すぐに彼女をゲームから外せ。そうすれば、貴方と殺し合いでもなんでもしよう」

　真っ先に掲げる条件が、エディスの安全を確保すること。そのことにエディスは胸の奥が温かいもので満たされるような気がする。エディスを守ると言ってくれた言葉を、サミュエルが実行してくれていることが、ただただ嬉(うれ)しかった。

　ブラウンはサミュエルの条件を聞き、満足そうに頷(うなず)いた。

「そうだね、確かに君の言うとおりだ。この少女の参加はまったく公正ではなかったよ。君にとって有利すぎる」

「有利すぎる？」

　思いがけない言葉にサミュエルは眉(まゆ)を寄せた。元はと言えばブラウンが勝手にエディスを巻き込んだのだ。にもかかわらず、「エディスの存在が有利」とはどういう意味なのか。ブラウンは微笑みを消して、サミュエルのように無感情に言い放つ。

「彼女には神の名残の核となった贋作の思いを読み取り、こちら側に引き寄せる力がある。第二の視力(セカンド・サイト)の持ち主だよ」

「セカンド・サイト？」

　そんなもの、聞いたこともない。困惑するエディスに向き直ったブラウンが、再び微笑みを湛(たた)えて穏やかに教えてくれる。

「アイルランドやスコットランドの言い回しでね、妖精が見える目のことを言うのさ。境界線の向こうが見える目とも言うね。君は《見える人》の素質がある。だから、君はその目で贋作の想いを見てしまうんだよ。贋作だけじゃない。君の右目は、ありとあらゆるものの魂を曝く。おそろしいことにね」

ブラウンの言葉で、ネガ・レアリテで起きた現象が腑に落ちた。右目に痛みが走り、その直後に贋作達の想いが流れてくるのはそういう理由だったのか。

しかし、何故そんな大層な目が宿っているのだろうか。当惑気味に目を泳がせるエディスを他所に、ブラウンは再度サミュエルに視線を投げかけた。

「彼女はおそらく、《あちら側》に行ったことがあるんだろうね。まったく、君の存在自体が反則なのに、そんな有利な条件まで与えてしまっては、私が負けるのも当然だろう。だから私も彼女をこのゲームから取り除くことを提案しようと思ったのさ。偶々居合わせた子がイレギュラーな存在だったというのも因縁めいているから、外すかそのままにしておくかは実に悩ましいけどね」

因果というのはそういうものだし、と、まるで天使のように優雅に言うと、ブラウンはエディスに向かって笑って見せた。再び彼と目が合う。

何も知らなければ穏やかな紳士の微笑みに見えたかもしれない。しかし、その笑顔の向こうにあるのは、親愛や友情の念では有り得ない。あきらかな殺意だった。最初の画廊で《鋼》から叩きつけられた、あの闇より猶深いものだ。

視線をそらせずにいると、彼はその眼差しに不機嫌を隠さずに続けた。

「ただねぇ、赤の他人に魂を曝かれるのはやっぱり相当不愉快なんだよ」

場の温度が下がり、エディスは思わず後ずさる。

「本人に自覚がなかろうと、人の隠し事を覗く行為は褒められたものではない……、いや、正直に言おう。私は君にあれを見られたことに激怒している。私が転化して、もう七年になるけれど、ここまで感情を揺さぶられたのは初めてだ。あんなものを見られて放置しておけるほど、私は人間が出来ていなくてね」

口調こそ穏やかだが、言葉の端々に怒りが滲んでいるのがはっきりわかる。

エディスとて、好きで贋作や彼の心を覗いたわけではない。けれど、ブラウンの言う通り、隠し事を何の関係もない赤の他人に曝かれたことに憤る気持ちもよくわかる。それは、エディスが一番嫌う行為のはずだった。

「……ごめんなさい」

謝ってどうにかなる問題ではないし、謝ったって意味はないのだが、しかし、それしか出来なかった。心からのエディスの謝罪に、ブラウンが一瞬何とも言えない顔をした。次いで、呆れたように言う。

「君の質が悪いのは、そういうところだよ、お嬢さん。もっとふてぶてしく、図々しく開き直ってくれたら憎めるのに。そんな風に素直に心の底からの謝罪をされたら、憎むことさえ出来ない。まったく君は、憎悪という免罪符さえ与えてくれないのだね」

その言葉に、エディスは、はっとする。

最初のネガ・レアリテの中で、ブラウンは「慈悲深い、というのも案外罪なのだ」とエディスに言ったが、言葉の意味がはじめてわかった。

憎しみは、人にとっての免罪符なのだろう。憎悪という感情により、人は復讐の罪悪感を拭い去れる。少なくとも、ブラウンにとってはそうなのだ。しかし素直に謝罪されてしまっては、その免罪符は効力を失い、振り上げた拳は行き場を無くす。残されるのは行き場のない怒りだけだ。

今度こそ謝罪も出来ず、エディスは立ち竦んだ。

重い沈黙が漂う中、溜息とともにそれを切り裂いたのはサミュエルだった。ブラウンの視線からエディスを守るように間に立つ。

「それは彼女のせいじゃない。貴方の心の有り様だろう。それはただの、責任転嫁だ」

「君も、随分と知った風な口をきくものだね。人の気も知らないで。……まぁいいや。この王亡き王国もそろそろ崩壊が近い。さっさとやるべきことを済ませようか」

サミュエルに責められブラウンは一瞬眉を顰めたが、気を取り直すように明るく言った。彼の言う通りあちこちが罅割れたネガ・レアリテの内部は、今にも崩れ落ちそうだ。崩壊に巻き込まれたら、どうなってしまうのか。考えるだに恐ろしい。

黒手袋を優雅に外しながら、ブラウンが静かに笑う。

「それではお嬢さん、短い付き合いだったけれど、このあたりでお別れだ。なかなか愉しかったよ。立場が違えば、良い友人になれただろうに残念だ」

手袋の下から、白い手が現れる。労働を知らないような華奢な手であるのに、何故か右の掌にはひどい火傷痕が残されていた。その火傷痕を、ブラウンは無造作に自分の前に差し出す。そして、誰にともなく囁いた。

「我々は危害を加える力を持っている（Ad nocendum potentes sumus.）。ラスキン卿から摘んだ花が、君のお気に召せばいいがね」

その言葉が終わるや否や、ブラウンの足元がぐにゃりと歪んだ。そこから巨大な白い物体が現れる。まるで巨大な蛇のようなものが、まっすぐエディスめがけて飛んできた。

「！」

あまりの速度にその場から動けないエディスを、サミュエルが覆い被さるようにして庇う。視界が覆われて、何も見えなくなる。体の真上を何かがかすめていく気配だけは感じ取れた。

「……ッ！」

苦痛を堪えるようなサミュエルの声が耳元で聞こえる。何かが砕ける気配とともに、拘束が緩まった。隠されていた視界が開けていく。

世界がコマ送りのようにゆっくり見えた。

押し倒されて、天を見上げるエディスの目に、巨大なアカンサスの花の集合が映る。独特の形の葉が複雑に絡まり、まるで巨大な鉄条網だ。

花だと認識したのは間違いではなかったと、どこか他人事のように思う。苞に生えた鋭い棘はまるで三日月の切っ先のようだった。そういえば、アカンサスの象徴は痛み、罪、罪に対する罰のはずだ。

苞の周りにある棘のいくつかは血に染まっていたが、エディスに痛みはない。当然だ。エディスにはこの棘はかすりもしていない。巨大なアカンサスの棘は、エディスを庇ったサミュエルの左腕を切り裂いていた。

宙には流れ出る赤い液体が未だ舞っていて、なんだか綺麗な花のようだ。負傷した箇所の丁度真上を抉られたらしく、黒のフォアインハンド・タイが引きちぎれているのがゆっくり見えた。

サミュエルが、ふたたび、エディスのせいで傷ついた。その状況を理解した瞬間、鈍重に流れていた時間が一気に通常のものへと引き戻される。

「サミュエル‼」

エディスの叫びに、サミュエルは何一つ答えない。歯を食い縛るようにして素早く身を起こすと彼女を背に庇った。慌ててエディスも立ち上がりかけるが、目の前にあるものを見て、思わず硬直してしまう。言葉が出ない。

巨大なアカンサスの群生を前に笑う、ブラウンの声が遠くに聞こえた。

「おやおや、相変わらず君は優しいね。結構な大怪我じゃないか。いや、でも、すぐに直るから、君にとっては大したことではないのかな？」

エディスには、ブラウンが何を言っているのかわからなかった。しかし、目の前の光景は、その言葉を肯定している。

エディスの目前には、彼女を庇うサミュエルの背中があった。

初めてこの人を見た時も、こんな後ろ姿だった。あの時と違うのはただ一つ。

彼の左腕——蜘蛛(くも)の異形からエディスを庇ったために怪我をした、あの左腕が切り裂かれ、そこから千切れたケーブルが幾重にもぶら下がっているということだ。

銀色のケーブルを伝って、赤い液体が地面へと滴り落ちていくのを認め、エディスは、己の全身から一気に血の気が引いたことがわかった。切り裂かれたシャツから覗くのは真っ赤な血肉ではなく、銀色の光を放つ金属だ。なのに、赤い液体は確かに生き物の血液で、垂れ下がっているのは皮膚だろう。だから余計に混乱した。

「これ、は……」

目の前の光景が信じられず、茫然と呟く。そんなエディスに、ブラウンが優しく、幼子に言い聞かせるように答えた。

「もう気付いていると思うけれど、彼は人じゃない。人間の紛いものさ」

「紛いもの……？」

二人の言葉にサミュエルの身体が一度だけ、微かに震えた。

「偽物と言った方が正しいかな。彼はね、人の形をした機械——、俗に言う自動人形という奴なんだよ。どうだい、本当に人間そっくりだろう？」

ただの人間があああ易々と神の名残と戦って、ネガ・レアリテを閉じられる訳がないしね。そう続けると、ブラウンは冷めた目で二人を見下ろし、薄く笑った。

サミュエルは黙ったままだ。

その背に庇われているエディスには、彼が今どんな表情をしているのかを見ることが出来ない。それはつまり、彼女が今どんな表情を浮かべているか、サミュエルにもわからないということだ。それが幸いなことなのか、或いは不運なことなのか。正直、わからなかった。

オートマタ。言葉の原義としては『自動機械』のことであり、語源は確か、ギリシャ語だ。そちらの方は『自らの意志で動くもの』というような意味合いであったはずだ。教会で自動演奏をする人形をオートマタとも呼ぶが、あれは一見しただけですぐに人形だとわかる。こんな人間そのものの人形なんて、ある訳がない。

けれど目の前の光景は、彼が人間ではないことを証明していた。

エディスの理性は、これはきっと単なる義手か何かだと思いたくて仕方がない。しかし本能は、胸の沼に咲くあの蓮は、彼が人間ではないとはっきり告げていた。

あの人間離れした運動能力一つとっても、それは明らかなことでしょう、と。

エディスはどうしたって自分の直感を信じてしまう。信じられると知っている。

それでもエディスは、救いを求めるように彼の名前を呼んでしまった。

「サミュエル……」

震える声に、サミュエルは振り向いてくれなかった。今までエディスの呼びかけに、彼が応えなかったことはなかったのに。

「……そういう訳だよ、エディス・シダル。この程度なら、行動に支障も出ない」

正面を向いたまま、淡々と告げられる言葉に感情は込められていない。しかし、そこにはあの贋作達と同じように引き裂かれたような羞恥が確かにあった。だから、エディスはその言葉が真実だと悟ってしまう。

緩やかに枯れ始めた巨大なアカンサスの茎を撫でながら、二人を眺めていたブラウンが、面白そうに口を挟んだ。

「人間そっくりの自動人形というのはね、案外昔からあるんだよ。イタリアのピノッキオだの、ギリシャ神話のガラティアだの、まぁ数え切れないくらいさ。作られた素材も木だの石だの、そういった自然物がほとんどだけれど、クラウィスの場合は、少し特殊でね」

「特殊……？」

茫然として鸚鵡返し(おうむがえ)しか出来ないエディスに、ブラウンが記憶を探るような仕草で答える。

「確か、背骨と皮膚と……詳しいことは忘れたけれど、おおよそ身体の七分の一くらいは有機体で出来ているんだったかな。九分の一かもしれないが、些細(ささい)なことだ。おかげで彼には痛覚もあれば血も流れるし、そういった意味では気の毒だね。人間でもないのに、人並みに痛みがあるだなんてさ。今だって黙ってはいるが、さぞかし痛いことだろう」

そこまで言って、ブラウンは言葉を切った。エディスに優しく微笑みかけて続きを言う。

「君のせいだね」

「……！」

自覚していたことだが、改めて他者から糾弾されると胸を切り裂くような痛みが襲う。彼の言う通りだ。今日サミュエルが負った怪我は、すべてエディスに原因があるものだ。エディスが居なければ、もっと簡単に全てを成し遂げていただろう。何も言い返せず俯くことしか出来ない。

「違う、彼女のせいじゃない。これは、僕が勝手にしたことだ」

淡々としているくせに、ほんの少しだけ軋むような声が響く。その声が意味することに気づかぬほど、エディスは愚かではない。

――一番辛いのはこの人なのに、それでも私を庇おうとしてくれている。

エディスのせいで、サミュエルは怪我をした。エディスのせいで、多分誰にも知られたくなかった事柄を曝かれた。それなのに。

普段のエディスなら、きっと申し訳なさのあまり涙を零していただろう。けれど、今は、泣いてはいけないのだと、はっきり思った。泣いたって楽になるのは自分だけだ。ブラウンに言われた免罪符と変わりはしない。

しかし、今の自分に出来ること、やるべきことが何かがわからず、動けないままだ。サミュエルもまた、エディスのことを振り返らない。

逡巡の間にも、ネガ・レアリテは壊れていく。陽画の世界の光が差し込み、ブラウンの頬をかすめた。途端に、彼は顔を歪める。一瞬のことだが、その表情は明らかに苦痛を表していた。

「……時間切れか」

頬を撫で忌々しげに呟くと、ブラウンはひょいと踵を返した。そのまま、闇の奥へと歩き出す。エディスたちに背を向け、ぽつりと言った。

「……気が変わった。お嬢さん、君は充分足手纏いだ。クラウィスの枷になる」

ひどい言い草だったが、事実だからエディスは何も言えない。

「待て、ラリー……」

サミュエルが引き止めようとするが、ブラウンは皆まで言わせなかった。さっさと自分の言いたいことを、かぶせるように言い放つ。

「ゲームはこのまま続行だ。まったく無駄な時間だったけれど、今回は君達の関係に楔を打ち込めたことだけで良しとしようか。この楔がどういうものに変わるか観測するのを楽しみにして、今日は退散させて貰おう」

優しい声なのに、何処までも無慈悲にエディスの心に響いた。

ブラウンの行動の意図がわからない。彼は本気でエディスを始末しようとしていたはずだ。しかし、彼は名残惜しそうではあったが止めを刺すことなく立ち去った。

最後に小さく呟いた時間切れ、とはどう言う意味だったのか。

天使の梯子のように降り注ぐ陽画の光の間を縫って、ブラウンは闇の中へと消えていく。二人を振り返ることはなかった。

ブラウンの本当の狙いはわからないままだが、ひとつはおそらくサミュエルを傷つけることだ。肉体的にも、精神的にも。そして、その目論見は成功している。

サミュエルは相変わらず背中を向けたままで表情はわからない。しかし、深く傷ついていることがエディスにはわかる。

今の彼の背中には力がない。少なくとも彼は自分の存在を認めておらず、寧ろ己を否定している。そして否定していた自分の正体を曝かれたことで、戸惑いと羞恥といたたまれなさで動けなくなっているのだろう。

サミュエルの背中を見て、エディスは今まで無遠慮にその罪を曝いてしまった贋作達を思い出していた。あの絵たちもまた、今の彼と同じだったのかもしれない。そう思うと申し訳なさで泣きたくなってくる。けれど、泣いては駄目だ。

エディスが泣けば、サミュエルの心の傷を抉ることになる。何度も自分を助けてくれた彼を、否定することになる。これほど深く傷ついている人を差し置いて、自分だけ泣いて楽になっていい訳がない。たとえあきらかな偽善だったとしても、エディスは彼の側で何事もなかったように接するべきだ。そうでなければ、彼の心はもっと傷つく。

胸の蓮は、はっきりとエディスに告げた。

——自分を守ってくれたこの青年を、今度は自分が守るべきだ、と。

その結論に達した瞬間、エディスは自分でも驚くような行動に出た。

スカートを捲り上げて二枚重ねのペチコートの一番上を一気に引き裂く。上等の絹であるし、これは二枚目だから布にしか触れていないので清潔だろうという判断だ。

そして、かつてペチコートだった白い布を手にすると、サミュエルに近づいた。

彼の前に立ち、きっぱり告げる。

「左手、とりあえずこれで止血しましょう。何か巻くだけでも、痛みは和らぐはずだし、血が流れっぱなしは良くないもの」

サミュエルの了承を得る前に、エディスは彼の腕をとり、さっさと布を巻いていく。

戯れで、次兄に簡単な包帯の巻き方を習っていたのが役だった。

血に染まったシャツの間から覗くのは、精巧で繊細そうな銀色の何かが組み合わさった不思議な《物体》だった。けれど、これがサミュエルの《腕》なのだ。冷たい器物なのかもしれないが、エディスは確かな温もりを感じていた。ブラウンの冷たい手とは違う。人としての温もりや、優しさがある。

唐突なエディスの行動に、サミュエルが唖然とした表情になる。唖然というより、慌てているようにも思えた。

「エディス・シダル、一体何を……」

無理もないと思いながらも、エディスは手際よくとは言えないが、それでも出来るだけ丁寧に布を巻き続ける。少しでも彼の痛みが和らげばいいと、それだけを願いながら。

「だから言ったじゃない、血止めだって。さぁ、私達も早く此処から逃げましょう！　貴方、走れる？」

簡単な手当てを終え、ぐいぐいと右手を引っ張り催促するエディスに、サミュエルはなおも驚愕している。

「君は……驚かないのか？」

「驚いているに決まっているけど、でも、だからどうしたっていうの？　今はとにかく、此処から逃げなきゃ」

言いながらエディスは、確かにそれがどうしたと思えてきた。サミュエルの正体が何であれ、自分をずっと助けてくれたことには変わりない。たかが自動人形だったからという理由では、変わるものなんて何もないのだ。

なんだかこの一瞬で、自分が別のものに変わった気がした。割り切りというよりも、もっと違う、揺るぎない信念が生まれたような感じだ。

サミュエルが自動人形だろうが何だろうが、彼が彼であることに変わりはない。

一瞬でも動揺した自分が馬鹿みたいに思えて吹っ切れたエディスとは対照的に、サミュエルは未だ動揺しているらしい。珍しく、戸惑うように問いかけてくる。

「……君は、何も訊かないの？」

その言葉に、エディスは一生懸命笑って言った。

「言ったじゃない、私は貴方を信じたって。信じたんだから、何かを訊く必要なんてどこにもないわ」

サミュエルの瞳が一瞬だけゆらいだように感じたが、エディスはそれを見なかったことにする。

だいたい、ネガ・レアリテだの神の名残だのに比べたら、自動人形の方がまだわかりやすい。ネガ・レアリテなどという現象は、今まで一度も聞いたことがないが、ブラウンの言うとおり、人間そっくりの人形の話はおとぎ話や神話でもよく聞くものだ。女の子に人形はそもそもなじみ深いものだったし、エディスは、ヴィリエ・ド・リラダンの《未来のイヴ》を読んだことだってあるのだ。メンロ・パークの魔術師ことトーマス・エジソン卿が作ったのは人造人間だったけれど、自動人形だって同じようなものだろう。

あの物語で、リラダンはエジソン卿にこう言わせている。

「我々の神々も我々の希望も、もはや科学的にしか考えられなくなってしまった以上、どうして我々の恋愛もまた同じく科学的に考えてはならぬでしょうか」と。

エジソン卿の意見に諸手を挙げて賛同する訳ではないが、「機関車が五十万回息を吐いただけで、諸君の《啓蒙された魂》を、人類六千有余年の信仰であった一切のものに対する最も深刻な懐疑の底に沈めてしまうことに充分」ならば、人間だの自動人形だの、そんなものは別にどうってことはないはずだ。

エディスにはサミュエルのような力は何もない。だからこそ、エディスに出来ることは決意することだ。エディスを守ってくれたサミュエルを、彼の心を今度は自分が守るのだ。腹はもう、括った。

「私は貴方の言うとおり、きっと変わっているのだわ。私、何があっても自分の直感を信じているの。私はあなたを信じると決めた。だから、何があっても友達のことを置いていったりしない。だから、早く此処から逃げましょう。二人で、一緒に」

その時のサミュエルの顔を、エディスは生涯忘れないに違いない。

ぽかんとして、まるで子供のようだった。どこか今にも泣き出しそうにも見える。そんな彼の表情を、エディスは初めて見た。

どんどん崩壊が進むネガ・レアリテに焦り、サミュエルの右手を引っ張って走り出す。サミュエルは、エディスの勢いに引き摺られるようにして足を動かしていた。普段とまったく逆の光景に、なんだか笑ってしまう。

「……君は、笑っているのだろうか？」

おずおずと呟かれたサミュエルの言葉に、エディスは走りながら大きく頷く。半ば息が切れかけていたが、それでも良かった。

「そうよ。だって、いつもとまるきり逆じゃない」

こういうことが偶にはあったって良いと思う。

サミュエルが何か呟いたようだが、内容まではわからない。改めてそれを訊く気にもなれなかった。多分、エディスに聞かせるための言葉ではないからだ。

開き直って腹を括って、エディスはひたすら走る。誰にも見つからないように、どうやってナショナル・ギャラリーを出ようかと、そればかりを考える。

繋いだサミュエルの手はひどく冷たいものだった。ブラウンと少し似ている。

けれど、不思議と、怖くなかった。

※ウィーンにある《ベツレヘムの嬰児虐殺》は長らくピーテル・ブリューゲル一世の真筆と思われていたが、現在では息子のピーテル・ブリューゲル二世の手による写しだということが判明している。ピーテル・ブリューゲル一世の手による《ベツレヘムの嬰児虐殺》はロンドンにある一枚のみで、その絵には第三者の手による改竄が未だ為されたままである。

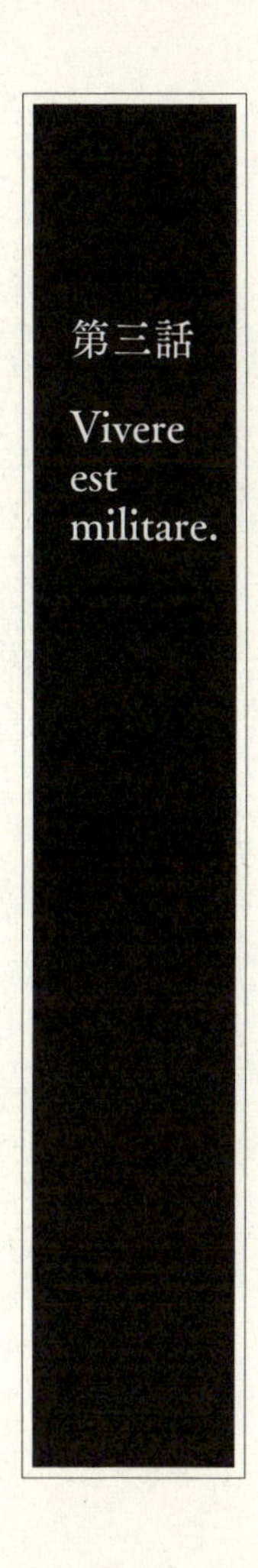

第三話 Vivere est militare.

一

ナショナル・ギャラリーを首尾良く脱出したエディスとサミュエルは、テムズ川沿いの道を移動して、イーストエンドへと向かっていた。最初はエディスがサミュエルの手を引いていたが、今は逆に負傷した彼に抱き上げられた状態で夕暮れの街を疾走している。

怪我人なのに、サミュエルの速度は少しも落ちない。右腕だけでエディスを抱えたまま、人通りの少ない裏道を巧みに選んで、軽々と駆けている。エディスは彼の上着と帽子と刀を抱え、黙って進行方向だけを見つめていた。

イーストエンドは船の建造及び修理産業が盛んな地域で、インド貿易から戻った船が必ず立ち寄る場所でもある。岸のあちこちに作られた波止場には沢山の船が繋留(けいりゅう)されており、初めて見る風景にエディスは目を奪われた。

　繋留されている船の一つに、サミュエルは音もなく飛び乗る。

「ここは……」

「僕の住処だ。揺れるから、足下に気をつけて」

　簡潔に答えながら、サミュエルはエディスを甲板に下ろしてくれた。

　言うほど揺れることはなかったが、その気遣いをエディスは嬉しく思う。サミュエルは操舵室らしい建物の鍵を片手で開け、中に入るように指し示す。

「おじゃまします」と小さく挨拶をして入った船内は、操舵室の床にぽっかり大きな穴が開いていた。階段のかわりか縄梯子が下がっている。念のためエディスは尋ねた。

「階段はないの？」

「スペースが勿体ないから、取り外した」

　スカート姿で縄梯子を下りるのは難しそうだ。そもそも縄梯子はおろか梯子自体、エディスは使ったことがない。躊躇う様子から事情を察したサミュエルは、改めて片腕で彼女を抱き上げた。

「飛び降りる。掴まっていて」

　衝撃に備えてエディスはぎゅっとサミュエルの服を掴んだが、一瞬浮遊感が体を襲っただけで、トンという軽やかな音とともに床に下ろされる。

小さな洋燈に明かりが灯される。船内だから当然だが、ガス燈や白熱灯の明かりに慣れているエディスには、少し暗く感じられた。ぼんやりとした明かりに照らされた部屋は、ひとつなぎになっていて想像以上に広い。物がほとんどないことも、部屋をより広く見せているのだろう。少し大きめの机とベッドの他には、小さなチェストと奥に戸棚があるだけだ。

空っぽだ、という気がした。

「持たせたままでごめん。重かっただろう」

日本刀を受け取り立てかけた後、サミュエルは真っ直ぐに机へと向かう。エディスもその後を付いていった。机上には古ぼけた本が一冊だけ、無造作に置いてあった。真っ先にタイトルを見てしまうのは、読書好きの業だろう。

『エトナ山上のエンペドクレス』。

作者はマシュー・アーノルドと記してある。エトナ山はイタリアにある活火山だが、

「エンペドクレス？」

エディスは馴染みのない単語を読み上げた。人名だろうか。

「エンペドクレスは古代ギリシャの哲学者であり、生理学者であり、宗教の教師であり、そして弁論術の創始者でもあった人間だ。数多くの功績を残しているけれど最も有名なものは、四元素説だろう」

サミュエルにすすめられた椅子に腰掛けながら、なおもエディスは尋ねた。

「四元素説？　アリストテレスの唱えた、すべてのものは火、風、水、地で構成される、という考え方の事？」

アリストテレスが唱えた元素説は、エディスがあげた四つに第五の元素、エーテルが加わる。しかし、サミュエルは微かに首を振ることで否定した。

「アリストテレスのものとは少し違うかな。エンペドクレスは、宇宙は複数の元素──タレスの水、ヘラクレイトスの火、アナクシメネスの空気、クセノファネスの土で出来ているという考えに至り、更に、四元素を結合・分離させる二つの活動原理、愛と憎を考えた。愛は様々な物質中の元素を結合させる原理で、憎はその逆だ」

「愛と憎……」

エディスには、科学とは遠く離れた単語のように思えた。

「伝承では、エンペドクレスは霊魂の再来を信じていて、自らを神聖なる存在だと主張していたそうだ。それを証明するために、エトナ山の火口に身を投じたと言われている。マシュー・アーノルドの『エトナ山上のエンペドクレス』は、それに至る過程を記した詩だよ」

詩──その言葉を聞いて、エディスの中ですべてが繋がっていく。

「貴方が時折呟くあの詩。もしかして、あれが『エトナ山上のエンペドクレス』なのかしら？」

「ああ。僕は何故だか、彼の詩が引っかかる。馴染む、と言うべきかもしれないけれど、やっぱり『引っかかる』方が正しい気がする」

サミュエルが呟いていた詩。現象に問うような響きを持ったあの詩は、ネガ・レアリテに宿る神の名残への祈りのようでもあった。

「エンペドクレスを謳う詩にしては、あの詩はなんだか、とても、緊々としたものがあるような気がするわ」

「そうだろうね。マシュー・アーノルドは、この詩の中でエンペドクレスを『知性の追求の果てに感情を枯渇させてしまった思想の奴隷』として描いている。マシュー・アーノルドは詩人から批評家に転身しているけれど、彼も知的解放の代償に信仰を失う事を苦悩していたそうだ。有名な絶唱『ドーヴァー海岸』も、失われた信仰への哀惜の詩だという。知恵と神への信仰は相反する。だからこそ、彼は後に『エトナ山上のエンペドクレス』を自分の詩集から削ったのだろう」

「知恵と神様への信仰って、相反するものなの？」

エディスの無垢な疑問に、サミュエルが返答を少しだけ躊躇った。

「知恵は神の領域を曝くもの、人から神を奪うものだと説く人がいる。たとえば、コペルニクスの地動説と進化論。人はこの二つの知恵によって、自己を世界の中心とする考えと、自らが神の似姿であるということを否定された。神に依る居場所と存在を否定されたわけだね。残る神との縁は魂のみ、という有様だ」

「この世界は神様が人間のために作ってくださった世界ではないことが証明されてしまった……ということ？」

「そう。神は全知全能などではなく、力学上で無力なものとしてしか存在を赦されなくなった。僕にはよくわからないけれど、罪を赦す神の不在に人間は耐えられないのだろう？　聖書において神が知恵の実を食べることを禁じていたのは、曝かれることを危惧してのことかもしれないね」

アダムとイヴが神に背き、禁断の木の実――知恵の実を口にしたという人類最初の罪。すべての人間は生まれながらにしてその罪を背負う。人間はその罪を羞じるどころか、更に罪を重ねるように、神の領域を知恵で侵し続けているのかもしれない。

しかし、エディスの心に言葉には言い表しづらい靄が生まれる。

「……知恵は、果たして聖書の言うように、悪だけのものなのかしら？　私には、そうは思えないのだけれど」

その呟きに、サミュエルが微かに目を見開いた。

思いがけない言葉を受け取ったような、そんな表情だった。机上の本に視線を送るエディスは、その変化に気付けない。

「確かに知恵は人間から心の拠り所を奪ったかもしれない。悪意を助長させることもあるかもしれない。でも、悪いことだけじゃないわ。たとえば蒸気機関の発達で、帆船の頃とは比べものにならない速さで世界を巡ることが出来るようになったでしょう？　だから、私は世界中の絵を見に行くことが出来たのよ。そうじゃなかったら、私きっとこんなに絵を好きになることはなかったわ」

そして、貴方と出会うこともなかったかもしれない。

心の中だけでそう呟いて、エディスはやっと本から視線を上げてサミュエルに向かって微笑む。

「知恵は時として人から何かを奪うけれど、同じだけ与えてくれているもの」

信仰と知恵が相反しない道もきっとある、とエディスは続けた。

「だから、神様も曝かれているわけではなくて、人が神の領域に立ち入ることを赦してくださっているのだと思うの。人間を信じてくれて、自分が完全に解体されるのを待っているというか……。だから私たちに出来ることは、科学の進歩や思想の発展によって『あなたの声は届いています』と神様に伝えることだけなのだわ」

ネガ・レアリテの元である神の名残は、贋作の嘆きに同情しているとサミュエルは話していた。見捨てられた神の名残にさえ、その片鱗はあったのだから、きっと神様はいるし、人間に思いを伝え続けているはずだ。

　ふと我に返り、話し過ぎたことを反省したエディスだったが、

「……ありがとう」

「え？」

　唐突な礼が降ってきてきょとんとする。しかし、サミュエルはそれっきり何も言わない。この件に関してはこれで終わりだと、暗に告げているようだった。

　よくわからないまま首を傾げたエディスの目に、血塗れの腕が飛び込んでくる。すっかり忘れていたが彼は重傷を負っているのだ。まずは、手当てが最優先だった。

「貴方の怪我の手当てをしなくっちゃ……。何か、その、治す方法はあるの？」

　あえて『直す』ではなく、『治す』という単語を使った。その意図に気づいたのだろう、サミュエルがほんの僅かに目を細め、静かに答える。

「特に何もする必要はない、と思う。多分この程度なら、勝手に自己修復するから」

「自己修復？」

「ある程度の損傷ならば勝手に直る。そういうふうに出来ている。理屈まではわからないけれど、とりあえずは平気だよ」

　そう言いながら、左の掌を差し出した。日本刀を掴んだときに切り裂かれたはずの傷は、今は薄い線だけになっている。速度の違いはあれ、つまりは人間と同じように、彼も自然に治癒するという意味なのだろう。

サミュエルは自分のことを人形だと言うけれど、思考することが出来て、痛みを感じ、自己治癒をするならば、人間と変わらないのではないのだろうか。少なくとも、エディスの中では彼は単なる「機械」ではない。

「よかった。治るのなら、貴方もずっと痛いままじゃないのね」

ほっと胸をなで下ろすエディスを、サミュエルは茫とした目で見つめている。

「どうしたの？」

「いや。何でもない」

奇妙な間が、二人の間に落ちる。何かを言うべきかエディスが悩んでいると、

「……血塗れというのもなんだから、とりあえず着替えるよ」

と言うが早いか、サミュエルは止血に使った布を解くと目の前で服を脱ぎ出した。瞬きする間もなく、上半身が裸体になる。慌てて目を逸らしかけたものの、その視界にむき出しの左腕が飛び込んだことで彼の思惑に気がついた。

この青年は、淑女の目の前で平気で服を脱ぐような無神経な性格ではない。あえてそうしたのは、エディスに自分の身体――傷ついた左腕の中身を見せるためだ。

それは人の腕によく似ていたが、決定的に人とは違うものだった。弾けるように大きく破れた二の腕の皮膚の下からは、銀色の輝きが見えた。断面から覗くのは、赤く生々しい肉や骨ではなく、銀に光る鋼線や金属片や歯車で、明らかに人の体にはない

ものだ。何十本もの金属製の管が、人の筋肉のようにぎっしり密集している。破損した太い管からは、紅い液体が滴り落ちていた。どう見ても血液にしか見えないそれは、果たしてどこから生み出されているのか。

皮膚と金属の間には柔らかいゴムのような層があり、精緻な機巧をくるむように守っていた。手に触れても、鋼の体だと気付かなかったのは、このせいだろう。

サミュエルは着替えるふりをして、自分が人間ではないことを改めて見せつけようとしている。直に告げれば、エディスが傷つく。だから、自分の見せたくないものをあえて晒している。これ以上巻き込まないために距離を置こうと仕向けているのだ。回りくどいが、エディスの知るサミュエルは、そういう優しさを持つ人だ。

以前のエディスなら、彼の意を汲んで黙って離れることを選んだだろう。しかし、今は違う。見て見ぬ振りをすることが、根本的な解決にはならないことをもう知っている。そして、痛みの向こうにしかない救いがあることも。

だから、あえて目を逸らさない。

傷ついた左腕に触れることに躊躇いはなかった。そもそも彼の体を見て、悍ましいとか、怖いとか、そういう感覚は浮かばない。むしろ美しく、神々しいとさえ思う。

腹を括った勢いで、エディスはサミュエルに言った。

「血は止まったとは言っても、そのままシャツを着たら汚れてしまうわ。包帯はない？」

その言葉が予想外だったのだろう、サミュエルは一瞬動きを止めた。二人の視線が絡む。エディスの視線から思いをくみ取ったのか、先に目を逸らしたのは彼の方だった。

「……真ん中の引き出しに、確か入っていると思うけれど」

言われた通りの引き出しを開けると、確かに包帯が入っていた。自分の座っていた椅子にサミュエルを押し込め、エディスは兄に教わった通り丁寧に包帯を巻いていく。

その様子を見ながら、サミュエルは躊躇いがちに声をかけてきた。

「君は何というのか、凄く肝が据わっているとでも言えばいいのだろうか。……これを見ても、驚かないのか？」

「私を庇って出来た傷だもの。怖くなんてないわ。むしろ本当にごめんなさい……」

サミュエルの求める回答ではないと解っていながら、エディスは言葉を返す。そもそも、ネガ・レアリテの存在自体がありえないものなのだ。今更驚くことはない。そう自分に言い聞かせる。

心からの謝罪に僅かに慌てた様子で、サミュエルが言葉を発した。

「君が謝る必要は何もない。そもそも君は、巻き込まれただけなんだから。むしろ、僕を恨んでくれても良いんだ」

「……ありがとう。貴方(あなた)は優しいのね」

静かに笑うエディスに、サミュエルはなおも困惑しているようだった。目を逸らし、優しいわけがない、と小さく呟(つぶや)いたその声は虚空に消えていく。

「傷はまだ痛むのかしら？　何か痛み止めとか飲まなくても大丈夫？」

「僕は人形だから、そんなもの、多分効かない」

素っ気ない答えにエディスがあまりにも哀(かな)しげな顔をしたからだろう、サミュエルは補足するようにすぐに言葉を続けた。

「人間と同じなのは、五感があることくらいなんだ。だから、薬物は効果がないと思われる。僕は脊髄(せきずい)とか皮膚、それに付随する一部の体液だけが有機物で、あとは全部機巧だ。試したことはないけれど自分の身体だから、そのくらいはわかるよ」

「痛みだけがあるなんて、酷(ひど)い話だわ。痛み止めが効かないなら、普通の人より苦痛が長く続くということよ。だったら薬で治せるようにしてくれたら良かったのに」

機巧と口にするサミュエルがあまりにも無感情なので、思わず包帯を巻く手が止まった。一方のサミュエルは、眉(まゆ)をひそめるエディスを見て、不思議そうな顔をする。

「今の僕にはこの体の製作者や、どうして僕が存在するかの記憶がないんだ。対象もわからないのに、闇雲(やみくも)に怒ったって仕方ないと思うけれど……」

今度こそ、エディスは絶句した。

確かに言う通りではあるが、そういう問題ではない。反論をしようと口を開くが、すぐに噤む。

今のサミュエルには伝わらない。そう思ったからだ。

ふと、神学者トマス・アクィナスの言葉が頭をよぎる。彼は著書で、「天使は己を軽く考えるから飛べるのだ」と説いていた。サミュエルの場合もまさにそれだ。自分の存在を軽く考えているから、傷つくことや痛みに耐える理不尽も当たり前に受け容れてしまう。

どうすればサミュエルが自分を大事にしてくれるのか。まずはエディスが、彼を大切にするしかない。改めて決意をしながら、黙って包帯を巻く作業を再開した。

改めて左腕の傷を見れば、脱出時よりも破損箇所が狭まっているように思えた。掌と同じく、傷が〈修復〉されているのだろう。複雑な思いの中でエディスは包帯を巻きおえる。サミュエルが立ち上がり、チェストの中から新しいシャツを取りだした。手早く釦を留めたあと、サスペンダーを取り付けて、きっちりとタイをする。その上からウェストコートを着ると、ようやく元の姿に戻った。改めてエディスを座らせると、彼は戸棚から何かの瓶とグラスを二つ引っ張り出して戻ってくる。

「……たいしたものはないけれど、とりあえず」

グラスに注がれた炭酸水を飲み干しながら、エディスはすっかり喉がカラカラだったことに気がついた。驚きの飽和量は過ぎていたが、体の方はそうでもないらしい。

同じように普通に炭酸水を飲むサミュエルに気づき、つい彼の喉元をじっと見つめてしまう。彼女の疑問に気づいたのだろう、なんでもないようにサミュエルは答えた。

「どういう理屈かはわからないけれど、僕の身体は、食物を消化出来る……というより、燃焼出来るようだよ。多分、血液や皮膚を生かしたり、動力に転換したりするためなんだろうけれど、詳しいことはわからない」

彼は証拠を示すように、改めて炭酸水のグラスに口をつけた。自分の考えを見透かされたようで恥ずかしくなり、慌ててエディスも同じように炭酸水を口に含む。

喉が潤ったことで、緊張で幾分ささくれていた心も少し丸くなったように感じた。

エディスはずっと気になっていたことを思いきって尋ねる。

「あのね、凄く凄く余計なことを訊くけれど、いいかしら？」

「……僕に答えられることならば。前にも言ったけれど、僕にはすべての記憶があるわけじゃないから、知らないことは答えようがないよ」

素っ気ない口調であるが、突き放されたわけではないことがわかる。エディスは出来るだけ何気ない風をよそおって、疑問を口にした。

「貴方とブラウン卿は、どういう関係なの？　親しいようなのに、殺し合いだなんだのと、ずいぶん物騒なことを言い合っていたけれど……」

サミュエルは一瞬だけ目を伏せると、長い話になることを予期したのか、もう一つの椅子に腰掛けた。そして、どこか自信なげに呟く。

「……友人、だと思う。多分。少なくとも、一年前までは」

「多分？」

「今回戻った記憶も穴だらけで、よくわからない。ただ、ラリーと僕は友達だった。曖昧だけれど、相棒のような感じかもしれない」

どうやら、彼の記憶は時系列順ではなく、パズルのピースが埋まる風に戻っているらしい。

「相棒……」

「僕とラリーは、いつも二人で一緒にいた。そうして……」

何かを言いかけ、サミュエルはふいに黙った。エディスを見て、また目を逸らす。言うべきか悩んでいるようだ。

訊くべきか、訊かざるべきか。

一瞬の迷いのあと、エディスはすぐに決断した。隠し事は要らない負い目を背負うことになると、よく知っていたからだ。それに、サミュエルが言わなかったとしても、ブラウンは必ず真実を曝くだろう。触れなくて良いことならば触れたくはない。けれど不用意に知らされるくらいならば、エディスはサミュエルから直に聞きたい。

そう判断し、あえて無神経な風に訊いた。
「そうして……、なぁに？」
その声に背中を押されるように、サミュエルは低く答える。
「……そうして多分、僕らは二人で人を殺し続けていたと思う。少なくとも、僕には
この手で何人かを殺している記憶がある」
あえてさらりと告げられた言葉に、エディスの背筋に冷たいものが走る。
一瞬の沈黙のあと、なんとか絞り出した声は思った以上にか細いものだった。
「……人を、殺したの？」
冗談か何かだと思いたい。けれど、彼が冗談を言うような人間でないことは、短い
付き合いでも充分わかっていた。
「多分。それも、一人や二人じゃない。数多の人を殺したという、記憶が戻っている。
記憶というより、感触という方が正しいかもしれないけれど……」
「でも、それはブラウン卿の罠とかじゃないの？　だって、貴方から記憶を奪えるよ
うな人だもの、記憶を書き換えることだって……」
遮るように飛び出した言葉は、滑稽なほどに上擦っていく。服を握り縋りつくエデ
ィスの手に自らのそれを重ねながら、サミュエルは静かに否定する。無感情な中にも、
何か、耐えるようなものを滲ませた声だった。

「ラリーはそういう真似はしない」

信じたくなくて俯くエディスの肩に、そっとサミュエルの手が乗せられた。そのまま顔を包まれ、目線を合わせさせられる。

「君には、記憶をなくした直後のことを話しただろうか」

エディスは黙って首を振った。

「……一年前。記憶を失った直後の僕は、ホワイトチャペルの路地裏で座り込んでいた。抜き身のままで刀を握り、雨に打たれていたんだ。ある意味で、今回の事件はそこからはじまっていたのかもしれない」

「それがどうして、人を殺したという話に繫がるの？　目の前に死体が転がっていたわけじゃないんでしょう？」

「その路地は、七年前の十一月九日にメアリーという女性が殺された場所だった」

メアリー。一八八八年の十一月九日。

年月日を呟いてから、エディスに閃くものがあった。

「メアリー・ジェイン・ケリー？」

サミュエルがこくりと頷いて肯定する。エディスは表情を変えないように努めるが、それでも顔が強張っていくのが分かった。

メアリー・ジェイン・ケリーの名は、ロンドン市民なら誰もが知っている。彼の有名な、切り裂きジャック最後の被害者である女性の名前だ。顔の判別もつかないほど残忍に、全身を切り刻まれて殺害され、その写真はゴシップ誌さえ掲載するのを躊躇(ためら)うほどの有様だったらしい。妙齢の女性にとって彼女の名前は、殺人鬼への恐怖を呼び覚ますものだった。

「一八八八年十月二日に頭部のない女性の胴体がホワイトホールで発見された事件……ホワイトホール・ミステリーも、犯人は切り裂きジャックだと目されているね。切り裂きジャック事件と共通するのは、被害者が途轍(とてつ)もなく鋭利な刃物で殺害され、ついで解体されている点だ」

人の首と身体を切り離せるような鋭利な刃物なんて、然々(そうそう)ないよ。そう小さくこぼすと、サミュエルはちらりと部屋の片隅に立てかけてある日本刀を見た。

確かに日本刀は、人間の首を刎(は)ねることができる鋭利な刃物に該当する。しかし、そう決めつけるのも早計だ。切れ味が鋭い刃物など、星の数ほどある。少しずつ冷静な思考がエディスに戻ってくる。サミュエルは相変わらず論理的だが、今回はいささか飛躍しすぎだろう。

「一応筋は通っているけれど、私はおかしいと思う。切り裂きジャックは七年も前の事件なのよ？　貴方(あなた)が数年後に現場で記憶を失っていたからって、犯人だとは限らないじゃない」

「犯人は現場に戻ると言うだろう？　殺人の記憶を持つ僕が、そこにいたという時点で、何らかの関係があると考えた方が良い」

やはりサミュエルの論理は飛躍しすぎている。おそらく彼の思考の底に澱（よど）んでいるものは、恐怖なのだろう。身に覚えのない殺人の記憶に対する恐怖が、彼から冷静な判断能力を奪っている。エディスは一瞬悩んだ後、即座に踏み込む覚悟を決めた。

恐怖は誰かに話してはじめて打ち消すことができる。

今までエディスがネガ・レアリテで感じた恐怖を打ち破ることができたのは、サミュエルが辛抱強く話を聞いてくれたからだ。それは恐怖だけではない。悲しみ、悩み、喜び、すべての感情は、誰かに伝えることできちんと昇華されていくのだろう。

画家になる夢が潰（つい）えたことを話した時、エディスはようやく心が楽になったことを思い出す。誰かに声が届くことは、きっとそれだけで救いなのだ。サミュエルが聞いてくれたから、やっとエディスは救われた。

だから、今度は自分の番だ。

体の傷は、いつかは癒える。けれど、心の傷は埋もれてしまったら中々癒えることはない。治療しなければ、それはいつか魂を腐らせる原因になるだろう。この人の魂を、決して腐らせたりはしない。

エディスを三度も助けてくれた彼を、今度は自分が救うと決めたのだから。

「貴方は何を怖れているの？」

穏やかに告げられたエディスの問いに、サミュエルは心の中を覗かれたように感じた。この少女は時に、驚くほど聡明な時がある。思わぬ方向からするりと入り込んできて、心の一番深いところまで到達してしまうのだ。

迷うように目を彷徨わせる姿を真正面から見据え、エディスはあえて傲慢に告げた。

「私は大丈夫。貴方の声は、私が聞く。だから話して」

サミュエルには存在しないはずの心臓が、大きく跳ねる。改めて彼女を喪いたくない、その思いが頭をよぎった。手放すべきだと理性が告げる。けれど同じくらい、傍にいてほしいと本能が叫ぶのだ。サミュエルは、少女の曇りのない瞳を見つめる。覚悟を決めて、グラスの炭酸水を一口含んで告げた。

「……僕が恐れているのは、記憶が戻ったら、君を殺してしまうかもしれないということだ」

あまりにも予想外の言葉だった。サミュエルがエディスを殺すかもしれないという言葉に驚いたわけではない。彼がそれを言葉にするのを躊躇うほどに、ありうる未来として恐れていることにエディスは驚愕した。

「僕の罪や、それに対して下される罰を恐れる気持ちはない。自分自身の行いには責任をとるだけだ。けれど……」

「けれど？」

「今話していることはすべて『今の僕』が思うことだ。すべての記憶が戻った時、僕が『今の僕』でいられる保証はない。そうなった時、未来の僕が君に何をするかがわからない。……僕は、それが怖いんだ」

記憶と人格は密接に関係する。今は記憶を失っているから殺人衝動がないだけで、戻った時にどうなるかはわからない。本当は躊躇なく人を殺せる性格なのかもしれない。

淡々と、けれど不安を吐露するように語るサミュエルの気持ちが、エディスには痛いほどわかった。彼の苦悩はエディス自身にも覚えのあるものだったからだ。

——もし、実の父親が悪人だったら。それによって、家族に迷惑をかけてしまったら。

エディスの悩みも怖れも、すべてはそんな仮定からはじまっている。実際にそうなる可能性は高くないとわかっていても、思考に囚われ止めることができないのだ。

自らを作った存在を知らないサミュエルと、自身の父を知らないエディス。

二人の苦悩の根本は同じものだ。とはいえ、サミュエルの不安はより大きなものだろう。エディスには、十八年間家族を愛し家族に愛された記憶がある。そして、彼らはいつだって不安を否定してくれた。

しかし、サミュエルは違う。彼には拠り所になる記憶がない。そして戻ってきた記憶も不安を煽るだけのものであり、殺人者ではないかという疑念を振り払ってくれる家族も友もいない。彼のように生真面目で優しい性格をしていれば、その苦悩は猶更だ。自分だったらその恐怖に押しつぶされてしまうだろう、とエディスは思った。

それでもサミュエルは誰かに褒められるでも認められるでもなく、理由もわからず異形と戦いネガ・レアリテを閉ざし続けている。自分の役割だから、というだけで。

優しすぎる彼のためにできることは何か。

それはきっと、孤独な彼を決してひとりにはしないことだ。だから、あえてエディスは彼の目を見て断言した。

「大丈夫、貴方はそんなことをするような人ではないわ。そもそも快楽殺人者が、そんな不安を抱くことなんてないもの。貴方は悪い人なんかじゃない。私が保証する」

「……そもそも僕は、人ではないよ」

自分を嗤うように苦笑したサミュエルに、エディスは低い声で答えた。

「そういう意味ではないわ」

静かな怒りに、彼は謝意を示すように小さく頭を下げた。どうにかしてサミュエルの苦悩を解消したくて、エディスはなおも言い募る。

「はじめて貴方に会った時、貴方は贋作を『気の毒』だと言っていたじゃない。絵が羞じている、とも。絵に対してそういう風に思える人は、悪い人ではないわ」

「それは君の買い被りだよ、エディス・シダル。僕がネガ・レアリテを閉ざすのは、自分の意思ではなく、そうせざるを得ないからだ。自発的な行為ではなく、不承不承やっている、という方が正しい」

「でも……」

間髪容れずに否定され、的確な言葉が出てこない。

はじめて画廊で会った時もそうだった。伝えられない後悔を繰り返している。唇を嚙むエディスを見て、サミュエルは口を開く。これ以上彼女が気にやむ必要はない、という意思を伝えるために。

「多分、僕は狡いんだ。たとえ『人殺し』の記憶があっても僕は人ではないから平気でいられるし、記憶がないことを免罪符にもできる。君を傷つけたくないというのも、もしかしたら本心ではなくて、単なる自己保存の為の機能かもしれない。だから……」

サミュエルは、一旦そこで言葉を切った。エディスには、次に告げられる言葉が予想できる。「僕たちは、一緒にいないほうが良い」。

最悪の可能性に囚われているサミュエルを前に、エディスは途方にくれた。大丈夫だと言っても、彼は自らを否定する。拠り所がないからだ。

自分の言葉がまるで届かず、むしろ語れば語るほどに彼を追い込んでいることがわかる。心の迷図に迷い込んでいく彼を見るのは辛かった。エディスを守りたいという気持ちの証でもあるから、余計に苦しい。

苦しさと訳のわからない怒りで思考の澱に沈んでいたエディスの胸に、ふと何かが問いかける。胸に咲く、蓮の声だ。

――でも、私は彼のことを非難できるの？

その囁きに、はっとした。サミュエルの言動は、エディス自身が家族にしていたことと同じものではないのか。

何があっても見捨てない。そう示してくれた家族の声を、エディスは受け入れられなかった。自身の考えに凝り固まっていたからだ。今のサミュエルと同じように。

苦しいのは自分だけではないと、重々承知していると思っていた。けれど、家族が感じていた苦痛の種類をはき違えていたのだ。必死に訴えかけても言葉が届かないもどかしさ。自らの言葉が何の力も持たないことに気づく無力感。

――皆、こんな気持ちだったんだ。

それでも彼等はエディスを見捨てない。ただ黙って、そばにいて見守っていてくれた。それがどれほど深い理解と愛情の下で行われていたのか、今はじめてわかった。

だからこそ、改めて思う。サミュエルを放っておけない、と。

人ではないと嘯くことで自分を傷つけるだけの現実を受け入れる彼の諦念は、エディスの比ではない。まるでイワン雷帝に抱かれた、あの死にゆく皇太子の涙に似ている。どうしようもない絶望に呑み込まれながらも、仕方ないと、すべてを受け入れたあの諦念に——。

エディスは椅子から立ち上がると向かいに腰掛けたサミュエルの傍に寄り、そっとその頭を抱き寄せた。

理由は無い。ただ、抱きしめて、一緒に泣いてやりたかった。

きっと彼は泣けないのだろう。だから幼子を抱くように、何も言わず優しく抱擁した。言葉がなくても温もりで思いは伝わるなどと、傲慢なことは思わない。むしろ、何も言えなかった。何かを告げれば、別のものにすり替わってしまうような畏れが何処かにあったからだ。

突然の抱擁に、サミュエルがびくっと大きく身動ぎをする。それに気づくが、エディスは離してやらない。離してしまったら、二度と、彼を受け止められない。そう確信にも似た思いがあった。

やがて観念したように、サミュエルからふっと力が抜けた。体を凭せかけるようにして、その身が静かに預けられる。生きているものの重みを感じて、さらに腕の力を込めた。

「私のこと、少し話していいかしら」

サミュエルが微かに頷く。

「……私ね、今のお父様とお母様の子供じゃないの。お父様の姉が産んだ、父親も解らない子なのよ」

唐突にはじまったエディスの身の上話を、サミュエルはただ無言で聞いている。相槌を打たないのは、話の邪魔をしないためだろう。

「十八歳になる一月前に、両親が教えてくれたの。お兄様達も、そのことを知っているって聞かされて、本当にびっくりしたわ。だって、今まで私は自分の出自を疑ったことなんてなかったから。それほどまでに分け隔てなく、皆、実の家族同然に、私に愛情を注いでくれていたの」

一旦言葉を切ると、エディスは抱き寄せたサミュエルの髪に顔を埋める。

「上流階級の人間にとって、父親の解らぬ子供というのは大変不名誉なことなのよ。それだけじゃないわ。万が一実の父親が犯罪者だったら、家名に大きく傷がつく。外交官としてのお父様の仕事にも、お兄様達の未来にも影響が出かねない。だから私はそれを知ったとき、とても辛かったし哀しかった」

「……けれど、それは……君のせいじゃないだろう」

沈黙を破り、躊躇うように告げられた言葉に、エディスは微笑んだ。

「そうね。私のせいじゃない。でも、存在しているだけで罪になる存在っているのよ。

何かしなくても、私という存在そのものが家族の不利益になる。それなのに真実を告げた後も家族は変わらず私を愛してくれた。嬉しかったけど、辛くてたまらなかった」

「なぜ？」

「私だけ、偽物だから」

偽物という言葉に、サミュエルの肩が少し跳ねる。それを押さえるようにエディスは彼の肩を撫でた。

「いっそこの世界からいなくなりたいとも思った。自分のせいで、大好きな家族が不幸になるかもしれない未来に耐えられなかったの。でも、私がいなくなったら家族が悲しむのもわかるのよ。だからこそ、選べなかった」

「……選ぶ？」

鸚鵡返しに尋ねる声は掠れていた。自分の言葉選びにサミュエルが僅かに苛立っているように感じて、まるでさっきと逆ね、とエディスは可笑しく思った。

「真実を告げられた時、私には二つの選択肢があった。一つ目は家族へのリスクを承知で、今まで通りを装うこと。二つ目は、家族のために自ら消えること。私は臆病者だから、そのどちらも選べなかった。だから、八つ当たりのように一人歩きをしていたのよね」

そう告げた時、エディスの一人歩きの理由がわかったのだろう。サミュエルがエディスから身体を離そうと身動ぎした。けれど、エディスはそれをさせてやらない。ほんの少し、腕に力を入れて言う。

「でもね、画廊で襲われた時……貴方に助けて貰ってわかったの。私は本心では死にたくなくて、家族と一緒に生きたいんだって。今更だけど、あの時助けてくれて、本当にありがとう。改めてお礼を言うわ」

心からの感謝の言葉に、サミュエルは抵抗を止めたようだ。全身から力を抜いて、好きにさせてくれる。微かに笑って、エディスは続けた。

「それでも私は愚かだから、やっぱり自分の存在が彼等を傷つけることを怖れて、一人歩きが止められなかったんだけど……今日でもうお終いにするつもり。貴方のおかげよ」

「……僕の？」

「大事な人に自分の言葉が届かないことは、とっても悲しいんだって気づけたから。あ、別に貴方を責めているわけじゃないの。私たち嫌になるほど似ているのだと思う。色々なことに不器用なのよね」

楽しげに笑っていると背に、サミュエルの腕がそっと回された。抱擁を返されると思っておらず、今度はエディスが身動いだ。その手つきは壊れものを扱うように、とても優しいものだった。

「君は……狡いよ、エディス・シダル」

その短い言葉の中に、込められた思いの全てを汲み取ることは出来ないだろう。それでも良いと、エディスはわざと明るく答えた。

「貴方も結構狡いわよ。友達なのに」

そして改めてぎゅっと腕に力を入れた。

「貴方は、やっぱり優しい。だから神の名残となった彼等を壊すのでしょう？　彼等の『誇り』を守ること。義務感よりも何よりも、それを優先している」

「……僕は終わらせることしか出来ないから。ただそれは、誰にも知られず消えて行けと言うに等しいから、絵にとっては慈悲ではない。多分、僕の自己満足だ」

何処か沈んだ声だった。救済は常に無慈悲だというが、それを行う者も要らぬ苦痛を味わうのだろう。表情を見られたくないのか、エディスの肩に頭を埋めている。

「僕の場合、贋作の心がわかるのではなく、その羞恥心を自分のものと錯覚しているだけなんだ。僕も人間の偽物のようなものだからね。むしろ、その羞恥心すらも錯覚だと思う時があるくらいだ。そもそも単なる物である筈の僕に、心があるかなんてわからない。自分の望みがどこから生まれるのか、それが本心かもわからないんだ」

その呟きはあまりに苦く、そして切ないものだった。

「自動人形であったとしても、貴方は偽物なんかじゃない。大理石から生み出された彫刻は、人の形の模倣とは見なされないでしょう。天啓から生まれたものは、人を模して作られたとしても本物だわ」

サミュエルは肩を竦めただけで何も言わなかった。それが答えなのだろう。

これからもきっと彼は自らが偽物だという葛藤を抱えたまま、ネガ・レアリテを閉ざし続けるのだ。使命感ではなく、ただ自らと似た贋作を解放するためだけに。

エディスに出来ることは家族が自分にしてくれたように、ただそばにいて見守り続けることだけだ。だから、サミュエルを抱きしめる腕を弱めることはなかった。

無言の抱擁が暫く続く。不意に、ぽつんと、サミュエルが呟いた。独り言のような、溜息のような声だった。

「……君は温かいな、エディス・シダル。このままでは、僕の体が君の熱を奪いつくしてしまう。もう十分だよ」

そう言うサミュエルの体は、たしかに酷く冷たい。

「熱くらい、いくらでも分けてあげるわよ。体温は高い方なの」

「これ以上甘やかされてもね。頼むから離して欲しい。これ以上与えられると、逆に惨めになりそうだ。……君の厚意を歪めて解釈してしまうことは、嫌だ」

切実な願いを告げられたら、抱擁を解くしかない。どこまでも優しくて残酷な言葉に胸が詰まる。サミュエルはそんなエディスを見とめ、乱れた髪を掻き上げながら、ぽつりと言った。

「……ありがとう」

聞こえるか聞こえないかというくらいに、低く囁かれた言葉だ。

けれど、確かにそれはエディスに届いた。一度ですべてが伝わるとは思ってはいけない。頑なだった自分を思い返しながら、そう言い聞かせる。ちょっとだけでも心配と覚悟が伝わったのならば、今日はそれでよしとするべきだ。

微かに唇を綻ばせて、エディスがどういたしましてと答えようとしたその時。

ぐぅううう、と、何かが唸るような音があたりに響いた。

「！」

音の発生源は、エディスの腹部だ。サミュエルがぱちぱちと目を瞬かせている。少し驚いているらしい。羞恥で顔が真っ赤になる。緊張が解かれたせいで、空腹の虫が目を覚ましたのだろう。思い返せば、昼から何も食べていない。

「ちが、違うの！　いや、違わないんだけど、あの、その……」

必死になって弁明するエディスを、サミュエルはきょとんとした顔で見ていたが、やがて堪えきれないように片手で顔を覆って声を殺して笑い出した。鉄面皮かと思っていたが、こういう表情もするらしい。しかし、それを引き出したのが、よりにもよってエディスの腹の虫というのが問題だ。

「サミュエル!!」

「……ごめん、悪かった。日も暮れたし、空腹になるのは仕方がない。僕だって、確かに色々空っぽだ」

　顔を真っ赤にして抗議するエディスに、慰めの言葉をかけてくれるが、その表情は笑いを必死で堪えている。あまりフォローになっていない。

　しかし、エディスもだんだん可笑しくなって、同じように噴き出してしまった。一旦笑うともう駄目だ。可笑しさがお腹の底からこみ上げてくる。

　二人は、顔を見合わせ、ひたすらに笑う。笑う度にエディスの胸に刺さった棘が、ゆっくり溶けていく気がした。

二

　巡回の警官がそこを訪れたのは、夜明け前のことだった。ゴールストン・ストリートの一角である。この辺りは物騒で、七年前に切り裂きジャックによって、二人の娼婦が殺された場所だった。そのため、巡回も早足でおざなりに行われるのが常である。警官といっても人間だからだ。

オイルランプの黄色い明かりが届くぎりぎりの道端に、平べったい、大きな敷布のような何かが落ちているのが見えた。貴族の家にある猛獣の毛皮の敷布が連想される。慌てて駆け寄ると、辺りは血の海だった。警官が嘔吐しなかったのは、彼が剛胆だったからでも、血を見慣れていたからでもない。単に、目の前にある『もの』の方が余計に衝撃的だったからだ。人間は衝撃の度合いが突き抜けると、吐く余裕も何もなくなるらしい。

そこにあったのは毛皮などでは到底ない、もっと物騒な『もの』である。

血の海に浸かるようにして在る『それ』は、まるで魚のように三枚に下ろされた人間の残骸――、見事なまでに開かれた死体だった。

皮と骨以外、すべてが空っぽだった。内臓も肉も、目玉も何もかもがない。しかも、ありとあらゆる所が綺麗に開かれている。

警官は無意識に、その遺体に見惚れていた。完全な『もの』となった遺体には、レンブラントの絵画――《ヨアン・ダイマン博士の解剖学講義》のような不思議な趣さえあった。

美しいわけではない。さりとて悍ましさの極地というわけでもない。いっさいの人間性が失われた『それ』は、作りもののように現実離れしていた。

すぐ側の壁には、血文字でメッセージが書かれている。

「Ad rosa ex machina.（機巧より出でる薔薇へ）
Tertium, dies de Jet.（三番目は黒玉の日に）
Jacta alea est.（賽は投げられた）
Sera, tamen tacitis Poena venit pedibus.（遅く、しかし静かな足取りで罰の女神は訪れる）」
警官が我に返って、裏声の悲鳴を上げたのは、それからおおよそ二十分後のことだった。

大英博物館の中にある大図書館は、今日も学術の徒たちでごった返している。図書室のテーブルの片隅では、額を突き合わせるようにして新聞の切り抜きを見ている男女がいた。エディスとサミュエルである。

「これって、やっぱりブラウン卿の仕業……なのかしら」

「多分ね。これは僕へ当てた予告状のようなものだと思う」

エディスの問いに、切り抜きから目を離さずにサミュエルが答えた。

それは、二日前にゴールストン・ストリートで起こった殺人事件の記事である。殺されたのはロバート・ランドルフという軍人で、かつて女王の護衛を務めていたらしい。

　予告状ならば、この事件すべてに意味がある筈だ。しかし、エディス達が持つ情報は少なすぎる。ブラウンがわざわざランドルフを殺した理由もわからない。こういう場合、何気ない会話が解決の糸口になる事がある。

「そういえば、ブラウン卿が現れる直前、貴方の左目から血が零れたわよね。痛くはなかったの？」

　唐突なエディスの質問に、サミュエルは目を瞬かせたが、丁寧に答えてくれる。

「痛みはない。ただ、あの直後は少し精神が高揚して、冷静さを欠いてしまうみたいだ。好戦的になりやすい……というか」

　ラスキンの事件の際に何の言葉もなく飛んで来た骨が、頭を過ぎる。たしかにあれは彼らしくない行動だった。

「でも怪我もしていないのに、どうして突然血が流れたのかしら？」

「あの現象は、ラリーが近くにいる時に勝手に起こるようだ。血が零れるだけで、感情との連動も特にない」

　取り戻した記憶に拠るものなのか、それとも別の事情があるのかわからないと告げる、その言葉に嘘は無さそうだ。

　しかし、結局のところブラウンは一体何者なのか。

「貴方はブラウン卿とずっと一緒にいた、と言っていたけれど、どこで知り合ったかは覚えているの?」

言いにくければ話す必要はないと慌てて加えながら、エディスはサミュエルを窺い見た。サミュエルは気にしていない様子で、淡々と語り出す。

「いつ、どこで知り合ったのかはわからない。けれど、三年間は一緒にいたんじゃないかな。ラリーは僕にいろいろなことを教えてくれた」

「いろいろなこと?」

「芸術や、政治について。特に多かったのは、戦争の話だ。戦争は経済コントロールにおける緩衝材になる、というような話だよ。経済に政府が介入するためのひとつの手段と言い換えてもいい。人為的に需要を増やすことで国力を蓄えるという考え方だ」

「ブラウン卿は、戦争は良いことだって思っているの?」

「いや、市場コントロールに寄与する限りは、という前提がある。だから、本質を無視して好戦的なヴィクトリア女王の政治的無知を批判していたし、彼女がインド女帝になったことに関しては特に辛辣だった」

ヴィクトリア女王の戦争好きは国民の間でも有名だ。彼女が即位してから、戦争が行われなかった期間は二年に満たない。それは領土拡大や帝国主義を貫くためでもあったが、大本は女王の『どれほど戦争が長期化し、またそれだけ犠牲が増えようと、幸せな結末に導くという断固たる決意があることを敵軍に思い知らせることが第一』とする戦争哲学によるところが大きかった。それを批判するものは多く、グラッドストン元首相やエドワード皇太子はその筆頭だろう。

また、上流階級の間では、女王は直情径行で、自己顕示欲が強いことでも知られている。インド女帝の称号の件も、ロシアやプロイセンの王が皇帝を名乗り、英国女王より格上である事実が許せず欲しただけにすぎない。たったそれだけの理由で、女王は首相のディズレーリにインド女帝の法案を提出させ、議会を通過させたのだ。

「ブラウン卿は、政治に明るい方なの？」

「ああ。ラリーは医者だったけれど、政治家のほうが向いていると僕は思っていたようだね。ラスキンやマルクスのように、資本主義の爛熟の後の惨事を彼は憂えていた。ただ、社会主義にも懐疑的だったようだけれどね。平等な社会は人類の夢だけれど、社会主義には必ず絶対権力者が生まれるから、より不幸な社会にしかならないと、口癖のように言っていた。僕は人間の社会に特に興味はなかったけれど、多分、ラリーの話を聞くのは好きだった」

自分の記憶の話なのに、完全に他人事のようにサミュエルは喋る。そのことに幾分胸が痛むが、仕方がないことだろう。エディスは黙って彼の言葉に耳を傾けた。

「僕が人を殺すときは、必ずラリーが一緒にいた。友人ではなく、共犯者だったのかもしれないけれど、そのあたりの記憶は戻ってきていないんだ。僕らの関係性は良好だったと当時の僕は思っていたようだけれど、向こうがどう考えていたかは正直わからない。七年前のある日、彼は僕の前から突然姿を消したから」

「……失踪してしまったということ？」

「本当に唐突だった。何か事件に巻き込まれたかと思って、僕は随分捜したけれど見つからなかった。再会したのは六年後、つまり昨年の十一月一日だ。七年前と寸分違わぬ姿だったけれど、ラリーにはただ一つ違ったことがあった」

「それは……何？」

おそるおそる質すエディスに、一瞬の躊躇いののち答える。

「彼には境界がなかった」

意味がわからず、エディスは混乱した。しかし、サミュエルはこれ以外に言い表しようがない、という表情をしている。

「あらゆる物には外界と自分を隔てる壁がある。物と物を交差させようとしても、ぶつかるだけで通り抜けることはないだろう。無理にそれを行おうとすれば、片方か、あるいは両方が壊れてしまう。それが普通だ。けれど、再会したラリーは違った」

見かけや性格が変わったという話ではないと、エディスにもわかった。

「何か、されたのね……？」

「文字通り、ラリーの右手は僕の身体をすり抜けた。気がつけば内側から記憶を奪われていた。詳細を覚えていないのは戻った記憶の中にないだけか、あるいは元から存在しないからなのかはわからないけれど。わかるのは、ラリーはもう人ではないということだけだ。だから僕はラリーと出会ったら、彼を殺さなければならないんだよ」

恐ろしいことをさらりと言うが、これもサミュエルの一つの諦念なのだろう。

この人には、諦念しかない。物事の本質を悟ったうえで、全てを運命として受け入れている。もっと我儘を言ったり抗ったりしても良いはずなのに、一切それらを選ばない。彼がそういう性格だから、エディスは放っておくことができないのだ。だから、ただ黙って頷いた。

「君は、彼の記憶を見てしまったんだろう。何か覚えていることはあるかな？」

その問いに、エディスはブラウンの目を見たときに流れ込んできた映像を思い返す。

「サミュエル、貴方、喪服の貴婦人……というよりも老婦人に覚えはないかしら。年の頃は六十過ぎで、小太りだけど矍鑠としていらっしゃる方で……」

「記憶が戻っていないだけかもしれないけれど……僕には覚えはないな」

「そうよね……」

そう言いながら、エディスは引っかかるものを感じていた。喪服の貴婦人に、どうにも見覚えがあったからだ。頭の中の人物名鑑を必死で捲っていくうち、ふいに該当する人物に思い当たった。

しかし、それはありえない人物だ。

「……あ！」

横で響いた素っ頓狂な声に、サミュエルが再び目を瞬かせた。どうやら呆気に取られた時の癖らしいが、そんなことを気にしてなどいられない。

エディスは慌ててポケットから財布を取り出した。半ソベリン金貨を引っ張り出して、彼の目の前に突きつける。彼女と金貨を交互に眺め、サミュエルも気付いたようだ。

「まさか……」

呟く声は、微かだった。

二人の見つめる硬貨には、帝国の母――ヴィクトリア女王の姿が刻まれていた。

三

一八九五年十二月十四日。エディスは喪服を着てバッキンガム宮殿にいた。周囲にいるのは大体が中年以上の男性で、エディスに近い年頃の人間は、女性はおろか男性もほとんどいない。歳の若さを理由に、特別に従僕の同席が認められたほどだ。

従僕はサミュエルだった。しかし、フロックコートとトップハット姿の彼はどう見ても貴族にしか見えない。白金の髪と緋い目もそうだが、元々が長身で整った顔立ちの青年なのだ。エディスの後ろに控える姿も充分目立つ。おまけに肩から例の日本刀が入った筒をぶら下げていれば猶更だ。

しかし、表立って好奇の目を向けられることがないのは、それだけこの場が特別だからだ。今日はアルバート公の命日なのである。

本来ならば王族、それも女王の伴侶の追悼式典であればウェストミンスター寺院で大々的に祭礼を執り行うものだ。しかし今年はバッキンガム宮殿の一室で、王室に所縁のある貴族達だけで執り行うことになっている。

表向きの理由は高齢の女王のためだが、実際は少々異なる。

つい先日、南アフリカのトランスヴァール共和国で武装集団による侵攻事件が発生した。この戦闘は、ある意味で予想されていた出来事ではあった。

トランスヴァール共和国は、そもそもイギリス領ケープ植民地のオランダ系移民がイギリスの統治へ反発した結果つくられた国だ。しかし、アフリカ大陸を縦断する大英帝国通商路建設のためには、彼の国は妨げとなる。さらに領地のウィットウォータースランドで金鉱が発掘されたことから、ケープ植民地首相であるセシル・ローズは、トランスヴァールへの侵攻を女王に強く上奏していた。しかし英国政府は国内外の反発を恐れ、その許可を下すことはなかった。

今回の侵攻事件の実行犯は、ローズの二十年来の友人だった。戦闘は未だ継続中であるが、この杜撰な計画が失敗するのは目に見えている。とはいえ、オランダとの間に不穏な空気が漂い始めたことから、英国政府はその対応に追われている。

今回の祭礼は、侵攻への対応を秘密裏に話し合うための隠れ蓑のようなものだ。三十年以上も前に亡くなった人間の祭礼よりも、急遽勃発した国際問題への対応の方が重要だという判断も無理はないことだろう。

エディスの父はまさに最前線で、戦争回避のために奔走している。母は勿論、休暇中の二人の兄も父のサポートに徹し、年末だというのにあちこちを駆け回っていた。そのため、今回の祭礼には名代としてエディスが参加することになったのだ。

この場にいるには若すぎる女性の存在に、幾名かにさりげなく名を尋ねられたが、ハンズベリー男爵の名を出せば皆納得してくれた。中には、エディスの父の外交手腕を褒めてくれる人間までいたほどだ。

大人に交じり、社交をするのはエディスの得意分野ではない。しかし、ここに潜り込めることは、最大のチャンスでもあった。

ブラウンの予告状が本物ならば、三つ目のネガ・レアリテはここで開く。

『Tertium, dies de Jet.（三番目は黒玉の日に）』という一文がそれを示していた。黒玉(ジェット)は喪に服するときに使用できる唯一の宝石だ。黒玉の日というのはつまり、葬儀かそれに準ずる日のことだろう。

司祭の話に耳を傾けながら、そっと最奥に佇(たたず)む女性に視線を送る。御年七十六歳のその女性こそ――、英国の女王陛下アレクサンドリナ・ヴィクトリアだ。

喪服に包まれた体は老化と肥満でまるでハンプティ・ダンプティのようである。しかし、アルバート公の死後、民衆の前から姿を消した女王が十年ぶりに姿を現したときは、まるで老婆のように誇張された挿絵が新聞を随分賑(にぎ)わせていた。当時はまだ五十歳をすぎたあたりだったはずだが、二十年は年老いて見えたらしい。

その頃の女王と、ブラウンから読み取ったあの喪服の貴婦人は瓜二(うりふた)つだった。にもかかわらず、エディスが即座に気づくことができなかったのは、女王から受ける印象の違いのせいだ。慈愛の母と名高い女王と、凍(い)てついた瞳(ひとみ)の喪服の女性が、エディスの中ではすぐに結びつかなかったのである。突拍子のない発想であることはわかっている。けれど、胸の蓮(はす)が正しいと告げていた。

――ブラウン卿(きょう)は、喪服の貴婦人への復讐(ふくしゅう)の為(ため)にネガ・レアリテを開こうとしている。

そう考えれば全てが繋(つな)がっていく。ラスキンの事件の後に、二人にだけわかるように起こった殺人事件とあの血文字。タイミングを計ったように起きたトランスヴァール共和国侵攻事件。そして、アルバート公の祭礼。

すべてがブラウンの手の中で動いているように感じ、エディスは身震いする。

「あの人の正体……女王陛下との関わりは私が考えた通りなのかしら」

声を潜めて問うたエディスに、サミュエルは従僕らしく、身を屈めて耳打ちするふりをして答えてくれる。

「ラリーは君に『ローレンス・ブラウン』と名乗ったからね。間違いはないだろう」

ブラウン。女王を知る者にとって、その姓は特別だ。何を邪推するかも計算した上で、名乗っているのだろう。

「貴方は彼のことがよく解るのね」

なんとはなしに呟いたエディスの言葉に、サミュエルがほんの僅かに眉を顰めた。

「……袂を分かっても、友人だからね。僕が彼の死に水を取らないと、とは思う」

相変わらず無感情な声ではあったが、忸怩たる思いを秘めていることが窺える。エディスは、決意をこめて呟いた。

「……絶対にネガ・レアリテを閉じなくてはいけないわね。あの人の本気だもの」

「…………そうだね」

サミュエルにとってはエディスの参戦は不本意なことなのだろう。同意までの間が、その気持ちを表していた。

祭礼は滞りなく進み、司祭の話が終わったと同時に、おもむろにヴィクトリア女王が立ち上がる。祭壇の前へと進む女王の隣には、皇太子の代わりにソールズベリー侯爵が付き添っている。ソールズベリー侯爵は、名をロバート・セシルという。ヘンリー八世の時代から政治の中枢に食い込んでいる、あのセシル家の人間だ。

女王は次期王位継承者のエドワード皇太子を、公の場では同席させない。夫のアルバート公が皇太子に『殺された』と信じているためだ。今日もここは宮殿内だというのに、彼の姿は見えない。

数ヶ月ぶりに見た喪服の女王は、でっぷりと肥えていて歩くのも億劫そうだった。ヴィンターハルターなどの『凄腕』の宮廷画家の力で、対外的な画像には大いなる美化が為されている。そのため、写真あるいは実物の彼女を見ると、イメージ上の彼女との差異にぎょっとすることがある。実際、エディスはお目見えの儀式で初めて女王に謁見した際に、絵画の中で見ていた凜々しい乙女とは全く違う現実に驚愕した。

絵の力は恐ろしい。意図的に、幻想を作り出すことができる。

ゆったりと歩く生身の女王を見て、エディスは確かにあの喪服の貴婦人はこの人だったと確信する。その目にあるのは、威厳とはまた違う冷たさだった。

フラッシュバックする映像に思わずよろめくと、そっとサミュエルが支えてくれる。

その間にも女王は祭壇へと辿りつき、写真の前で何事かを呟いたようだった。側に控えるソールズベリー侯爵が、持っていた包みを解く。

現れたのは黄金の額縁に入れられた絵画だった。男爵令嬢であるエディスは後方に控えているため、その絵の姿はよく見えない。侯爵は司祭に絵画を預けてから、皆に聞こえるように大声で言った。

「アルバート公の法要にあたってニコライ二世、そしてアレクサンドラ皇后より贈られました、ルーベンスの未発表絵画です。タイトルは不明ですが、ギリシャ神話の軍神アレスと愛の女神アフロディテを描いたものだとのこと。今後の英国とロシアとの関係性を更に強めたいという意思の表れでしょう」

その言葉に、会場がどよめいた。アレクサンドラ皇后は、ヴィクトリア女王の三女アリスの娘だ。つまりは孫夫婦から女王へ贈られた絵ということになる。

ロシアから名画が贈られることは大きな意味を持つ。不俱戴天の仇敵だったロシアと英国が、ドイツ帝国という共通の敵の出現によって、ようやく和解の道を歩き始めたということだ。ヴィクトリア女王にとって、それが自身の孫娘であるアレクサンドラ皇后によってもたらされたという価値は計り知れない。亡き夫の祭礼で絵を披露した理由はわかる。

エディスの位置からは、その絵は見ることができない。けれど、悪い予感があった。

「ルーベンスの描いた、アレスとアフロディテ……？」

確かにルーベンスはギリシャ神話を題材に、幾つもの絵を描いている。トロイア戦争に至る悲劇を題材にした《パリスの審判》、ギリシャ神話の最高神ゼウスの実父である〈時の翁〉を描いた《サトゥルヌス》等、数え切れないくらいだ。アレスとアフロディテの絵を描いていてもおかしくはない。

しかしアレスとアフロディテを一緒に描いた場合、それは不倫の現場を描くことになる。アフロディテには鍛冶の神へパイストスという夫がいるが、当たり前のように彼女は様々な神と浮気を繰り返していた。アレスとの間にも、愛を司るエロスや、ポボスという恐怖を司る神を産んでいる。

大国の女王、それも祖母に浮気を示唆するような絵を贈るだろうか。

実際、貴族の中には妙な顔をしている者も数名いる。彼等には絵画の素養か、あるいは古典の素養があるのだろう。

そもそも「ルーベンスの未発表絵画」という言葉もひっかかる。エディスがネガ・レアリテに巻き込まれたきっかけも、ルーベンスの未発表の絵という触れ込みの贋作だった。不安に思いサミュエルを見上げれば、絵を凝視していた彼が低く呟く。

「贋作だ」

背の高い彼は、後方からでも人垣に邪魔されずに絵を見ることが出来たらしい。自分の目でも確かめようとエディスが伸び上がった途端、不意にサミュエルが左目を押さえた。白い手袋に赤い血が滲むのが微かに見える。

——あの人が、近くにいる。

そのことにエディスが気付くより早く、サミュエルが鋭く、

「来る！」

と呟き、そのままエディスの体を抱き寄せて、後方へと一気に跳ぶ。近くに居た貴族が唖然としたような顔をするが、それも一瞬のことだった。

いきなり建物がぐらりと揺れたのだ。かなり大きな揺れだった。豪奢なシャンデリアが揺れ、壁に掛かっていた絵画や装飾品が音を立てて床に落ちる。

「地震だ！」

最初に叫んだのは誰だったか。慌てふためき、皆、一斉に出口へ殺到する。ソールズベリー侯爵が逃げもせず、よろけた女王を助けるように支えたのは流石だった。

「まず陛下を安全な場所へ！」

叫び声は、巨大なシャンデリアの落下音にかき消された。幸い落下点には誰も居なかったが、一気に火の手が上がる。たちまち炎は燃え広がり、急ごしらえの祭壇を取り囲んだ。女王と侯爵だけが、炎の隔壁の中に取り残されている。

警備の者や一部の議員は自らの危険を顧みず、上着を脱いで火を叩き消そうとして

いるがまったく効果はない。その間にも大多数の紳士達は、我先にと逃げだしていく。

一方、抱え上げられて安全地帯へ移動したエディスは、これがブラウンの仕業だと確信していた。エディスを床に下ろしたサミュエルは、顔の左半分を無造作に拭う。その動作があまりに乱暴だったせいで、左目の下から頬にかけて血がこびりついてしまっていたが、それを拭いてあげる時間はなかった。

何度も感じた、あの感覚が右目に走ったからだ。ネガ・レアリテがはじまるときに起こる、世界が裏返り、何処かへ片足だけ立ち入るような感覚――。

ピィンと、一瞬で空気が凍り付くような音がする。

それを合図に、礼拝室の中に残る僅かな人々が一斉に昏倒したようだった。苦痛の色は一切なく、まるで眠るように音もなくその場に頽れていく。

――一人の例外を除いては。

炎の向こうで金切り声が響く。倒れ伏したソールズベリー侯爵が陰画の世界に染まりゆくのを見た、女王の声のようだった。錯乱しすぎて、ヒステリーを起こしている。女王もまた、陰画の世界でも意識を失わないらしい。

「陛下！」

女王の臣民として、エディスは駆け出した。ふと気がつくと、赤い炎は青みを帯びた、白いものへ変わっていた。ネガ・レアリテの中では、何故か温度をまったく感じない。だから、今なら熱さを感じずに炎の向こうへ行ける筈だ。

「サミュエル、お願い！」

エディスの呼びかけに、サミュエルが頷いた。

「わかってる。……行こう」

以前であれば、エディスを安全圏に残し一人で炎を越えた筈だ。しかし、今は違う。連れだって、そこへ行く。数日前の出来事は、二人の間に確かな絆を生んでいた。

ネガ・レアリテを閉ざすだけならサミュエル一人で十分だ。しかし贋作の罪を送るには、一人だけでは届かない。二人でないと、駄目なのだ。それが、ようやくわかった。人には誰しも、一人では埋められない何かがあるのだ。

サミュエルはエディスを片腕だけで抱き上げると、さして助走もつけずに一気に炎の壁を飛び越えた。そして、恐怖のあまりに喚き散らす女王の前に舞い降りる。

突然現れた二人組に女王はびくりと体を震わせたが、それが若い貴族の娘と青年だと認めた途端、態度が変わる。足を踏みならし、苛立ったように大声を出した。

「一体何をぐずぐずしていたの!? 助けに来るのが遅すぎます！ 早く私をここから連れ出しなさい！」

あまりの傲慢さに、サミュエルは呆れて物も言えないようだ。エディスも驚きのあまり言葉を失う。気丈で毅然とした君主という女王のイメージとは、全く違う。一国の女王陛下の態度としては、幼すぎる。普段は女王らしい言動を心がけているのだろうが、今はおそらく、恐怖のあまり箍が外れてしまったに違いない。

「大丈夫です、陛下。今すぐにお助けしますから……」

女王を落ち着かせようと慌てて声をかけるが、無慈悲にも例の可視の声が礼拝堂に木霊する。ネガ・レアリテが開く兆候だ。

このままではあの骨の卵の中に、三人とも閉じ込められてしまう。なんとかして女王だけでも外に出さなければいけない。宥める言葉を口に出そうとした時、すぐ間近、炎のこちら側に一人の紳士が現れた。

「相変わらず醜悪ですね。思い通りにいかないことには、すぐヒステリーを起こす。あのひとも気の毒に。貴女に逆恨みされたばっかりに、歴代最長の皇太子だ」

口調こそ慇懃だが、冷ややかで侮蔑の念を隠さない声だ。

「ブラウン卿！」

「ラリー!!」

エディスとサミュエルが同時に声を上げる。

その物言いとシルエットは、間違いなくローレンス・ブラウンだ。

「やぁ、二人とも。来てくれて嬉しいよ。花火は派手に打ち上げたい方だからね、観客は多い方が良い」

穏やかなのに、彼が一言発するたびに空間の温度が下がっていく。警戒の色を隠さないエディスに、ブラウンが笑って言った。

「そんなに怯えなくても良いだろう、お嬢さん。私は一人、君達は二人なんだから」

「一人ですって？　あの人は……、貴方の従僕はどうしたの？」

ロシア人の従僕の姿が見えない。罠を警戒するエディスを他所に、ブラウンが和やかに笑う。

「アレクセイは従僕ではないよ。言うなれば後継者かな。彼はまだ人間だから、ネガ・レアリテに入ると昏倒してしまうんだ。だから最初からここへは来ないよ」

「まだ？」

なんだか引っかかる言い方だった。しかし、ブラウンはエディスの問いには答えない。二人の会話に割り込むように、女王が低い声で呟いたからである。

「ラリー。どうして、お前が……」

「お久しぶりですね。お元気そうで何よりです」

ブラウンは紳士らしく帽子を取って挨拶をしたが、そこに敬意は感じられない。まるで幽霊を見たような顔で、女王は震えている。

「お前はあの時、七年前に死んだはず……」

何故か口籠もる女王に、ブラウンが静かに笑った。笑顔なのに、どこか凄愴なものが滲む。そして、彼はそのまま淡々と女王を告発した。

「殺したはず……の間違いではないですか、母上。父が死んで四、五年で新しい愛人を見つけるのは構いません。けれど、その愛人に夢中になるあまり、前の愛人との間の息子を暗殺しようとしたのは頂けませんな」

「ジョン・ブラウン……」

その名を呟いたエディスを、女王とブラウンが同時に見つめる。二人の表情から、予想が正しかったことを知った。

ジョン・ブラウンは、ヴィクトリア女王の個人的な使用人だった。スコットランド出身で、バルモラル城の屋外使用人をしていた時に女王と知りあったとされている。彼は女王の寵愛を受けた人物で、二十二年の長きにわたり仕えていたが、十二年前の三月に傷が元で他界した。

二人の関係は、ただの主従ではなかったとされている。男女の関係であったとか、あるいは秘密結婚をしていたという噂は未だ根強い。奇しくも先ほどのブラウンと女王の会話で、それが証明されたかたちだ。

ブラウンが感心した風に言う。

「君の場合は見えてしまうというよりも、勘が良いと言った方が良いのかな。その通り、私はこの人の息子だよ。息子と言っても、愛された記憶はまるでないけれどね。

むしろ、何度殺されかけたかわからない」

さらりと告げられた言葉は、受け流すには重すぎる。これは女王に対する告発どころか、堂々とした当てこすりだ。普通の神経の持ち主ならば中々立ち直れまい。

しかし女王はすぐさま立ち直ったようだった。立ち直るというよりも、開き直って激昂している。

「お黙りなさい、出来損ない‼ バーティといい、お前といい、どうして私の足を引っ張るの？ お前達は父親とは正反対よ。私に逆らって、私を愛さない上に、愛するものを取り上げようとさえする！ お前たちなんて産まなければ良かった‼」

我らが女王の、帝国の母の言葉なのか。他者に罵詈雑言を浴びせる姿からは、女王の威光はまったく感じられない。子供を自分の所有物としか看做さず、更には出来損ないだと罵る姿は、王家の者としてどころか母親として失格だ。

この時初めて、エディスにもブラウンの底冷えするような憎悪の理由がわかった。女王の暴言に顔色一つ変えていないのは、きっとこれが初めてのことではないからだ。ブラウンに蓄積された歪みに、エディスは思わず顔をしかめた。

「教養の浅薄さは相変わらずですね。賢明な夫に負い目を感じて、教養が碌にない父を選ばれただけのことはある。まあ、その愚かさは貴女だけの責任ではない。祖母の企みによって、まともな教養を授けられなかったことは同情いたしますよ。ただねぇ、その浅慮と傲慢さは、流石に貴女の歪みです。その歪みが貴女の最愛の孫達を滅ぼすのですから、世の中は実によく出来ているものだ」

仮面のような笑みをたたえてゆっくりと歩を進めるブラウンに、女王は身を強張らせるが、彼はそれを無視して通り過ぎ、床に転がったルーベンスの贋作を拾い上げた。

「ロシア人はここ二百年ほどで文化的に進歩したと豪語しておりましたがね。これを見抜けないようでは、やはり大して中身は変わっておりませんな、母上」

贋作だと見抜ける者には通じるが、真作だと思い込んでいる者には伝わらぬ物言いだ。ようやく絵を間近で見られたエディスは、その表現力に目を見張る。

画面には、立派な鎧を纏った男が全裸の女性と何かを語らう姿が描かれていた。構図はティツィアーノが描いた《アダムとイヴ》に瓜二つだ。ルーベンスはかつて、スペイン王フェリペ四世の下で仕事をした折、スペイン王宮所蔵のティツィアーノの作品に感銘を受けて模写を多く残している。おそらくそこからインスピレーションを受け、聖書ではなくギリシャ・ローマ神話を題材に描いたのだろうと予想できた。

ブラウンはああ言っていたが、ここまで素晴らしい出来なのだ、贋作と見抜けぬ者もいるだろう。

しかし、エディスには見えてしまう。

その絵の瑕疵――贋作であるという決定的な証拠が。

この作品には闇がある。ルーベンス作品には決してない、地の底から滲み出るような、怒りにも似た闇だ。画廊で見た絵に感じた、あの闇と非常に似ていた。本物とは圧倒的に存在感が異なる。心の中に突き刺さる輝きはあるのだが、それはルーベンスのものではない。もっと他の、だれかのものだ。けれど奇妙なことに、この絵には贋作から発せられる、羞恥心に身を竦ませる気配がない。他に違う目的を内包するが故に、贋作ではあるが贋作ではない、そんな雰囲気すら漂わせている。

ふと、アフロディテの腹部に違和感を覚えた。ルーベンスは肉感的な女性を描くことを好んでおり、たっぷりと脂肪のついた肢体の女性を「ルーベンス風」と呼ぶこともある。この絵に描かれたアフロディテも例に漏れずふくよかだが、ルーベンス風とは少し違う。妙な張りがあり、腹部の丸さが異なっている。目の前の絵画とこれまで見たアフロディテと照らし合わせ、エディスはひとつの結論に辿り着いた。

このアフロディテは、妊婦だ。伴侶である鍛冶の神へパイストスとの間に子供はいないことから、この腹の子はアレスとの不義の子を意味しているのだろう。

この絵はつまり、浮気をして子を孕んだ女性を静かに非難する絵なのだ。

構図がティツィアーノの《アダムとイヴ》に瓜二つであるのも、アフロディテの愚かさを告発し、楽園から追放されるべきだと暗に訴えているのだろう。

そのことに気付いた瞬間、エディスは咄嗟に女王に向かって叫んでいた。

「陛下！　この絵を見てはいけません‼」

「……ここはどこ？　どうしてアレクサンドラ達がこんな粗末な服を着て、こんなぼろ家にいるの？」

エディスの叫びは間に合わず、女王の目は絵に見入っているようだった。いや、絵に見入っているわけではないのだろう。彼女はこの場所を見ていない。魂さえも、まったく異なる、別の場所にいるようだ。

ブラウンは愉楽に顔を歪めたまま、エディスに向かって言った。

「残念だったね、忠告が少しばかり遅かった。彼女は絵に呑み込まれてしまったよ。まぁ、この人は他人の忠告なんて絶対に聞かない狭量な女だけれどね」

「貴方は一体、女王に何をされたんですか？」

震える声で尋ねたが、あっさりと無視された。答えたくないというよりも、答えても仕方がないと思っているようだった。ブラウンは女王とエディスへの興味を失ったのか、今度はサミュエルに向かって言った。

「あれだけからかったら、いじけて此処へは来ないかもと思ったけれど、中々どうしてしぶといね、君も」

「……今回のネガ・レアリテを閉じれば、彼女の身に危険は及ばなくなる。僕が動く理由なんて、それだけで充分だろう」

サミュエルの答えが面白くなかったのだろう、ブラウンは少しだけ眉を動かした。

「相変わらず生真面目だね、君も。残りの記憶は、君にはおまけ程度なのかな？」

「……彼女の命を駒にしている事実がなければ、そうでもない」

二人の軽いやり取りに対して、エディスは緊張のあまり震えが止まらなかった。腹を括ったとはいえ、怖いものは怖いし、不安なことは不安なのだ。

サミュエルは視線をブラウンに固定したまま、例の筒から日本刀を引っ張り出した。それを見たブラウンが、面白そうに少し笑う。

「君の真面目さは時に滑稽だ。人形故と言うよりも、元からそういう性格なんだろうけれども、難儀なものだね。今回は多分、贋作の罪なんて消せないよ」

「……どういう意味だ？」

ブラウンは笑うだけだ。カンバスを自分に立てかけるようにして床に置く。そしてこの前のように、右手の黒手袋を外した。火傷を負った、白い手が露わになる。

何をするのかと尋ねる間もなく、彼は無造作に己の手首に嚙み付いた。異様に鋭い犬歯が、易々と皮膚を食いちぎり大量の血を溢れさせる。

その血は重力にしたがって、真下に置かれたカンバスへと滴っていく。なぜかアレスには一滴もかからず、まろいアフロディテの腹部だけを赤で汚す。

無残な光景に、エディスはサミュエルの傍らで息を呑んだ。しかし、鮮血に染まる絵以上に恐ろしいものがあった。鋭い犬歯で嚙みちぎられたはずのブラウンの傷が、まるで巻き戻しのフィルムを見るようにあっさり再生していく。

ネガ・レアリテの中では信じられないことが数多起こる。けれど、この現象はネガ・レアリテのせいではなく、ブラウン本人の力なのだろう。エディスは恐ろしさのあまり、子供のようにサミュエルの上着を摑む。右目が一瞬、鋭く痛んだ。

「この絵の罪を、君達は消すことが絶対に出来ない。何故ならこの絵には、罪など最早無いのだから」

嘲笑うような言葉と同時に、キネトスコープの映像のように絵の中の女神が動いた。いつもと一緒だ。今回はブラウンの血で赤く染まった腹部を撫でているようだ。

不意に、ばらばらとアフロディテの上半身の絵の具が剝がれ、例の黒い下塗りが顔を出した。闇が蠢き、恐ろしいものが這い出て来る強烈な気配がある。

「地獄は地獄を呼ぶ（Abyssus abyssum invocat.）。そして、どこにでも地獄はあるものさ」

ブラウンの声に導かれ、カンバスが血が滴った跡をなぞるようにぱつりと裂けた。瞬間、アフロディテの下腹部に歪な門が生まれる。赤黒い、闇の門だ。

その空間から這い出てきたものは——まさしく恐怖だ。

ぷくぷくとした可愛らしい手。ふっくらとした薔薇色の瑞々しい肌が、暗闇から這い出てくる。それは、あどけなく、いとけない赤ん坊の姿をしていた。アレスとアフロディテの間に生まれた不義の子ポボス——恐怖の神が生まれようとしている。

エディスとサミュエルは、固唾を呑んでその光景を凝視していた。足が竦んで動けない感覚にとても近い。ただ茫然として見ていることしかできなかった。赤ん坊の全身が絵から出る寸前、金縛りが解けたようにサミュエルが動き出す。

「ここから離れて、エディス・シダル！」

軽く突き飛ばすようにしてエディスを動かすと、腰を落とし刀を構えた。一拍おいて弧を描く閃光が煌く。エディスは慌てて目を瞑った。赤子の柔肌に、青く光る刃が食い込むと思ったからだ。

しかし鋭い音にそっと目を見開けば、肌を切り裂くはずの刃が跳ね返されていた。まるで鋼に切りつけた時のような音だ。サミュエルがその手応えに舌打ちをする。

「これは……、あちら側、そのものか！」

呟くやいなや、エディスを抱えて赤子から距離を取った。完全に絵から抜け出た赤子が襲いかかってくるのを懸念してのことだろう。けれど赤子は二人に見向きもせず、よちよちと這いながら茫然と立ち尽くす女王の足下へと向かった。その指が、女王の喪服の裾にかかる。

「陛下！」

呼びかけても、女王は何の反応も示さなかった。中空の一点を見て、茫然としているようだ。ブラウンが静かに言った。

「無駄だよ。彼女は今、未来を見ている。近い将来起こる、自分の蒔いた種が発芽して生まれた災いをね」

「未来？」

鸚鵡返しのエディスの問いに、ブラウンが顔を歪めてにこりと笑う。

「君は若いし、上流階級の人間なのだろう？　わからないだろうから、教えてあげよう。クラウィスの言うとおり、これは《あちら側》そのものさ。生まれてくることのなかった者達とでも言おうかな」

「生まれなかった……ってどういう……」

「英国は何せ、六十軒に一軒が娼館だ。わかりやすく言うと、堕胎された子供達だね。神と同じく、手に余るからと捨てられた。彼らは神の名残との親和性が高いんだよ。私も親に捨てられた子供だからね、命を賭ければこの程度は顕現できる。ラスキン卿の思念より、見苦しくはないと思うがどうだろう？」

茫然とするエディスに、ブラウンは天使のように微笑んだ。

ラスキンは、神の名残と己の心の歪みを顕現させ、男の歪んだ理想とも言えるファム・ファタール《アラクネ》を生み出した。

では、ブラウンが顕現させた、この愛らしい赤子の意味は？　母の愛を求めたかつての自分、というようなロマンチシズムに溢れたものではきっとないだろう。恐れを感じながらも、エディスはブラウンを睨(にら)みつけた。

その態度がお気に召したのか、至極愉快そうに赤子を指し示した。

「ラスキン卿のあれは、彼の影と欲望だ。欲望はこの世に根ざしているから、《こちら側》のものだね。しかし、私が呼びだしたものは《あちら側の魂》そのものさ。この世に生まれてくることも出来ず、更には何も憎むことのない純粋な子供の願いだよ。彼らはこの世のものでは、止められない。さて、お嬢さん。君はどうやってこれを救(止め)うかね？」

ブラウンの言葉にエディスは考え込む。生まれてこなかった子供の願いとは、何か。別の母から生まれ直すことではないのだろう。出産どころか、男性も知らないエディスには想像もつかなかった。

茫然とする彼女を尻目(しりめ)に、ブラウンはサミュエルに向き直る。

「さて、答えが出るまで暫(しばら)く時間がかかりそうだ。その間、私達はお互いの仕事をしようじゃないか」

「……彼女に累が及ばないと、貴方が保証するのならいくらでも付き合おう。但し、僕は多分、手加減は出来ない質(たち)だと思う」

　この期に及んでも少女を巻き込むまいとする自動人形が滑稽で腹立たしくて、ブラウンは笑いを堪えきれない。それが不快だったのだろう、サミュエルの眉間にわずかにシワがよる。少し見ぬ間に随分と人間らしくなったものだ、と心のうちで呟きながらブラウンは答えた。

「勿論さ。彼女には別の課題があるからね。巻き込む気は最初からないよ。それに、私は君と遊びたいんだ。この遊びに、他人を入れる気はないさ」

「……わかった」

「ではお嬢さん、制限時間は私たちの戦いが終わるまでだ。そんなに時間はないから急ぎたまえよ」

　ブラウンは持っていた絵を思い切り引き裂くと、そのまま黒い炎の中へ放り投げる。カンバスが、ボッと音を立てて燃えだした。

「なんてことを……！」

　思わず飛び出した非難めいた言葉に応えず、ブラウンは手袋をはずしたままの右手を前にむけて呟く。口元には笑みが浮かび、殺し合いを心底楽しみにしていることがわかる。一方のサミュエルは相変わらずの無表情だ。しかし、エディスには無表情であろうと努めているように見えた。

「孤は汝。汝は孤、其は他を害ねる我として」

ラテン語で呟かれた呪文のような言葉。それが終わるやいなや、ブラウンの手元から色とりどりの花が零れるように現れる。

アネモネ、アザミ、アングレカム。ベゴニア、ペラルゴニウム、スミレ。

夥しい種類と量だった。そして、いずれもシンボル学上で重要な意味を持つ花だ。本来は美しいはずのそれが、数の暴力のせいか悍ましく見える。

「では、いこうか」

その言葉を合図に花の塊が、一気に膨張してサミュエルに殺到する。

雪崩のような花に呑み込まれ、あっという間に姿が消える。たかが花の塊とはいえ、あれだけの凄まじい質量に押しつぶされては無事ではすむまい。

「サミュエル‼」

縋るように叫ぶエディスに、ブラウンが明るく笑って告げる。

「大丈夫、大丈夫。あの程度で壊れるくらいなら、私だって遊ぼうという気にはならないからね。君は人形の心配よりも、自分の心配をした方が良いんじゃないかい？　君はプレイヤーでもあり、賞品でもあるんだ。このままでは君達の負けになるよ」

一方的に押しつけてきたくせに、と一瞬腹が立ったが、たしかに怒るより先にやることがあるのも事実だ。贋作達を、贋作から生まれたあの反秩序の王達を救えるのは、今はエディスだけなのだから。

鑑定した評論家の評判を落とすためだけに作られた、最初のルーベンスの贋作。
真作の隣に飾られ、要らぬ罪悪感と羞恥心を刺激され続けた、ターナーの贋作。
《あちら側》を引き出す扉となるために、破壊を前提に作られたルーベンスの贋作。

　どれもこれも、人の明確な悪意によって、自分のものではない罪を背負わされた存在だ。全く理不尽な罪だろう。にもかかわらず、彼らは生み出した人間を憎むこともなく、ただひたすら己自身の存在を呪っていた。

　ネガ・レアリテという空間は、心が《かたち》を取る場所である。彼等のあの姿は、己の罪の十字架だった。だから皆、歪で禍々しいのに神々しい。一方で、異形を食い尽くしたラスキンの妄執を見ても解るとおり、人の手から作り出された彼等は、決して人には抗えない。

　哀しくて、弱い。人の罪の《かたち》を背負わされたもの。

　エディスは女王と赤ん坊に視線を戻した。赤ん坊はとても愛らしく、思わず抱き上げたくなる。これが人の罪を背負わされたものであるなら、この《かたち》は一体何を意味するのだろう。

　思考に耽るエディスの耳に、震える声が届く。

「アリックス……。どうしてこんなことに……。私のせいなの？」

アリックスとは、アレクサンドラ皇后の名前だ。女王は赤ん坊を足下に纏わり付かせ、虚ろな目で一点を見つめたままだ。見開いた瞳からは滂沱の涙が流れている。凄まじい後悔に襲われながら、惨劇から目を離すことを許されずにいるようだった。

一方で足下に縋る赤子は、紅葉のような小さな手を精一杯伸ばして女王に何かを訴えかけている。その健気な姿が、エディスの胸を打つ。最初に絵から這い出てきたとき、赤ん坊から言いようのない恐怖を感じたことは確かだ。けれど、今は恐れ以上にこの子を救いたいという気持ちが強くなっている。

赤ん坊は憎悪の《かたち》の一つではあるのだろう。しかし、憎悪だけの存在ではないはずだ。

女王に手を伸ばしているのも憎しみからではない。ただ、母の温もりを欲しているようにエディスには思えた。だって、あんな寒いところにいた子なのだ。

――寒いところ？

何故今、赤子が寒いところから来たと、当たり前のように考えたのだろう。

自分の思考の矛盾に気づいたとき、エディスは自分が「知っている」ことを思い出した。陰画と陽画の世界を越える感覚も、陰画の世界の先が凍えんばかりの氷の世界だということも。

彼女は知っている。なぜならば……

——私は、《あちら側の世界》に行ったことがあるからだ。

思い当たった瞬間に、氷の匂いと、冷たい空気の音が一気に蘇る。

五歳の頃、百日咳で死にかけた。母の話では数分間、呼吸が止まっていたらしい。医者の治療で蘇生をしたと言われたが、それだけではないことを、エディスはもう知っている。息を吹き返すまでの間、エディスは《あちら側》に立っていた。

そこは、とても寒い場所だった。

凍てつき、果てしなく続く大地。僅かにぽつん、ぽつんと捻れた木が立つ以外は、草一本見当たらない。五歳のエディスは、泣きながら素足で歩き続けていた。

寒いし足は痛いし、喉は渇くし、お腹が空いてたまらなかった。でも、何処を見ても食べ物はもちろん、水たまりさえもない。途方に暮れて、しゃがみ込んだエディスの前に現れたのが《彼女》だった。

少女はエディスとよく似ていた。違うのは、目の色くらいだ。

エディスが空の碧の目であるなら、彼女は深い海のように澄み切った翠だった。深海の目を持つ少女は、いつの間にかエディスを見下ろしていた。

言いようのない懐かしさを少女に感じた。

『帰りたい？』と彼女は訊いた。

『帰りたい』とエディスは言った。

すると彼女が言ったのだ。

『私の右目と貴女の右目を交換してくれたなら、ここから帰してあげる』

エディスは一も二もなく頷いた。その子は嬉しそうに笑って言った。

『ありがとう。よかった、これで、私も――』

その後、彼女が何をしたかは覚えていない。とにかくエディスは右目を交換した。

そして、気付いたらベッドの中にいたのだ。両親と二人の兄が涙で顔をくしゃくしゃにして、目覚めたエディスを抱きしめてくれた。交換したはずの右目は翠色を微かに滲ませるようにはなっていたが、目立った変化は特になかった。

だからあの世界を夢だと思い込み、何時しか忘れてしまったのだろう。陰画と陽画の世界を渡る感覚が懐かしいのは、既にそれを経験していたからだ。

そしてエディスは総てではないが、今必要なことはとりあえず理解した。

赤子の願い。わかってしまえば答えはとても単純なことだ。

《あちらの世界》はとても寒かった。しかしこの子達は、あの世界に最初からいたわけではない。《こちらの世界》で生まれる前に、あっちへ送られてしまった子供達だ。実の母親によって。無責任で無自覚な父によって。もしくは両親から拒絶されて。

生まれるべき世界へ足を踏み入れられず、氷の世界に突き落とされた。

彼らが欲するものは、きっと一つだ。

エディスはゆっくりと女王の側へ歩いて行く。

「おいで」と声をかけながら、足下の赤子を抱き上げた。柔らかそうな薔薇色の肌は、氷のように冷え切っている。赤子が僅かに瞬いた。なんだか呆気にとられたような顔である。その様子が何処かの誰かに似ていて、エディスは思わず微笑んだ。

不思議そうに赤ん坊が、エディスの頬に手を伸ばす。触られた頬から体温が失われていく。その冷たさも、彼に似ていた。

「あんなところにいたんだもの、寒かったわよね」

そう呟いて、赤子をぎゅっと抱き締める。熱がどんどん奪われていくのがわかったが、気にしなかった。サミュエルにも告げた通り、エディスは体温の高さが自慢なのだ。熱くらい、いくらでもわけてあげられる。

ネガ・レアリテを閉ざそうとか、そういう思いはエディスには最早無かった。凍えるような冷たさの赤子を、ただ温めてやりたい。その思いだけしかない。

これが正解かは正直わからない。けれど、あの寒さを知る者だからこそ出来ることがあるはずだ。赤子を抱くのは初めてで、おそらく上手ではないだろう。強く抱いたら潰れてしまいそうだから、おそるおそるという感じだ。

それでも、熱が伝わっているのだろう。赤子が微睡むように目を閉じた。

温もりを知らないこの子に「温かさ」が少しでも伝わりますように。

——私があげられるのは温もりだけだけど、全部あなたにあげる。だから、覚えておいてね。

心の中で呟いて優しく微笑むエディスの目に、赤子の輪郭が、ぼんやり滲んだ。


噎せ返るような花の香りの中で、殺し合いは続く。殺し合いというよりも、壊し合いというべきかもしれない。

開始早々に花の津波に吹き飛ばされたサミュエルだったが、瞬時にそれを突き破りブラウンへと襲い掛かった。

緋い眼光が空中に線を描く。鞘を捨て空中で大上段に振りかぶった刀を、サミュエルは勢いと重力を利用して一気に振り下ろす。その動作に躊躇いは一切ない。

雷光のような一撃を躱すのは、おそらく何人にも不可能だろう。必殺の一撃とも言えるそれを、ブラウンは正面から喰らった。肩口から胃の辺りまで斬り込まれ、ごぱっという、ひとかたまりの音とともに、その身体から血が繁吹く。

普通の人間ならば即死だろう。しかし、ブラウンは傷口を見て微笑むと、サミュエルの顔面を掴み後頭部から大理石の床へと叩きつけた。ぐしゃりと妙に硬質な音の後で、飛び散る破片がその勢いを物語る。片手で刀を引き抜き、もう一方の手でサミュエルの後頭部を大理石に押しつけ続ける。

刀を抜いた瞬間に上半身から血が流れるが、致命傷にはならないらしい。流血を気にする様子もなく、手の中の頭を砕かんと更に腕に力を込める。

「まったく、この間も言ったけれど、君は本当に零か百かしかないね。私が普通の人間だったら即死だと何回言えば……」

「貴方は、普通の人間ではないからな」

愉しそうな言葉を遮り、サミュエルが足を振り上げる。その足裏は、ブラウンの顎へと真っ直ぐ入った。石が砕ける様な音と同時に、ブラウンの身体が数メートル後ろへと吹き飛ばされた。

メリッと音を立てて身を起こすと、サミュエルは床に転がる刀を拾い上げた。倒れもせずに床に着地したブラウンが、顎を撫でて苦笑した。

「確かにね。でも、肉弾戦では如何したってこっちが不利だ」

言いながら、傷口がふつふつと粟立つような動きを見せる。瞬きの間に泡が消えると、半分以上引き裂かれていたはずの上半身は元どおりに戻っている。

しかし、サミュエルとて、傷が消えるまでぼんやりとしていたわけではない。会話の間にも膝を曲げ、今度は逆袈裟に斬り上げた。その一撃をギリギリで避けながら、ブラウンが笑う。

「肉弾戦は私に不利だと言っているじゃないか。私が境界を消せるのは、精々右手くらいしかないのだから」

「……だからだよ、ラリー」

サミュエルの言葉は簡潔だった。足下に狙いを定めた刀の切っ先を、花を用いて外しながら、ほんの少し口を歪めてブラウンが尋ねる。

「なるほど。この間返した君の記憶に、私達の殺し方もあったのかい？　急所ばかりを狙ってくるね」

「……体が勝手に動くだけだ」

「半分だけでは、その程度か。銀貨も無いようだし、私にも勝機はあるね」

銀貨とは、貸し金庫の中にあった三十枚のあれのことだろう。どういう意味があるのかわからず、剣筋にほんのわずかな綻びが生まれる。ブラウンはそれを見逃さなかった。

「私と君の付き合いは、君が覚えているより長いんだ。だから、君の癖や弱点も大体わかるよ。君の死角の死角もね」

天使のように微笑む男の姿が、視界から一瞬だけ消える。その影を捉えるより迅く、ブラウンの顔が間近にあった。

「なッ……」

ガードする間もなく右腕――輪郭のないその腕が、サミュエルの胃の辺りに潜り込む。激痛などという軽いものではない。腹の中を直接掻き回され、ごぷっと口から金臭い血液が大量に零れる。

「君はね、右目の視力が左よりもほんの僅かに劣るんだ。劣るというより、見えない領域が僅かにあるとでもいうべきかな。自分でも気付かなかったろう？」

一度貫かれてオリジナルの部品ではもうないからね、と至近距離で腹を抉りながら、のんびりとブラウンが言う。サミュエルはその声を遠くで聞きながら、腕を振り上げる。次の瞬間、愉悦に浸っていたブラウンが息を呑んだ。腹を抉っていたはずの右腕が、肘の辺りからバッサリと斬り落とされていた。

サミュエルはなおも追撃を止めず、返す刀で心臓に刀を突き刺す。きっちり上に刀を返すことも忘れない。

ブラウンの表情が初めて硬化する。上に返された刀は、最初の袈裟斬りと同じ場所をなぞっていた。よろめく相手を睨みながら、その隙にサミュエルは腹の異物を取り除く。大量のケーブルや歯車を掴んだままに出てくる腕を、無造作に捨てる。

「……驚いたな。まさか、この状態でまだ動けるとは」

顔を歪めて呟くブラウンに、サミュエルは答えなかった。答えられなかったという方が正しい。喋れば苦痛の声が漏れそうになるから、あえて一言も口を利かない。この男に苦痛の声を聞かせるのは癪だ。

口の中に溜まった血を吐き捨て、無言で刀を青眼に構える。一方、ブラウンは、心臓の辺りを押さえて呟く。

「さすがに二度目では、修復に時間がかかるか。私は君を少々甘く見ていたようだ。いや、昔なじみのよしみで、うっかり手加減をしてしまったというべきかな」

会話の間にも、その肉体は再生を始めている。失った右腕の切り口から骨が伸びてその周りを血肉が覆い、あっという間に右腕が元どおりになる。まるで映画の逆再生のようだ。以前の右腕と寸分違わないことは、掌の火傷の痕が示している。

「因果が固定されているからね。《転化》した後で君につけられた傷だから、どうにも治らないんだよ」

何てことないことのように、右手をひらひらとさせながらブラウンは答えた。思わず血が絡んだ声でサミュエルは聞き返す。

「因果?」

「ネガ・レアリテを閉じられたら、記憶も戻るさ」

それにしても、とブラウンは視線を逸らして呟いた。

「あの娘は中々凄いね。あっさりとアレを救ってしまった」

それを聞いたサミュエルは、焦ったようにエディスの方へ視線を向ける。どうやら、あの赤子を抱いているらしい。穏やかで静かな横顔から、何故だか目が離せない。

ふと気がつくと、陰画の世界が罅割れている。赤子の姿も薄まっていく。方法は分からないが、あの娘はどうやら一人で『神』そのものを流してしまったようだ。

しかし完全に赤子が消えた瞬間、彼女がふらっとよろめいた。そのまま床へと頽れる。遠目からでも顔色が真っ青なのがはっきりわかった。血の気がない。

倒れた場所の近くには炎の壁が揺らめいている。陰画の世界で熱がなくとも、元の世界に裏返れば炎は炎として灼かなのだ。このままでは焼けてしまう。

「エディス・シダル!!」

思わず駆け寄ろうとするサミュエルの進路に、ブラウンが立ちはだかる。

「まだこちらは終わっていないよ。彼女があれを流してくれたおかげでね、もう一枚の扉の鍵が手に入った。これでようやく本気が出せる」

「まさか……」

「あれを流す瞬間だけ、黄泉の扉が一瞬開く。その時を待っていた。あちら側の果ての果て、罪なき別世界を呼び込むための道具はそろった。あとはそのドアストッパーを構築するだけでいい」

シェオル――伝承で伝わる黄泉の名前だ。神への祈りさえ許されぬ、完全な無の世界。ブラウンはあえて《あちら側》そのものを呼んだ。エディスがそれを流すことが出来るとわかっていたからだ。最初から黄泉への扉を開かせて、固定するつもりだったのだろう。つまり、この戦闘は単なる時間稼ぎだったということだ。

すべてが仕組まれていたことに気づき、サミュエルは舌打ちをこぼす。

「馬鹿な……！　彼女がそれを為せなかったら如何するつもりだったんだ！」

「どうもしないさ。その場合はこの世と《あちら側》が地続きになるだけで、死人の山の行き先が変わる程度だ。私の望む世界か、私の望まない未来かの差でしかないよ。いずれにせよ、人が沢山死ぬのを見られる」

事も無げに言い放つと、ブラウンは底光りする目で唇を薄く吊り上げる。唇の端から覗く白い歯がやけに鋭く見えた。

「貴方は……！」

この男の性格の悪さや周到さは天下一品だったと、失った筈の記憶が何処かで囁く。すべてが時間稼ぎだったとすれば、卵が出来上がるのはこれからだ。生まれ出るのは、今度は何を依代にするのか——。

そのことに思い当たった瞬間には、サミュエルの身体はもう動いていた。抉られた腹の痛みに構っている暇は無い。焦燥だけが身体を突き動かしていた。蒼い光が一閃し、真っ直ぐにブラウンの首筋へと吸い込まれていく。

しかし、それが血肉を裂くことはなかった。切っ先が届く寸前に、ブラウンの真隣に巨大な一本の軸が突き立ったからである。刀はそこにあたって跳ね返された。

「くッ……！」

二撃目を放つにしても、軸の存在が邪魔をする。ネガ・レアリテが建てられる為（ため）に生まれる軸とは少し違う。漆黒ではなく、深紅（しんく）の軸だ。表面には、薔薇（ばら）の模様のようなものが浮かんでいる。

「これが三本目の釘（くぎ）だよ。クラウィス」

ブラウンが発した釘という単語を聞いて、サミュエルはないはずの記憶が繋（つな）がっていくような感覚に陥った。

「釘（clavus）……？」

思えばブラウンはラテン語をよく使う。そしてラテン語での釘の読み方は、クラウィスの筈だ。何故、自分は釘（クラウィス）と呼ばれるのか。その理由を確かに知っている筈なのに、思い出せない。記憶を奪われたことだけが原因ではない筈だ。

逡巡（しゅんじゅん）している間に、ブラウンは二手目を打っていた。そっと軸に手を添えると、一気に右腕を肘まで突っ込んだ。軸の真ん中に亀裂が走る。同時にサミュエルの頭が割れるように鋭く痛んだ。

「ぐっ……」

「血の記憶、というのは面白いね。体験したわけでもないのに、それは確かに君の体に流れていて、赤の他人の私が扱える。君を作った者は、どういうつもりで君にその血を与えたのか」

「それは、どういう……」

問いの答えは永遠に返ってこなかった。突然に軸が砕けたからだ。凄まじい激痛がサミュエルの頭を駆け抜けるが、それよりも問題は軸の中身だった。

砕けた軸から覗くのは、明らかに別の世界の入り口だ。見知らぬ筈の景色に既視感があることに驚愕する。

――僕は、この向こう側を知っている？

思考を遮るようにブラウンは、なおも告げた。

「さて、そろそろ時間だ。永遠の夜、シェオルの顕現を始めよう。三人分の王の血と、始祖の血があれば、世界の殻を破ることは簡単だからね」

気づいた時には間合いに入られ、有りえないと思う間もなく、右手で背骨を摑まれる。身体の中で、何かが砕ける音が聞こえた。脊椎の幾つかが割られたようだ。

「……！」

苦痛の声も上げられない。痛みとも痺れとも言えない感覚に、サミュエルの目の前に火花が散り、思考が飛ぶ。

ブラウンの指が動く度、パキン、パキンと胸椎の横突起が折れる。第三胸椎から第七胸椎までの横突起と棘突起を連続で折られ、その度に、目の裏に雷に撃たれたような光が舞った。背骨を責められる毎に感覚が狂っていく。

脊椎を面白そうに弄りながら、ブラウンが感心したように呟いた。指の腹でパキパキ横突起を折りながら、素材を分析しているらしい。

「脊髄部分は生体だと聞いていたけれど、芯の部分は銀製か。なるほど、それに骨細胞を寄生させ、元の骨を食い取り、増殖させて入れ替わらせる感じかな。これはノインテーターの因子だね。それも、かなり旧い」

「ノイン……テーター？」

その単語が、遠のきかけた意識を引き戻す。その反応が伝わったのだろう、ブラウンが背を砕く手を止めた。

「記憶を奪っても、摺り込まれたものは消えないか。やはり人と違って面白いね、君は。そういうところも気に入りだったよ」

含むような物言いだったが、理解はできなかった。理解しようとした瞬間、脊椎を砕く作業を再開されひとつ砕かれるごとに思考が飛んでいく。ブラウンはなおもサミュエルの生体について分析を続けているようだが、その声はほとんど届いていない。

背骨に絡む何かを引かれ、全身にまったく力が入らなくなる。脚が萎え、その場にへたり込みそうになるが、背骨を握られている為にそれさえもままならなかった。痛みがあることで、意識を飛ばさずに済むことだけが救いだ。

ブラウンは至極上機嫌で、サミュエルを引き摺ったまま倒れ伏すエディスの元へ歩いて行く。もしかしたら魂が抜けたように茫然(ぼうぜん)としている女王の元へ、かもしれないが、大差はないだろう。

「……彼女に、さわ、るな……」

背骨を責められ、腹部からは血液だの千切れたケーブルだの、様々なパーツが零(こぼ)れ落ちている。それでも辛うじて動く口だけで、絞り出すように声を出した。

当然ながらブラウンはサミュエルの言葉を聞き入れはしない。一顧だにもしなかった。何故か異様に不機嫌な声で言う。

「それは出来ない相談だよ。彼女には『あれ』を見られているからね。自分の恥部を知る人間を生かしておけるほど、私は寛大ではない。それに、ネガ・レアリテの中で意識を保てる娘だ。贄(ニエ)にはぴったりさ」

「……贄?」

不吉な単語に体を動かそうとするが、背骨を弄られ一切の力が入らない。出来たのはブラウンの言葉を鸚鵡(おうむ)返(がえ)しにすることだけだった。

「全部知ってしまったら面白味がないだろう。君はそこで見ていると良い。世界の殻が破れてこの世が裏返れば、きっと君も幸せになれるよ。何せ、何もかもがひっくり返るんだから。ありとあらゆる不幸な人間は、皆幸せになれるかもしれない。まぁ、この世界に真実に幸福な人間がいたとして、の話だけれど」

そう微笑みかけて、ブラウンは眠る少女の顔を覗き込んだ。手を伸ばしながら呟く。

「ラスキン卿のアカンサスには参ったけれど、彼女の花は何だろうね、クラウィス。薔薇でなければ、まぁ何だって良いんだけれど」

「止めろ、ラリー……！」

今にもエディスに触れそうなブラウンの腕を、サミュエルの右腕が摑んだ。

「ここまで壊してもまだ動くか。意思が肉体を凌駕するケースは人間には往々にしてあるけれど、自動人形もそんな機能がついているものなのかい？」

興味深そうに呟きながら、ブラウンは腰椎の一部をまた破壊する。

「あ、がッ……」

背骨が砕ける音と同時に、腕から一気に力が抜けた。

「一番丈夫な箇所に体の制御を集中させるという作りはいろんな生物に見られるけれど、背骨というのは考えたものだ。心臓や頭と違い、すべて破壊するにはパーツが多くて手間がかかるし」

「……そんなことはどうだっていい。あの娘を……」

絞り出すように発せられた制止の声は、当然ながら意味を持たない。

「往生際が悪いね、君も。先に君から始めようか。そうすれば、静かになる。ただ、君の花は薔薇だからなぁ……」

苦笑しながらもブラウンが、サミュエルに向き直った瞬間だった。膝裏を小さな、けれども思いもよらない衝撃が襲った。よろめいた拍子に、サミュエルの背骨から手が離れる。

「なッ……！」

ブラウンが慌てて体勢を立て直して振り返れば、そこには気を失っているとばかり思っていた少女が仁王立ちをしていた。どうやら、彼女に膝裏を蹴り上げられたらしい。

エディスは血まみれのサミュエルに気づくと慌てて駆け寄った。呪縛から解放されたサミュエルもまた、彼女を抱き寄せてブラウンから距離を取る。

「サミュエル、大丈夫!?」

「大丈夫か、エディス・シダル！」

同時に互いの安否を確認する呼びかけが響く。エディスは顔色は悪いが、怪我はない。サミュエルは怪我がない箇所のほうが少ないが、一応会話はできている。お互いの無事を確認し合う二人を切り裂くように、パンと手を叩く音がした。

膝の辺りについた埃を払いながら、ブラウンが愉快そうに尋ねる。

「……まったく、随分なお転婆だね、お嬢さん。貴族の娘が、一体どこでこんな技を覚えるんだい？」

「絵描きの常識だわ」

敢えて軽口のように答えた。完全な虚勢ではあったが、そうしなければエディスは立っていられない。非力な娘が体当たりしたところで、大の男がよろめくわけがない。しかし、膝裏なら別だ。僅かな力でもバランスを崩せる。

デッサンを学ぶとき、多くの教師は人体の仕組みについて必ず教える。手足の可動域や、関節の動き方などがわからなければ、きちんとした人体が描けないからだ。絵の知識がとんだところで役に立った。

「なるほど、君は本当にイレギュラーな存在だ。君をゲームに参加させたのはやっぱり間違いだったなぁ」

「勝手に巻き込んでおいて、随分な言い草ではありませんか、ブラウン卿。私だって、好きでこんなことをしたわけではないのですよ」

微笑みながらあえてゆったりとエディスは言葉を返す。内心は焦っていたがそれを表に出すわけにはいかなかった。今出来るのは、サミュエルが少しでも回復出来るように時間稼ぎをすることだけだ。声に怯えが出ないよう、顔色が変わらないように、サミュエルの腕をぎゅっと掴んでしまうのは許して欲しい。

思わぬ苦情に、ブラウンは片眉だけを器用に持ち上げた。

「面白いお嬢さんだ。この間会ったときより、なんだか強くなったみたいだね。若者は良いね、成長が著しい」

「好きでこうなったんじゃありません！」

まったく嬉しくない褒め言葉に思わず言い返す。ふと、サミュエルがちらっとエディスの目を覗き込んだ。その視線に、瞬きで答える。

二人の無言のやり取りを優雅に眺めていたブラウンだったが、小さく零した。

「初めて君と出会ったとき、きちんと殺しておけば良かった。そうすれば、少なくともこの苛立ちなどは感じずに済んだだろうし、横取りもなかっただろうさ」

「横取り……？」

「やっぱり君は無自覚なのがいけないね。善良すぎて、皮肉もろくに通じやしない」

冗談めいた口調だったが、どことなく真剣さを帯びている。いつも柔和な微笑みを浮かべている顔も珍しく真顔だ。さて、と呟き、ブラウンはエディスの目を見つめる。

「お嬢さん、そろそろ時間だ。私の望まぬ未来のためにも、ここで世界を裏返さなければ。だから申し訳ないが、これですべて終わりにしよう」

話が打ち切られる気配に、エディスは慌てて口を挟む。サミュエルの為にも、もう少し時間を稼がねばならない。

「貴方はどうして世界を裏返したいんですか？　十分な力があって、お金もあるのでしょう？　多くを望まなければ、幸せになることは容易ではないでしょうか」

生意気なことを口にしている自覚があった。望む人間に望むなと伝えることは傲慢以外のなにものでもない。エディスは羞恥に必死に耐えていたが、じっとその様子を見ていたブラウンが呵々と笑った。

それは今までの薄い笑いではなく、心の底からの笑いだ。

「面白いことを言うね。満たされるということと、空白を抱えたままというのは全く違うことだよ。君もそのことをわかっていて訊いているのだから、始末におえない」

「それは褒め言葉として受け取っておきますわ、ブラウン卿。なら、世界を裏返せば貴方の空白は埋まるのですか？」

詰問するような口調になってしまった。けれど、この問いは核心に迫るもののはずだ。エディスには不思議な確信があった。

「私は親に捨てられた子供という事実をひっくり返したいがために、ここまで堕ちたようなものだからね。そもそも捨てられただけならまだしも、新しい愛人を作るのに邪魔というだけで殺されるだなんて、まったく、あまりに惨めじゃないかね？」

ブラウンの淡々とした答えに言葉を失った。そう言えば彼は、ここに現れた時にも

言っていた。「死んだはず」と告げた女王の言葉を、わざわざ「殺した」と言い換えていた。それでも信じられず、

「殺された……？」

思わず素の声が出てしまったエディスに、ブラウンが優しく言った。

「私があの女とジョン・ブラウンの隠し子なのは、君も知っての通りだよ。父が存命の頃はまだ良かったんだけれどもね。死後はいけなかった。あの女は依存体質というか、自分を支える見栄えの良い男がいなければ片時も生きていけないんだ。だから、新しい愛人をすぐに見つけた。喪服なんか着て、いかにも貞淑な未亡人を気取りながら、裏では男をとっかえひっかえだ。この厚顔さはどこから来たんだろうね？」

皮肉な笑みで語られる言葉は終わりがない。口を挟むこともできず、ただ呆然と話を聞いていた。

「新しい愛人を見つけて、ついに私という存在が邪魔になったようでね。護衛に命じて、私を暗殺させたんだよ。母に疎まれている自覚はあったけれど、まさか殺される程憎まれているなんて思いもしなかったからね。油断した。クラウィスは呼び出しに同席すると言い張ってくれたんだが、断ったばっかりに、私は殺されたわけだ」

「でも、貴方は……」

生きているではないですか、と続けようとした言葉はブラウンによって遮られた。

「私は一度、確かに死んだ。しかし、運がいいのか悪かったのか、死の直後に《転化》したのさ」

「転化……？」

エディスの呟きと同時に、サミュエルの腕がびくりと震えた。表情はまったく変わらない。彼の腕に触れていたから、動揺に気付くことができた。エディスは大丈夫と励ますように、静かに彼の手に触れる。ちらっとその動作を見るだけで、サミュエルは何も言わなかったが、落ち着きを取り戻したらしい。動揺が収まる気配が伝わった。

二人の無言のやり取りに気付かずに、ブラウンは話を続ける。

「生ける屍、復活者、様々な呼び方があるけれど、私の場合は、《安息を奪われた者》という部類かな。死の間際、つい、うっかりと神を呪ってしまってね。そのせいで、天国の門は勿論、地獄の門まで閉ざされた。私の身体を巡るのは神に呪われた血であって、その血の乾きをおさめるためには他者の血がいる」

その説明を聞いてエディスの頭によぎる存在がいた。ポリドリやシェリダン・レ・ファニュの小説で読んだことがあった。

「吸血鬼……」

「そういう名称で呼ばれることもあるね」

あっさりと肯定され、エディスは戸惑った。吸血鬼など、おとぎ話の怪物でしかない。しかし、胸の蓮が静かに語りかけてくる。前回のネガ・レアリテでの出来事が、脳内で繋がっていく。

――だからあの時、陽光が差したことで、ブラウン卿は退いたのね。

動揺することなく事実として受け入れた様子を見て、茶化すようにブラウンは問いかけた。

「おや、笑わないということは、きちんと信じてくれたのかな」

「……ええ。でも、吸血鬼は、十字架が苦手だったと記憶していますけれど……」

建前として、今日この場所で行われていたのはアルバート公の法要だ。あちこちに十字架や聖書が置かれているが、ブラウンがそれを恐れる様子はない。

「十字架や聖なるものが吸血鬼の弱点だというのは、教会の嘘だよ。だって、我々の中でとうに神は死んでいるんだ。死んだ神に何の力があるのかね？」

薄く開かれた唇から、鋭い犬歯が覗いている。まるで誇示するような動きが露悪的で、エディスはたまらず訊いた。

「貴方はご自分が吸血鬼だということを、受け容れていらっしゃるんですか？」

そうは思えない、という気持ちを言外に滲ませた問いに、ブラウンは少しだけ不愉快そうな態度を見せた。

「私は人間だった頃から妙に人の血が好きでね。だから医者なんぞをしていたんだけれど、元から素質があったのかもしれない。まぁ、偽りの神が神を呪った腹いせに転化させたのか、あるいは慈悲深き無力な神が復讐の為の力を与えてくれたのかわからないが、なってしまったものは仕方がないからね。こうなった以上、やることは一つだけだよ、お嬢さん」

「女王への復讐ですか？」

間髪容れずに答えたエディスを、ブラウンは鼻で笑った。女王に一瞬だけ視線を送ると吐き捨てるように言った。

「こんな婆、どうせあと十年も生きやしない。今すぐ殺すより、残りの生を後悔と苦悩で埋め尽くした方が効果的だ。ただ、私の予想だがね。この女は後悔したって精々一週間で、あとは逆恨みに移行する。だったら、こんな女より世界そのものに復讐した方が良いだろう？」

やっとたどり着けた本当の願いに、エディスは言葉を失った。軽い口調の根底には、確かに世界への絶望が満ちている。不意に、サミュエルが沈黙を破った。

「……それだけが貴方の真実の望みなのか？　僕はどうにも引っかかる」

サミュエルが淀みなく言葉を発せるほどに回復したことが嬉しいのか、上機嫌でブラウンは問い返した。

「どういう意味だい？」

「僕と貴方は友人だった。記憶がなくても、それだけは確かだ。そして、貴方と僕は何かの目的があって一緒に居た。貴方の行動はその目的に関係しているのではないのだろうか」

　尋ねるというよりも、何かを確かめるような響きだ。

「関係するようでもあり、無関係でもある。君が記憶を取り戻せたらはっきりすることだし、私が言えるのはその程度だ。ただ、私は君と思いっきり気兼ねなく殺し合うのが夢だった。その夢が叶ったのは、まぁ、よかったね」

「そうか。だったら、よかった」

　和やかな会話に見えて、内容が物騒なのはいつものことだ。しかし、二人の間に流れる空気に、エディスはこれから行うことが大罪であるような気がしてしまう。躊躇う彼女に、サミュエルが言った。

「……僕はもう、彼に訊くことも伝えることもないよ、エディス・シダル」

　その言葉が合図だ。エディスは微かに頷くと、ブラウンに顔を向け改めて訊いた。

「ブラウン卿。もう、こんなことは止めませんか？　世界をひっくり返したとしても、誰も幸せになんかならないと思います。きっと……貴方も」

　ブラウンはせせら笑うように答えた。

「私は多分幸福になれるよ。裏返った世界なら」

その言葉を聞いて、揺らいだ決心が再び固まっていくのを感じた。選んだのはブラウンだ。ならば、エディスは自分の選択を貫くしかない。

それにサミュエルが言った通り、ブラウンの本当の目的はきっとさらに奥にある。もっと怖いことを行おうとしているし、きっとやり遂げるだろう。エディスにとって短い時間で知ったブラウンという人は、そういう人物だ。

決意を込めて自分を支えてくれるサミュエルの腕に、そっと触れた。サミュエルが微かに頷いて日本刀を構え直す。

「ラリー」

どこか血の絡んだ声で、サミュエルが声をかけた。

「これでもう、終わりにしよう。世界は、裏返らない」

「……どういう意味だね？」

何かを感じたのか、初めてブラウンが怪訝そうな声を出す。エディスが日本刀を構えるサミュエルの右手に触れて、静かに答えた。

「私は彼等を送ってきました」

そう告げるのと、サミュエルが動いたのは同時だった。彼は手にした刀で空を薙ぐ。右からの一閃は、ブラウンから僅かに逸れている。

「何処を狙って――」

ブラウンが嘲笑する様に口を開いたその時。

空間が、ぱくりといきなり口を開いた。割れたというよりは、見えない扉が開いたように見える。扉の奥からは漆黒の闇と、あの巨大な目が覗く。その態様を認識すると、瞬き代わりか瞳の中心にある煙がかかった太陽のような黄金の染みがゆらいだ。轟という音と共に、世界に風穴が空いたようだった。裏返った炎や礼拝の小道具が、扉の奥――《あちら側》へと吸い込まれていく。

気絶している人間は微動だにせず、女王もまた髪一筋さえ揺らさない。しかし、ブラウンとエディス、そしてサミュエルの三人は違う。凄まじい風に、エディスの髪が解け、身体も浮きかける。

「エディス！」

サミュエルは少女を抱き寄せると、刀を床に突き立てた。それを支えにして、ひたすらに風を凌ぐ。一方で支えのないブラウンは、為す術もなく風穴に吸い込まれた――ように見えた。あまりに唐突な出来事に、対応も出来ないようだ。

しかし、エディスの右目は見ていた。吸い込まれていくブラウンの碧い目が、妙に光っていたことを。それは好奇心と知識欲にあふれていた。

「ははは、面白い！　生きたままあちら側へいけるのは僥倖だ。また会おう、クラウィス。その時こそ、君を――！」

その後の声は、風の音で聞こえない。消え去る瞬間、ブラウンは何かをエディスに向かって投げつけたようだが特に怪我はない。サミュエルの小さなうめき声が、風の音で掻き消える。

空の穴は、ブラウンを吸い込むと同時にあっさり閉じた。閉じる間際にエディスは、あの巨大な瞳と目が合ったように感じたが何も起こりはしなかった。ただ、その目が品定めをするようにエディスを見た、という程度である。

そしてゆっくりと、ネガ・レアリテの崩壊が始まっていく。いつもとは勝手が違い、空間だけが静かに割れる感覚に、ほっと胸をなで下ろした。へたり込んだまま、サミュエルに守られるように抱かれた姿勢で呟いた。

「終わった、みたいね」

予想以上に間の抜けた声が出て、自分でも呆れる。しかし安堵したのだから仕方がない。跪いてエディスを抱いた姿勢のまま、サミュエルが茫とした目でひとつ尋ねる。

「……君の指示通りに斬ったら、風穴が開いた。あれは一体何だったんだ？」

「説明するのは難しいわね。右目が教えてくれた通りを伝えただけだもの。……でも、あの人が行きたがっていた世界かもしれないわ」

無責任な言い方になってしまったが、そう願うしかなかった。

赤子にすべての熱を与えたエディスは、一瞬だけ《あちら側》を垣間見た。あの赤子が見せてくれたと言った方が正しいかもしれない。

どこまでも静謐な夜の世界が続いていた。ここは罪なき世界なのだと、エディスの右目が教えてくれる。罪――魂というものが消える場所だと。

我思う故に我有り、というデカルトの言葉を思い出す。そう、《我》、つまりは《心》、あるいは《意識》が無くなれば、罪も何もかもが無くなる道理だ。だから、ここでは偽物というエディスの罪も消えるのだろう。ゆっくりと自分の意識が溶けて希薄になっていくのを感じる。微睡みに似ているが、それよりも安らかだった。

自分という存在が夜に溶け、無に帰るのは恍惚だった。痛みも苦しみも、心をざわめかすものもない。

ここは、そういう場所なのだ。

魂が最後に辿り着く場所かもしれない。

このまま自分が消えてしまえば、きっと家族は余計なものを背負うことなく、平和に生きていける。あの選択にけりを付けて、静かに消えていけることは嬉しかった。

赤子はエディスの願いを叶える為に、一緒にここへ連れてきてくれたのだろう。二人の望みが同じであると理解して――。

すべてを受け入れようと思ったエディスだったが、心を占めたのは願いが叶った喜びではなかった。あの人――サミュエルを一人きりにしてしまうことへの恐怖だった。

彼の方から離されるまで、一度繋いだ手は離さない。

それが、エディスの誓いだったはずだ。それを思い出した瞬間、「帰らなければ」と強く思った。願いが通じたのか、気がつくとこちら側に戻っていた。そこからは無我夢中だった。本能的にとった行動を、説明することは難しいのだ。

「貴方が私のことを信じてくれて、本当によかったわ。ありがとう」

サミュエルに向き直ると、エディスは改めてお礼を告げた。まっすぐな態度に、彼は少しだけ微笑みで応えてくれた。

「……君を抱きよせた時、指示する空間を斬れと囁かれて、正直面食らったよ。でも、僕は、君の言葉だけは何があっても信じる。その選択が正しかっただけで満足だ」

今までに聞いたことのない、甘く優しい声だった。少しの気恥ずかしさを感じながらも、「何があってもエディスを信じる」という言葉が嬉しかった。

「私も貴方を信じていたから。貴方なら、きっとわかってくれるだろうって。何も保証はなかったけれど、それでも」

拙いエディスの言葉にサミュエルは、

「なるほど。君も、僕を信じてくれて……ほんとうにありがとう」

と頷いて、一度だけエディスを抱きしめた。しかし柔らかな手の重みは、一瞬で離れていく。まるで別れの言葉と仕草のようなそれに、思わずサミュエルを見上げた。

「サミュエル、あなた……どうしたの？」

その問いに答えることなく、冷たい体がずるりと倒れこむ。

「サミュエル!!」

慌てて抱き寄せようとして、エディスは硬直した。あまりに軽い。

よく見れば、サミュエルの背にはトネリコの枝が刺さっている。それは腹部を突き破るように刺さっており、辛うじて繋がっていた体を二つに切り離そうとしていた。

ブラウンが最後の瞬間に投げたものの正体は、これだったのだろう。

本来は、エディスの胸に刺さっていた筈だ。そのことに気付き、改めてゾッとする。サミュエルに庇われなければ、エディスはきっと息絶えていただろう。しかし、なんてことはない細い枝でも、サミュエルの壊れかけていた箇所にとどめを刺すには効果は十分だった。

エディスの視線に気付いたサミュエルが、少し困ったように笑ってみせる。まったく隠せていないのに、苦しさを隠そうとする姿が余計に辛い。

ぎこちなく笑ったまま、サミュエルが言った。

「……少し、無理をしすぎた。ここまで壊れる気は、なかったんだけれどね」

冗談めかして言うことで、安心させようとしていることがわかる。だからこそ、エディスの心を絶望が占めていく。

この人は、自分が助からないと既に悟っている。

少しでも楽になるようにと自分の膝に、サミュエルの頭を乗せさせる。必死になって声の動揺を抑えるが、震えが止まらない。

「どうしたらいい？　どうやったら、助けられる？」

駄々をこねる子供のような言葉遣いになった自覚はあった。けれど、感情を抑えることができない。

「……多分、無理、と思う。すまない」

「どうして謝るの……？」

エディスの問いに、サミュエルは答えなかった。まるきり別のことを言う。

「最後に見るのが君の顔でよかった。だから、泣かないで欲しい」

初めてまともに笑顔らしい笑顔を浮かべたあとで、サミュエルは目を閉じた。穏やかに眠る顔を見て、案外この人は睫毛が長いな、とどうでもいいことが頭を過ぎる。

次の瞬間、ふっとエディスの膝が軽くなった。膝の上の状況は変わらなのに、重さだけが違う。まるで、魂の分だけが、そこからこぼれ落ちたようだった。

「……ねぇ、サミュエル……どうしたの？」

どうなったかなんてわかりきっているのに、エディスは声をかけ続ける。おずおずと揺さぶってみたり、頬をかるく抓ったりもした。

けれど、サミュエルは動かない。

理由はわかる。頭では、状況だって理解していた。

けれど、心がそれを受け容れないのだ。

「なんで……、どうして貴方が……。貴方だけが……」

エディスの目から、自分でも驚くくらい、ごく自然に涙が零れる。しゃくり上げることも出来ないくらいただ涙が溢れていく。

あの世界から戻ることを望んだのは、ここはサミュエルがいる世界だったから。この人をひとりぼっちにするわけにはいかないと、だから戻ってきたのに。

戻らなかったらサミュエルが悲しむ。

それ以上にエディス自身が彼に会いたいと思った。

だから永遠の幸せを振り切って戻ってきたのに。

彼のせいではないのに、彼のせいにしたくて仕方なかった。

膝の上で動かないサミュエルの表情は穏やかで、まるで眠っているように思える。こんな穏やかな顔も出来るくせに、見せてくれるのが最後の最後だなんて狡い。もっといろんな表情が見たかった。けれど、それは叶わぬ夢なのだ。

エディスから溢れる雫が、サミュエルの顔を濡らしていく。彼の左頬にこびりついたままの血が、涙の粒に少し滲んだ。

ひとつ、ふたつ、みっつ、よっつ——。

五つ目の涙がサミュエルの唇の上に落ちた。涙の粒はそのまま重力に従って口の中に流れ込む。しばらく間を開け、六つ目の涙が、今度は彼の額の上に落ちた時——。

エディスの膝に、ずしりとした重みが不意に戻った。

「……え？」

サミュエルの表情に変化はない。でも、確かに失われたはずの重みを感じる。

涙で霞む目を擦ったエディスは、そこで信じられないものを見た。

サミュエルの背骨から流れる血がじわじわと一ヵ所に集まり、分かれたはずの彼の体を繋ぎ合わせていく。生き物ではないはずなのに、まるで意思をもっているかのように割れている歯車や千切れたコードが、欠けたパーツを補完するように再生していく。破れた衣服は戻らないのに、体は再生していく事実が不思議だった。その速度は案外素早く、二分もしないうちに彼の体は無事に繋がった。

魔法の様な光景に茫然としているエディスの膝の上で、サミュエルの胸が一度大きく上下した。

緋い目が、ゆっくりと開く。

焦点の合わない目でエディスを見つめた後、彼は不思議そうに口を開いた。

「……エディス？」

夢の中にいるような、ぼんやりした声だった。エディスは目の前で起こったことが信じられない。唖然として彼の名を呼ぶ。

「サミュエル……」

寝転がったままの姿勢で、サミュエルがエディスの頰に手を伸ばす。長い指で頰を伝う涙を拭いながら、首を傾げた。

「……どうして君は、また泣いているの？」

不思議そうな声に、エディスの中で何かが満ちた。熱い塊が喉までせり上がり、そこから溢れたものが、堰を切って流れ出す。

「馬鹿！　私がどれだけ心配したと‼　でも、良かった……本当に良かった……‼」

エディスはサミュエルの頭を抱きかかえ、子供のようにわんわん泣いた。涙が雨のように落ちてくるのを、サミュエルは寝起きの子供のような顔でぼんやり見ている。

「君は、僕のせいで泣いている……の？」

その問いに、エディスはぶんぶんと頭を振った。涙で掠れた声で、それでもはっきりと告げる。

「違うわ。貴方のために、泣いているの」

貴方のために、貴方だから、貴方とまた会えて、こうして話すことが出来て嬉しいから。だから、泣いている。そう、伝えた。

エディスの涙をぼんやり眺めながら、サミュエルは定まらない思考の中で、流れ込んでくる記憶が行き着く先を追う。パズルのピースのように嵌め込まれていく記憶には、まだ幾らかの欠けがあった。つまり、まだラリーとのゲームは終わっていないのだろう。彼は「また会おう」と言ったのだから。

そう思ったとき、辿り着いた心の奥で、何か閃くものがあった。

その光を振り払うように、サミュエルは、エディスの頬にまた手を伸ばす。改めて彼女の涙を拭いながら、ぽつりと言った。

「……目覚めて最初に見たものが、君の顔だったよ。冬薔薇のように綺麗だと思った」

その言葉にエディスが一瞬あっけにとられ、一気に真っ赤になった。突っ伏すようにサミュエルを抱きしめ、絞り出すような声で言う。

「馬鹿……！」

それでもその声はどこか優しく、涙混じりだ。

エディスの温もりを受け容れるように、サミュエルは一度目を閉じ、小さく言った。

「……そう、か……」

右目から、一筋だけ涙が零れる。

もしそれをエディスが見ていたら、その涙があの絵の皇太子から零れたものと同じなかった。自分の涙をなんとかして止めるのに精一杯だったからである。

目を閉じたまま、サミュエルが小さく言った。

「僕は、あいつらを殺すためだけに生まれたんだ……」

呟く声は、微かだった。エディスはその言葉の意味に気付かない。ただ、彼が生き返ってくれただけで良かったと心から思う。

ネガ・レアリテの崩れる中で、二人はしばらくその場から動かない。互いに、自分が動くことで、止まっていた時間が動き出すのが怖かった。

今だけは、せめて世界に二人だけでと願う。

始まりがいつかはわからない。

けれど、終わりの始まりは、確かにこの日、この時、この場所だった。

本作は第4回角川文庫キャラクター小説大賞にて大賞を受賞した
「夜は裏返って地獄に片足」を改題のうえ改稿したものです。

ネガレアリテの悪魔(あくま)

贋者(にせもの)たちの輪舞曲(ロンド)

大塚已愛(おおつかいちか)

平成31年 4月25日　初版発行

発行者●郡司 聡

発行●株式会社KADOKAWA
〒102-8177　東京都千代田区富士見2-13-3
電話　0570-002-301（ナビダイヤル）

角川文庫 21573

印刷所●旭印刷株式会社
製本所●株式会社ビルディング・ブックセンター

表紙画●和田三造

ISBN 978-4-04-107955-3　C0193

角川文庫発刊に際して

角　川　源　義

第二次世界大戦の敗北は、軍事力の敗北であった以上に、私たちの若い文化力の敗退であった。私たちの文化が戦争に対して如何に無力であり、単なるあだ花に過ぎなかったかを、私たちは身を以て体験し痛感した。西洋近代文化の摂取にとって、明治以後八十年の歳月は決して短かすぎたとは言えない。にもかかわらず、近代文化の伝統を確立し、自由な批判と柔軟な良識に富む文化層として自らを形成することに私たちは失敗して来た。そしてこれは、各層への文化の普及滲透を任務とする出版人の責任でもあった。

一九四五年以来、私たちは再び振出しに戻り、第一歩から踏み出すことを余儀なくされた。これは大きな不幸ではあるが、反面、これまでの混沌・未熟・歪曲の中にあった我が国の文化に秩序と確たる基礎を齎らすためには絶好の機会でもある。角川書店は、このような祖国の文化的危機にあたり、微力をも顧みず再建の礎石たるべき抱負と決意とをもって出発したが、ここに創立以来の念願を果すべく角川文庫を発刊する。これまで刊行されたあらゆる全集叢書文庫類の長所と短所とを検討し、古今東西の不朽の典籍を、良心的編集のもとに、廉価に、そして書架にふさわしい美本として、多くのひとびとに提供しようとする。しかし私たちは徒らに百科全書的な知識のジレッタントを作ることを目的とせず、あくまで祖国の文化に秩序と再建への道を示し、この文庫を角川書店の栄ある事業として、今後永久に継続発展せしめ、学芸と教養との殿堂として大成せんことを期したい。多くの読書子の愛情ある忠言と支持とによって、この希望と抱負とを完遂せしめられんことを願う。

一九四九年五月三日